クッキーと名推理①

# フラワークッキーと春の秘密

ヴァージニア・ローウェル　上條ひろみ 訳

Cookie Dough or Die

by Virginia Lowell

コージーブックス

COOKIE DOUGH OR DIE
by
Virginia Lowell


This edition published by arrangement with
The Berkley Publishing Group,
a member of Penguin Group (USA) Inc.
through Tuttle-Mori Agency, Inc.,Tokyo

挿画／河村ふうこ

父とマリリンに

# 謝辞

本を執筆するのは孤独な仕事ですが、作家の多くは結末にたどり着くまでにたくさんの人の助けと支えを必要とします。わたしも例外ではありません。すばらしいアイディアを提供し、ここぞというところで理解を示してくれた才能ある編集者、ミシェル・ヴェガと仕事ができたことは欣幸《きんこう》の至りです。長年の執筆仲間であるメアリー・ローグ、ピート・ハウマン、エレン・ハート、Ｋ・Ｊ・エリクソンにはいくら感謝しても足りません。ナショナル・クッキーカッター・コレクターズ・クラブのメンバーの尽きることのない情熱と、この本の細部に多くのヒントをくれたニュースレター〈クッキークラム〉にも感謝します。マリリン・スローンは、執筆作業についての深い知識と的を射た励ましで、一度ならずわたしを救ってくれました。ありがとうマリリン。そしてもちろん、わたしの愛すべき応援団である、父と姉妹と夫にも深く感謝しています。

# フラワークッキーと春の秘密

## 主要登場人物

オリヴィア（リヴィー）・グレイソン……〈ジンジャーブレッドハウス〉オーナー
マデリーン（マディー）・ブリッグズ……オリヴィアの親友で共同経営者
スパンキー……オリヴィアの愛犬。オスのヨークシャーテリア
エリー・グレイソン＝マイヤーズ……オリヴィアの母
アラン・マイヤーズ……エリーの夫。オリヴィアの継父
ジェイソン・グレイソン……オリヴィアの弟。自動車修理工
クラリス・チェンバレン……女性実業家
ヒュー・チェンバレン……クラリスの長男
タミー・ディーコンズ……ヒューの恋人。小学校教師
エドワード・チェンバレン……クラリスの次男
バーサ……チェンバレン家の家政婦
ジャスミン・デュボイス……元ウェイトレス
ルーカス・アシュフォード……金物店オーナー
デルロイ（デル）・ジェンキンズ……保安官
コーディ・ファーロウ……保安官助手
サム・パーネル……郵便集配人

# 1

　オリヴィア・グレイソンは暗闇のなかでぱっちりと目を開けた——階下《した》にだれかいる。飼い犬の小さなヨークシャーテリアが何かを聞き取ったのだ。スパンキーは吠えこそしなかったが、耳をぴんと立ててベッドルームのドアをじっと見つめていた。

　オリヴィアが住むヴィクトリア朝様式の小さな家の一階部分は、彼女が営む大切なクッキー用品店〈ジンジャーブレッドハウス〉だ。チャタレーハイツのような町では、だれもわざわざ不法侵入に備えて高価な警報機をつけたりしないが、オリヴィアはもっとよく考えるべきだったと後悔した——なんといっても、ボルティモアに十二年も住んでいたのだから。でも、チャタレーハイツでは警官ふたりで足りる程度の犯罪しか起こらないはずなのに、いったい何事だろう?

　これはきっと夢にちがいない。「そうよ」オリヴィアは言った。「寝るまえにチョコアイス添えのショートブレッドを食べるのはやめなきゃ。あなたもよ、おにいさん。かけらをなめてたでしょ。ちゃんと見てたんだから」スパンキーはくーんと鳴いて抗議した。

　オリヴィアは枕に頭を戻したが、暗闇を見つめながら、店にあるものをひとつひとつ思い浮かべていった。まずはなんといってもクッキー型《クッキーカッター》だが、価値のあるアンティークのものは、一日の売り上げといっしょに毎晩金庫にしまっている。コーヒーテーブルに飾るためにデザインされた豪華なクッキー料理本のなかには、かなり値の張るものもあるが、盗むには重すぎる。クッキーのデザインが手縫いでアップリケされたエプロンはもっと高価だが、それにため息をもらすのは、作るのにどんなに手間がかかるかわかっている少数のお客だけだ。

　料理本コーナーのアルコーブに常設している唯一の高価な道具は、数々の魅力的なアタッチメントを備えた真っ赤なミキサーセットだった。あれなら盗む価値はあるが、見境のない泥棒でも迷うところだろう。複雑な用途を質屋の店員に説明しなくてはならないのだから。

　膝のうしろでスパンキーがまるくなって、オリヴィアの緊張をほぐしてくれたが、頭は階下の店のことをどうしても考えてしまう。幸い、彼女には失敗知らずの安眠法があった。目を閉じて、内側がフリース張りのカヌーに乗り、チョコレートスプリンクルの川を流されていると想像するのだ。すると暖かな日差しにとける、濃厚でかぐわしいチョコレートの香りがして、すぐにカヌーはクリスタルのようなカラーシュガーの滝にさしかかり、ゆっくりと落ちていく。スミレ色と赤と青のきらめくしぶきがまわりに飛び散って、やわらかなアイシングの池にふわりと着水すると、眠りが訪れるのだった。

　だが、スパンキーがぴょんと立ちあがって、ベッドルームの閉じたドアに向かって吠えたので、着水は失敗して目が覚めてしまった。

　オリヴィアは両肘をついて体を起こした。「どうしたの？　スパンキー」

スパンキーは鼻をくんくんさせてうなった。

小さな犬に触れながら、ベッドサイドテーブルの上をたたいて、目覚まし時計として利用している携帯電話をさがした。まんなかのボタンを押して起動させる。点灯した画面の上部の数字は、午前四時だった。

これまで家のなかで物音を聞いたことはなかった。少なくともよくある家鳴りや暖房機の稼働音以外は。だが、スパンキーはすばらしい聴力の持ち主なので、ほんとうにだれかが店に押し入ろうとしているのかもしれない——高価なものは金庫にしまわれていると知らないだれかが。

九一一の番号を押しかけて、秋にあった出来事を思い出し、ためらいを覚えた。あのときは飢えたネズミの大家族が、〈ジンジャーブレッドハウス〉の厨房《ちゅうぼう》に侵入し、新品の小麦粉と砂糖の袋のなかで冬を越そうとしていたのだった。スパンキーは二階の空気孔からネズミたちの音を聞きつけた。大騒ぎをして町にふたりしかいない警官を呼んでおきながら、犯人が丸腰のネズミたちの一団だったのは恥ずかしかった。そのことはいつまでも町で話題にされた。

上掛けから足を出して、スリッパ代わりにしている履き古しのテニスシューズを履いた。耳を立てて、相手がなんであれ立ち向かう気まんまんのスパンキーがベッドから飛びおり、とことことベッドルームのドアに向かった。子犬のころにけがをしたせいで右の前肢が少し内側にねじれているので、スパンキーは肢を引きずって歩く。それでも彼は、健常な二・三キロの犬に負けない速さで歩いた。体が小さいことなどおかまいなし。あくまでもオリヴィアを守るつもりなのだ。彼女のほうではそうさせるつもりがなくても。

　オリヴィアは子犬のしつけ教室で教わった、きびしいボス犬の声色を使って言った。

「スパンキー、ここに残って《ステイ・ヒア》部屋のなかを守りなさい」

〝ステイ〟ということばを聞いて、スパンキーは首をかしげた。絹のような毛が顔にかかり、片目をおおう。もう一方の目は、彼女のために戦うチャンスをくれと訴えていた。オリヴィアは手を伸ばして、顔の毛をかきあげてやった。

「よし。すぐ戻ってくるからね」足でスパンキーをブロックしながら、横向きに出られる程度に細くドアを開け、部屋から出てドアを閉めた。スパンキーには、助かる道は逃亡しかないとばかりに、突然戸口から走り出るという癖があるので気が抜けなかった。子犬時代の名残《なごり》だ。

　廊下では、クッキーカッターで作った夜間灯が、壁にティーケトル形の光を投げかけていた。いぜんとして不審な物音は何も聞こえなかったが、念のために天井の明かりはつけないことにした。

　そのとき、引っかくような音がかすかに聞こえた。音がしているのは背後のベッドルームからではない。足の下からのようだ。オリヴィアは膝をつき、床に耳をつけてじっと聞き入った。また引っかくような音がした。閉ざされたドアをぐいと引き開けるような音だ。厨房の備蓄品キャビネットのドアはそういう音がする。店に来てやすりをかけてくれと、隣の金物店のオーナー、ルーカス・アシュフォードにずっと前からたのむつもりでいた。今となってはそれを忘れていてよかった。引っかくような音は、だれかがこの下の〈ジンジャーブレッドハウス〉の厨房にいて、キャビネットのドアを開けていることをはっきりと知らせていた。

携帯電話はベッドのそばに置いてきてしまったが、ドアをふたつ抜けた奥にある二階の小さなキッチンの壁電話を使うことならできる。大急ぎで立ちあがり、数秒でキッチンに着いたときには、体を動かしたことよりも不安のせいで息が荒くなっていた。震える手で受話器をつかんだ。

店の厨房の真上に位置するキッチンにいる今、物音はさらに大きくなっていた。オリヴィアは動きを止めて耳を澄ました。ネズミの大群でもこんな大きな音をたてたりはしないだろう。それを言うなら分別のある侵入者でも。階下の物音はやけに聞き慣れた音になってきていた――金属製の鍋がぶつかる音、スプーンがカタカタと磁器のボウルを打つリズミカルな音、オーブンの扉がバタンと閉まる音。ネズミたちがクッキーを焼いているのでなければ……

「マディーだわ」いらだちのうめきとともにその名前を口にすると、オリヴィアはキッチンの床にへなへなと座りこんだ。

マデリーン・ブリッグズとオリヴィアは十歳のときからの親友だ。二十一年のあいだ、マディーは楽しみや、泣きたいときにすがる肩や、ときには心臓に悪い衝撃を提供することで、オリヴィアの人生に多くのものをもたらしてきた。マディーとオリヴィアがビジネスパートナーになってからのこの一年は、その衝撃がたびたび訪れていた。楽しいことの数も増えたが、今回は楽しいものではない。

オリヴィアはベッドにはいるまでぐずぐずしていたので、四時間しか寝ていなかった。さらにこの十五分で疲れきっていた。上掛けの下にまたもぐりこみたい一心で、なんとか立ちあがった。自分のキッチンにいるのではないのだとマディーに思い出させなければならないだろうが、それはもう少し眠ってからにしよう。

その瞬間、チャタレーハイツ・ゴスペルコーラス隊かと思うような四部合唱が大音響で流れだした。チャタレーハイツにゴスペルコーラス隊はいないし、そもそも朝の四時すぎにはありえないことだが。

いかにもマディーらしい。彼女を育てたおばのサディーは、よく文句を言っていた。マディーは学校のベイクセール（寄付を集めるために、手作りのお菓子などを売るバザー）のための傑作を思いついて目を覚ますと、何時だろうとおかまいなしにキッチンに駆けこんで――日が昇っていないことに気づきもせずに――早速製作にとりかかると。音が聞こえるところに睡眠を必要としている人がいるとは考えもしないのだ。ただ、これまでマディーが〈ジンジャーブレッドハウス〉でこの妙技を披露したことはなかった。

プラスの面を見れば、マディーの数々の独創的なアイディアのおかげで、〈ジンジャーブレッドハウス〉は早くもワシントンDCとボルティモアから買い物客を引き寄せていた。だれからも愛される彼女は、いっしょに仕事をするには楽しい人だった。たいていのときは。

　オリヴィアはキッチンの壁のフックから鍵を取り、寝間着にしているスエットパンツのウエストにはさんだ。たいていの人は眠りにつくのにうるさい音楽を必要としないのだとマディーに説明するだけにしよう。納得してもらえれば、あと数時間の睡眠を楽しめる。

　そのまえにバスルームに寄って、顔に冷たい水をかけた。効果はなかった。鏡のなかの女性の青灰色の目は眠そうで、片方の頬にはふとんのあとがつき、髪にはひどい寝癖がついていた。恐怖におののいていたのだからしかたがないと自分をなぐさめた。

　ひものないスニーカーをぺたぺたいわせながらのろのろと階段をおり、この家そのものの玄関の内側にある店の入口ドアの鍵を開けた。クィーンアン様式（ヴィクトリア朝様式のひとつ）の小さな家は、ボルティモアのある裕福な家族が一八八九年に建てた夏用の別荘だった。その後の一世紀のあいだに、新しいオーナーたちが内部の階段をふさぎ、玄関の内側にふたつのドアをつけることで、二世帯住宅にした。ひとつのドアを開けると上階につづく階段があり、もうひとつのドアを開けると〈ジンジャーブレッドハウス〉に出る。この構造が、離婚慰謝料の大部分をローンに充《あ》てようという気にさせた。人出の多いタウンスクエアの北東の隅という、これ以上ないほどの好立地のせいもあった。独立した厨房を備えた階下でクッキーカッターショップを開き、階上を住まいにすれば、高い月々の家賃も一軒ぶんですむ。

　だがこの朝は、職場と住居が同じ場所にあるのは、果たしていい考えだったのだろうかと疑問を覚えた。

〈ジンジャーブレッドハウス〉の鍵を開けてなかにはいり、ドアの錠をおろした。暗闇のなかでも物の形はぼんやりと見分けられたが、明かりをつけずに手さぐりで進むほど愚かではなかった。店内はまさにクッキーカッターの地雷原だ――クッキーカッターがランプやカーテン留めの役割を果たし、天井からはテーマ別のクッキーカッターのモビールがぶらさがり、店内のあちこちにある小テーブルには入念に作られたディスプレーがある。ディスプレーは、審美眼のあるお客が、気まぐれに並べ替えることもあった。

オリヴィアは調光つまみをひねって、つま先や首を痛めずに厨房まで歩いていける程度の明るさにした。睡眠を中断させられて不機嫌ではあったが、何ダースもの金属製クッキーカッターが光を受けて、月光に照らされた波のようにきらめくと、たちまちよろこびを感じた。オリヴィアにとって、この店での毎日のはじまりは、子供のころまだだれも起きないうちにこっそり階下におりていたクリスマスの朝を思わせた。あのころはツリーのライトをつけ、暗いなか脚を組んで座り、色がきらめくさまを見ていたものだった。できるだけすばやく左右に頭を動かすと、光がぼやけながら動いているように見えた。マルチカラーの流れ星のように。そのうち弟のジェイソンが、興奮して歓声をあげ、早口でしゃべりながらおりてくる。彼はすべての明かりをつけ、プレゼントのなかにダイブすると、ぴかぴかの包装紙をびりびりに破いた。オリヴィアは幼い弟を愛していたが、彼に魅惑のひとときをぶちこわされたのはたしかだった。

厨房のドアノブに手を伸ばしながら、オリヴィアは混沌とした現実に身がまえるべく深呼吸をひとつした。少なくともゴスペルミュージックは聞こえなくなった。きっとマディーの作業は終わりに近づき、厨房のなかを片づけているのだろう。オリヴィアはノブをまわし、厨房のドアを開けた。ビージーズの歌う〈ステイン・アライヴ〉（一九七八年のヒット曲）が大音響で襲ってきて、一歩あとずさった。

ナツメグがほのかにきいた温かなバターの香りのなかに足を踏み入れた。その香りが厨房の惨状をなんとか埋め合わせてくれていた。マディーは焼き菓子作りの飛び抜けた才能があるのだが、作りおえたときの散らかりようはひどいもので、今回は自己最高記録を達成していた。どうやら厨房のなかで雪が降ったようだ。大きなキッチンテーブルの表面も、カウンターも床も小麦粉だらけだった。壁やドアや冷蔵庫にまで、クッキー生地のかたまりがへばりついていた。

マディーのかわいらしい丸顔は、鼻の頭を含め、こすったりぬぐったりしたところが小麦粉で汚れていた。それでもジーンズとＴシャツの上にエプロンをつけることは思いついたようだ。くるくるした赤い巻き毛は、深紅色のバンダナでうしろにまとめられていた。彼女はディスコビートに合わせて形のよいヒップを揺らしながら、壁に貼られた色見本を見ていた。

オリヴィアは思わず微笑んだ。

キッチンテーブルでは、数ダースの型抜きクッキーがラックの上で冷ましてあった。いつもどおり焼き加減は完璧で、一秒も焼きすぎてはいなかった。一ダースはあるスープボウル大のプラスティック容器と、クリーム色のアイシングのはいった大きめのボウルで、テーブルの上はいっぱいだ。マディーはオリヴィアに背を向けたまま、色見本の横の棚にずらりと並んだ同じようなボトルのなかから小さなボトルをひとつ選んだ。しなやかにディスコスピンを決めてテーブルに戻ると、プラスティック容器のひとつに少量のアイシングを入れ、食用色素のボトルのふたを開けた。彼女は今、色と音楽と一ガロンのロイヤルアイシング（粉砂糖と卵白またはメレンゲパウダー、レモン汁で作る基本のアイシング）しかない惑星マディーにいた。

手っとり早くマディーの注意を引く方法はひとつしかない。オリヴィアはＣＤプレーヤーの停止ボタンを押した。アイシングの容器の上でマディーの手が止まった。ぱっとＣＤプレーヤーのほうを振り返ったので、ロイヤルブルーの食用色素のしずくがスポイトのなかに引っこんだ。

オリヴィアを見て、マディーはにっこりした。

「リヴィー！　おはよう、ねぼすけさん」

「いま何時かわかってるの？」

「全然。もう開店の時間？　仕事着はバスルームに置いてあるからすぐに着替えられるわよ」マディーの目がオリヴィアの服装をとらえた。「寝間着姿じゃないの。具合でも悪いの？　それとも――」

「〝それとも〟のほうよ。今は真夜中なの」

マディーは首をひねって、シンクの上の時計を見た。「もうすぐ五時じゃない」

「四時二十四分よ。朝のね。あなたの物音で四時に起こされたの。十二時まで書類仕事をしてたから、少なくともあと三時間は寝るつもりだったのに。わたしの三時間を返してよ」

「ああ、リヴィー、ごめんね。その三時間はちゃんと返すから。開店準備はあたしがするわ。あなたはお昼まで眠っててていいわよ」マディーは手でクッキーのラックのほうを示した。

「でもそのまえに、土曜日にやる春の特別イベントのために作ったものを見てよ。きっと気に入るから。どんなに楽しいものができたかを知ったらもっとよく眠れるわよ。いいでしょ？」

「もう、目が覚めちゃったわよ」オリヴィアは背の高いスツールをテーブルに引いてきて、よじ登るように座った。「コーヒーなんて淹れてないわよね？」

マディーが首を振ると、ほつれた赤い巻き毛が頰の上で跳ねた。それを耳のうしろに押しこむ。「でもアイシングなら余分に作ってあるわよ。ちょっと糖分をとれば、すぐにしゃんとするって」

「あなたの作った楽しいものとやらを見せて」

マディーの顔がぱっと明るくなった。クッキーのラックをオリヴィアのほうに押しやってきく。

「どう思う？」

「花ね？　春だから？」

「あとは？」

オリヴィアはクッキーをひとつ取った。

「これはチューリップみたいだけど、こんな型、在庫にあったかしら」

「鋭い。使ったのはうちにある普通のチューリップの型だけど、生地に細工をして、八重咲きのチューリップっぽくしてみたの。花の型全部に同じような細工をしたのよ」マディーはテーブルの上のラックに手を伸ばし、別のクッキーを取った。「これはデイジーの型をヒマワリみたいにしてみたの。わかる？」

オリヴィアにはやはりデイジーに見えた。

「花びらの輪郭をアイシングで入れればわかると思う」

「わかるかもしれないし、わからないかもしれない」マディーは得意のマッドサイエンティスト風のにやにや笑いを浮かべて言った。「これに奇抜な色をつけるつもり。そして土曜日に、なんの花かお客さんに当ててもらうの。わかったらクッキーをもらえるってわけ。いちばん多く正解した人は、独創的クッキーデコレーション教室の無料レッスンを受けられる。クッキーカッターの用途がいかに多いかをお客さんに知ってもらうのよ。そうすれば、ごく普通の形の五個セットの型を買っても、無限の可能性に投資することになるでしょ」

オリヴィアはクッキーの花びらをかじり取り、口のなかでとける甘いバターの風味を楽しんだ。クッキー関係のこととなると、マディーは実にすばらしい才能を発揮する。

オリヴィアがすぐに返事をしないので、マディーのふっくらした唇がへの字になりはじめた。

「あたしのアイディアが気に入らないのね」

オリヴィアは急いでクッキーを飲みこんだ。

「見事としか言いようのないアイディアだわ。あなたが発作的に天分を発揮したあと掃除することなんて、それからしたら安いものよ。でもつぎのときはｉＰｏｄを持ってきて、イヤホンを使ってね」食べかけのクッキーを持ってスツールからおりた。「もうベッドに戻るわ。九時までにはおりてくるから」

厨房から出ていこうとしたとき、店の裏の小路に通じるドアのほうからノックの音がした。オリヴィアはくるりと振り向いた。マディーは食用色素のボトルに伸ばした手を止めて、肩越しにオリヴィアを見た。「いったいだれよ……？」とささやく。

またノックがあった。今度はさっきより大きな音で。裏口のドアと向き合う位置にいるオリヴィアには、ドアノブがまわるのが見えた。だれかが押し開けようとしているらしく、ドアがガタガタ鳴った。オリヴィアはキッチンテーブルの上の、マディーがクッキー生地の縁を整えるのに使っているナイフに手を伸ばした。ナイフの持ち手をにぎりしめて体に引き寄せる。

「リヴィー？　マディー？　無事なのか？　きみたち《ユー・キッズ》」権威に満ちた、心配そうな、聞き覚えのある男性の声がした。

「ああ、よかった」マディーが言った。「デルだわ」

肩ががくんと落ちて、オリヴィアは自分がいかに緊張していたかに気づいた。デルというのはデルロイ・ジェンキンズ保安官のことだ。まだ三十代後半だが、いつも年下の女性をキッドと呼ぶ。それがプロらしく距離をおくための彼なりの方法なのだろうとオリヴィアは思っていた。彼女としてはそれがありがたかった――ときおりふたりのあいだに恋の火花が散るのを感じてはいたが、新しい関係を築く気にはとてもなれなかった。離婚してやっと一年なのだから。

マディーが裏口の錠をはずしてドアを引き開けた。デル保安官がリボルバーの銃把《じゅうは》に手を置いて、暗い小路に立っていた。戸口に近づいて、厨房のなかに目を走らせる。

「死ぬほどびっくりしたじゃない」マディーが言った。デルの制服の肩をつかんで、なかに引き入れた。

裏口のドアは小さい。デルは頭を引っこめないで戸口をくぐれる、町で数少ないひとりだった。それでも百七十センチのオリヴィアよりは高い。そんなこと別にどうでもいいでしょ、とオリヴィアは自分に言い聞かせた。ふたりのあいだにはまったく何もないのだから。

デル保安官はドアに錠をおろし、安全ボルトをかけた。

「いったい外で何をしてたの？」マディーがきいた。「夜勤とかそういうこと？　それとも、ええと、何時だか知らないけど、まだ暗いのに小路をうろつくのが警察の仕事なの？」

デルの態度は冷静で落ちついていたが、オリヴィアには動揺しているように見えた。

「ほんとにここでは何もなかったんだね？」デルはきいた。その目はオリヴィアの手のナイフに向けられていた。

オリヴィアは天井に向けてナイフを掲《かか》げた。

「何も異常はないわ。地下室に死体があるけど。埋めるのを手伝いたい？」

デルは力を抜いて、銃把から手をおろした。オリヴィアの体を上から下まで眺めまわしてにっこりする。

「今朝はかわいらしい恰好だね、ミズ・グレイソン」

オリヴィアは彼に投げつけないようにナイフをテーブルに置いた。赤面するたちではなかったが、頬が熱くなるのがわかった。ベッドから飛び出したとき何を着ていたのか忘れていた。かわいらしいわけがない。

オリヴィアの元夫は悪い人間ではなかったが、いささか支配したがる性分だった。ライアンは外科医で、彼にとってそのことはしだいに、夫婦が対等でいることよりも重要になっていった。彼は勝手にルールを決めて、オリヴィアに押しつけるようになった。犬は臭いし、うるさいし、ばい菌だらけだと言って寄せつけなかった。外科医の妻は昼も夜も、いつもきちんとした身なりをするべきだとも主張した。だらしない服を着たオリヴィアを近所の人が見たら、ライアンはずさんな外科医だといううわさが立つかもしれないから。

チャタレーハイツに引っ越してきてすぐに、オリヴィアはルールを破りはじめた。彼女の皿から食べ物をくすねるのが好きな、捨て犬だったヨークシャーテリアのスパンキーを引き取った。寝るときはいつもできるだけ古くて、できるだけボロボロのスウェットを着た。スパンキーとマディーをのぞけば、その姿を見る人はほかにだれもいないのだから。それにそんな姿では未来のロマンスの兆《きざ》しなど生まれるわけがない。おそらくそれがいちばんいいのだ。

デルはあまりに疲れていてからかいつづけることができないようだったので、オリヴィアは辛辣《しんらつ》な返答をのみこんだ。

「何かあったのね？　それでこんな時間に外にいたんでしょ？」

デルは眉をひそめてためらったが、肩をすくめて言った。

「どっちにしろすぐに知れわたるだろう。チェンバレン邸から帰る途中、ここに明かりがついているのが見えたんだ。それで心配になった。事故だったようだから、きみたちの心配をする必要はないんだろうが、安全を期するために様子を見ておこうと思ってね」

「もうちょっとわかりやすく言ってくれない？」とオリヴィア。

「ごめん」デルはかすかな笑みを浮かべて言った。「午前二時ごろ、チェンバレン家の家政婦から電話があった――バーサのことはきみも知ってるだろう？　バーサは意識を失っているクラリスを見つけたと言うんだ。ぼくたちは救急救命士たちのあとに到着したんだが、だれにもできることはなかった。クラリスは死んでいた」

# 2

オリヴィアはようやく一時間と三十七分眠ったところで、アラーム音に起こされた。前夜のことがあるので、店がいつもより忙しくなるのはわかっていた。マディーの超人的なエネルギーレベルをもってしても、チャタレーハイツのゴシップ好きの要求を満たすのは無理かもしれない。

シャワーを浴びたあと、スパンキーを短い散歩に連れていくために、コーデュロイパンツと温かいセーターを身につけた。スレート色の雲の下の朝の空気は重く湿っていたので、散歩が短くなって、スパンキーはむしろよろこんでいた。オリヴィアに足をふいてもらうより先に二階にかけのぼり、整えていないベッドに跳びのって、毛布のなかに頭からもぐりこんだ。

「わたしもできたらそうしたいところだわ、ちびちゃん」オリヴィアは言った。スパンキーがえさと水のあるところに行けるように、ベッドルームのドアは少しだけ開けておいた。

これから仕事だと思っても、活力と高揚感がわいてこないのは、〈ジンジャーブレッドハウス〉を開業してから初めてのことだった。この不調は睡眠不足のせいというより、クラリ

ス・チェンバレンが亡くなったという現実を受け止められずにいるせいだった。実際、今朝目覚めたとき、すべての出来事は夢だったのだと思ったほどだ。マディーが真夜中に発作的にクッキー作りをしたことも、デルから悲しい知らせを受けたことも。

父が亡くなったときも似たような混乱を覚えたのを思い出し、クラリスがいかに自分の人生に深く関わっていたかがわかった。

ライアンとの結婚生活の最後の数年間で、オリヴィアの存在は、愛すべきパートナーから単なる夫の付属物へと、彼女自身も気づかないほどごくわずかずつ変化していた。共通の夢に向かってともに進んでいると思っていたのに、いつの間にか召使いとパーティ同伴要員の中間のような存在になっていた。いま思えば離婚は必然かつ避けられないものだったが、オリヴィアにとっては追い撃ちをかけられたようなものだった。

そんな彼女を立ちあがらせ、お尻の汚れをはたき落として、発想の転換をうながしたのがクラリス・チェンバレンだった。四十年以上のキャリアを誇る女性実業家のクラリスは、オリヴィアの可能性に目をつけ、〈ジンジャーブレッドハウス〉に賭けてみるよう励ました――というか、あからさまにおどした。彼女はオリヴィアのつねにたよりになる助言者であり、いちばん熱心な顧客であり、友人だった。こんなときクラリスなら階下に行って仕事をしなさいと言うだろう。

着心地のいいコーデュロイパンツとセーターは着替えないことにした。仕事がひと段落したら厨房で仮眠をとらせてもらうことになるかもしれない。階段に向かう途中、バスルームに寄り、鏡を見てあらさがしをした。午前四時よりはましに見えたが、改善の余地はあった。軽くお化粧をして顔色を心持ち明るくすると、まぶたの腫れがあまり目立たなくなった。さつきはまとまっていた短い赤褐色の髪は、カールがゆるんで顔のまわりにたれていた。オリヴィアの目が服の色によってブルーにもグリーンにも見える、独特なグレーをしていることに気づく男性も、ライアンを含めて少しはいた。それでも彼女はパーティ同伴要員ではないし、そうありたいとも思わなかった。

コーヒーを飲み干し、カップを持って階下に向かった。今日はコーヒーが必要な日になるだろう。

オリヴィアがおりていくと、マディーは開店準備をしているところだった。

「厨房に淹れたてのコーヒーがあるわよ」空《から》のカップを見て、彼女は言った。

オリヴィアはその香りに導かれていった。「少しは眠ったの？」と肩越しにきく。

「実は全然寝てないの。でも心配しないで。これまでの不眠記録は四十八時間だから。ずっとその記録を破りたいと思ってたのよね」

「仮眠が必要になったら言って」

「そうする」

厨房にはいると、オリヴィアはカップにコーヒーを満たし、注文書の束を集めて、小さな事務用デスクのまえに座った。ようやく仕事にとりかかろうとしたとき、マディーが顔を出した。

「応援にはいってほしいんだけど」

「わかった」オリヴィアは彼女のあとから店に出た。「特売のお知らせでも出したっけ？もう十二人はお客さんがいるけど」

「正確には十三人よ。もっと増えそう。みんなクラリスの死の最新情報を知りたいんじゃないかしら」マディーが言った。

「でもなんでここに来るの？」

「だってあなたとクラリスは親しかったでしょ。詳しいことを知っている人間がいるとすれば、彼女の息子たちかあなたということになる。エドワードとヒューは人目を避けるでしょうけど、あなたにはその選択肢がない。こうして店をやってるんだもの。でも大丈夫よ、あたしがついてるから」

オリヴィアが姿を見せた瞬間、お客たちは篩《ふるい》に通した水のように彼女のほうに流れてきた。道を尋ねるために立ち寄った、売り出し中の若手女優になったような気がした。しかし、熱狂的ファンとちがって、チャタレーハイツの住人たちは巧妙で慎み深かった。少なくとも、ふだんはそうだ。知っている顔ばかりだったが、これまで〈ジンジャーブレッドハウス〉では見たことのない顔もいくつかあった。

それから一時間、お客たちはオリヴィアの注意を惹《ひ》こうと競い合った。ほとんどが何かしらを買った。スパチュラや低価格のクッキーカッターのひとつも買えば、一分間はオリヴィアと話せるのだから。ひどくショッキングなうわさは否定するように努めた——とくにクラリスがバイク暴走族に押し入られて殺されたというような話は。オリヴィアの知るかぎり、クラリスの死因は自然死だという話が店内に広まると、お客の数は減っていった。

オリヴィアが忙しく棚の品物を補充しているあいだに、マディーはルーカス・アシュフォードがいる料理本コーナーにまっすぐ向かった。かつてこの家のダイニングルームだったアルコーブだ。すそをジーンズに入れて着た赤いチェックのフランネルシャツが、ルーカスの引き締まったたくましい体をゆったりとおおっていた。その破壊力がいかほどのものか見きわめたいのか、グレーの大理石の麺棒《めんぼう》の重さをたしかめている。マディーは彼に夢中だった。彼女がルーカスを評価するときにはいつも〝おいしそう〟ということばが含まれていたが、オリヴィアにとってルーカスは隣に住んでいる人でしかなかった。ルーカスがそばに来たマディーを笑顔で見おろすと、彼女はその腕に触れた。思いがけない淋しさがちくりとオリヴィアを襲った。身に覚えのある感覚だった。

「スイートハート、どう、持ちこたえてる？」

母の声を耳にしてぎくりとした。「母さん。ごめん、気づかなかった」

「わたしがあんまり下にいるから見えなかったってことね」それは家族のあいだでよく使われる古いジョークだったが、エリー・グレイソン＝マイヤーズはあたかもそれを思いついたのは自分であるかのように笑った。身長百五十センチのエリーは、百八十八センチの父親から長身を受け継いだオリヴィアよりゆうに二十センチは低かった。

「今なら店はマディーにまかせておけるわ。奥で母さんとおしゃべりしましょう」

エリーは母親らしい迷いのない腕でオリヴィアを厨房に引っぱりこみ、ドアを閉めると、小柄な体をスツールにのせた。一九六〇年代の申し子である母は、六十歳になろうとしている今も、花柄のロングスカートとペザントブラウスがお気に入りだった。腰まであった髪はずっと昔に切り、今は肩の少し下あたりまでの灰色のゆるいウェーブヘアにしている。

「あら」エリーはキッチンテーブルを見て言った。マディーはフラワークッキーの半数のデコレーションを終えていた。「あなたとマディーのお手並みは見事ね」

「全部マディーがやったのよ。彼女は創造の天才なの」

エリーは身を乗り出して一個のクッキーを指さした。

「あれは紫色のスイセンかしら？　ヒッピーのコミューンにいたころだったら、マディーの才能はものすごくウケたと――」

「あのね、母さん、マディーの世界ではほんとに紫色のスイセンが咲いてるのよ」

「じゃあ、あなたの世界ではどうなの、リヴィー？　疲れているみたいね。あなたがクラリスとどんなに親しかったかは知ってるわ。彼女の死はショックだったでしょう。もう、そんなふうにわたしを見ないでよ、別にゴシップを求めてるわけじゃないんだから。ただその……」エリーは髪を束ねて首のうしろでまとめ、まえに落ちてこないように一度ねじった。

「あなたのお父さんが亡くなったとき、もちろん母さんは悲しんだけど、自分を責めてもいたの。こうなることは予測できたんじゃないか？　早くお医者さんに行くように言うべきだったんじゃないか？　どうしてあの人は手遅れになるまでわたしに何も教えてくれなかったのかしらって」

オリヴィアはグリーンとオレンジのストライプのバラらしきクッキーをひとつつまみ、半分に割って、片方をエリーにわたした。

「クラリスがどんなふうに亡くなったのか、ほんとうに知らないのよ」オリヴィアは言った。

「でも……」

エリーは半分になったクッキーの縁からアイシングをなめとりながら待った。

「つい三日まえまでは、誓ってもいいけどクラリスはどこも悪くなかった。今までと同じように冴《さ》えてて元気いっぱいだったわ。でも火曜日に店に来たときは、別世界にいるみたいだった」

「健康上のことで悪い知らせを受けたのかもしれないわね」エリーが言った。

厨房のドアが開いて、マディーが頭を突き出した。

「いらっしゃい、エリー。リヴィー、三十分ばかり店をお願いしていい？　バタークリームフロスティングつきのお願いよ。ルーカスがコーヒーをごちそうしてくれるっていうの。悪いわね、ありがと！」オリヴィアが口を開くまえに彼女は消えた。

「あなた、ほんとに大丈夫？　実は母さん、これからボルティモアに行くつもりだったの。ナチュラルヒーリングのセミナーを受けるためにね。でもあなたがそばにいてほしければ欠席してもいいのよ」エリーが言った。

「わたしは大丈夫よ、母さん。忙しくしてるほうがいいの。母さんはセミナーに行って。戻ってきたら電話をちょうだい」

エリーはオリヴィアに両腕をまわし、母親らしくその手に力をこめた。

「携帯をマナーモードにしておくから、話したくなったら電話するのよ、いいわね？」

「ありがと、母さん。そうする」

「体に気をつけるのよ、リヴィー。あなたにはどうすることもできなかったんだから、自分を責めちゃだめよ」彼女はつま先立ちになると、オリヴィアの肩に手を置いて、引きおろした娘の頬にキスをした。

オリヴィアは母のあとから無人の店に戻り、手を振って母を見送ったあと、補充作業を終えた。そしてクラリスのことを考えた。いっしょにすごした最後の時間が、あんなに奇妙で心乱されるものでなければよかったのに。クラリスはなんとなく集中力を欠いている様子で、ときおりオリヴィアがいることも失念していた。クラリスはやり手のビジネスウーマンで、レーザー光線のような集中力の持ち主で、取り乱すことなどなかった人だ。それなのに、最後に店に来たときは取り乱していた。

店にいるのは自分ひとりなので、オリヴィアは会計カウンターのうしろの背の高いスツールに座って、携帯電話に番号を打ちこんだ。

呼び出し音が三回鳴ったあと、デル保安官が出た。

「やあ、リヴィー。今朝は睡眠を妨害してすまなかった」電話の向こうでげらげら笑う男性の声が聞こえた。「ちょっと待って、外に出るから」一分後、デルは言った。「ごめん、よく考えもせずに」

「あなたもちょっと睡眠不足みたいね」

「まさか。それで、何か？」

「クラリスのことを考えてたの。先週の土曜日にディナーをごちそうになったときは、元気そうだった。でも火曜日にうちの店に来たときは、ぼんやりして心ここにあらずだった。どうも態度が変だったけど、病気のようには見えなかった。どうしても気になるの……きっと何かあったんだわ。そのことについてあなたと話したいと思って。ランチに時間作れる？」

「うーん、どうかなあ、今朝着てたあのかわいい服を着てくる？」

「疲れのせいってのが許されるのは一回までよ、デル。ちゃんと記録してますからね」

デルは笑った。「わかったよ。一時ごろカフェで会って話そう」

オリヴィアは電話を切って、パンツのポケットに携帯電話をしまった。スツールの座部をひねって息をのんだ。店の入口付近に郵便集配人のサム・パーネルが、郵便物の束を持って立っていたのだ。はいってきた音は聞こえなかったのに。

チャタレーハイツには三人の郵便集配人がいる。パートタイムがふたりとサムで、彼は十五年も郵便を配達しつづけていた。凍えるような日も蒸し暑い日も、毎日、合衆国郵便公社の制服を着て、帽子までかぶって。帽子を家に置いてくることはけっしてなかった。

「今日は何かおもしろいものはあった？」オリヴィアはサムのうわさをよく聞いていた。地元のゴシップによると、サムのあだ名が〝詮索屋《スヌーピー》〟なのは故《ゆえ》ないことではないらしい。

「全部請求書みたいだね」サムは言った。

「そう。なかまで持ってきてくれてありがとう」オリヴィアは新しいレシピの束を忙しく分類しながら言った。

「チェンバレンの奥さんのことは気の毒だった」サムの哀れっぽい鼻声が店内に響きわたった。

オリヴィアが顔を上げると、サムはそれを招待と受け取った。彼女の郵便物をぱらぱらとめくりながら、店の奥まではいってきた。「女の人にとってはかなりのストレスだったんだろうね」オリヴィアに封筒類をわたして言った。

「ストレス？」ときいたあとで、後悔した。サムが情報通であることをどれほどひけらかしたがっているかを知っていながら、彼にその機会を与えてしまった。

「ほら、彼女はもう歳だし、考えなくちゃならないこともいろいろ出てくるだろ。成人した息子ふたりはあとをたくしてもらいたがってる。彼女は遺言書の書き換えを考えていたそうだ。しんどかったにちがいない。だって、ヒューとエドワードのどちらがここに落ちついて、跡継ぎを作ってくれるかなんて、わからないもんな」

オリヴィアは何も言わずに郵便物の仕分けをした。サムが情報を求めているときはいつも、いくつものあいまいなほのめかしを並べ、そのどれに聞き手が反応するか見ようとするからだ。

サムは咳払いをした。「ひとつだけはっきりしてるのは、孫のことだね。チェンバレンの奥さんにとって、孫をもつことはとても重要なことだったんだ。ほんとに重要な」

それも憶測なのだろうが、サムの発言にオリヴィアははっとした。言われてみれば、クラリスが孫のことを考えているようだったのを思い出したからだ。そのときはなんとも思わなかったが。オリヴィアは無言のまま思わずサムの淡いブルーの目を見た。真偽は定かではないが、彼の意見には考えるべきものがある。サムは彼女にうなずいてみせると、口笛を吹きながらぶらぶらぶらとドアに向かった。

オリヴィアはめったに外でランチを取る時間がなかったし、外で食べるにしても、ランチタイムの〈チャタレーカフェ〉は避けていた。平日でもランチタイムには、人びとが窓枠に座ったりドア口に詰めかけたりして、席があくのを待っているからだ。

デルがカウンターに取っておいてくれたスツールに座って、オリヴィアは言った。

「ひどい顔ね」

「ずいぶんなあいさつじゃないか、リヴィー」デルは弱々しい笑みを浮かべてみせたが、腫れぼったい目元が強調されただけだった。いつもはまっすぐな砂色の髪も、シャワーを浴びてすぐ制帽に押しこんだように、もつれてよれよれだった。

オリヴィアはカフェのなかを見まわした。午後一時を数分すぎていたが、どのテーブルも埋まっていた。クレジットカードの伝票にサインしている人も、コートを着ようとしている人もいない。「もうちょっと静かだと思ってたんだけど」とデルの耳元に身を寄せて言った。

ウェイトレスがデルのまえにコーヒーのカップをふたつ乱暴に置き、彼はそのひとつをオリヴィアのほうにすべらせた。

「ぼくのおごりだ。ランチはきみがおごってくれてもいいよ」

「ありがと。今朝起きてからコーヒーはこれで六杯目よ。胃がとけそう」

デルは正面ウィンドウ沿いのテーブルのひとつにあごをしゃくった。

「あのふたりはもうすぐ帰ると思う」

オリヴィアは話しこんでいる様子のカップルに目をやった。「どうしてわかるの?」

「それはね、リヴィー、十五年以上も警官をやってるからだよ。こういう状況を読むコツを学んだんだ」

オリヴィアはにやにやしながら言った。「ドーナツばっかり食べてるせい?」

「おやおや、信用がないんだな」

デルが同じテーブルを示すと、カップルは立ちあがってコートを着ているところだった。デルは自分のコーヒーを持ってすぐさまそのテーブルに行った。どちらの客も笑顔で彼にあいさつし、自分たちのテーブルを使うよう身振りで示した。デルは手を振ってオリヴィアを呼んだ。

「で、どうしてこんなことができたの?」オリヴィアはメニューを開いてきいた。

デルは満足げに言った。

「あのふたりが昼は毎日ここで食べていることをたまたま知ってたんだよ。ウェイトレスにチップをはずんで、このテーブルを取っておいてもらってることもね。チップは勘定書につけてあって、二週間ごとの給料日に決済される。ふたりとも郵便局で働いてるから、一時十五分をすぎると減俸になる」

「すごい。しかもお楽しみまで用意してくれたのね」オリヴィアは歩道が見えるウィンドウを示して言った。ポニーほどもある黒のラブラドールレトリーバーが、通行人を追い散らしながら大股でゆっくりと通りすぎた。

「装甲機動部隊にはまだまだだな」デルが首を振りながら言った。

ほどなくして、背の高い若者が、必死の形相で窓のまえを疾走していった。保安官助手のコーディ・ファーロウだ。愛犬バディに跳ねとばされかけた人びとをよけようとしている。

「スパンキーもまだ逃げようとするかい？」デルがきいた。

「そんなにしょっちゅうではないけどね。今は安全だと感じてるみたい」

「勇気のある子だ。子犬の牢獄から逃げ出して、ボルティモアの路上で何週間も生きのびたんだから。映画化されてもいいくらいだよ」

「そうね、あの子はなかなかのやり手よ。それも魅力のひとつね」

注文がすむと、デルは組んだ指にあごをのせ、心配そうな顔つきでオリヴィアをじっと見た。

「クラリスのことを話したいんだよね？」

オリヴィアはコーヒーをすすりながら、数日まえのクラリスの態度を説明するのにふさわしいことばをさがした。クラリスを見たのはあれが最後になったわけだが、こんなことになるとは思っていなかったので、話の内容にとくに気をつけていたわけではなかった。調子が悪かったようだが、どんなふうに不調だったのかも、その理由も、うまく説明できそうになかった。デルがせかさないでくれてありがたかった。

注文の品が来て、デルがターキーのクラブハウスサンドイッチにかぶりつくと、オリヴィアは言った。

「クラリス・チェンバレンはわたしが出会ったなかでいちばん頭が切れる、とても決然とした人だった。だからわたしは彼女を尊敬していた。賛成できないこともときにはあったけど。彼女はいつも自分の望みがわかっているようだった」

デルは食べながら励ますようにうなずいた。

「でも最後にわたしと話したときの彼女は、別人のようだった」

「正確にはいつのこと？」デルはディルピクルスの先をかじってきいた。

「火曜日の午後よ。火曜日はいつもお客が少ないから、わたしは彼女に会えてうれしかったし、おしゃべりがしたかった。ビジネスに対する彼女の眼識は、いつもとても役に立ったから。わたしはコーヒーを勧めたけど、彼女は聞こえていないようだった」

「リヴィー、どんなに頭の切れる人でも、おかしくなってしまうことはあるんだよ。ヒューもエドワードももう三十代だから、クラリスは六十に近い年齢だった。多くの人が、引退してゴルフでもしてすごそうかと考えるころだ。きっと彼女は疲れていたんだよ。それとも、クッキーカッターを集めるんじゃなくて、使う時間がほしくなったのかもしれない」

「あなたは六十歳になったとき、そんな気になるかしらね？　それに、クラリスは料理に興味がなかった。主婦になることを望んでたわけじゃないもの」

「そういうつもりで言ったわけじゃ……オーケー、整理させてくれ。火曜日の午後、クラリスは彼女らしくないふるまいをした。彼女が言ったことやしたことの何が、きみにそんな印象を与えることになったんだ？　覚えていることをすべて話してくれ」

　オリヴィアはサラダをもぐもぐ食べながら、あの午後に意識を戻した。その日は春の気配が感じられたのに、クラリスは冬用のウールのロングコートを着ていた。オリヴィアはクラリスの顔を見たとたん、何かがおかしいとすぐにぴんときた。

「口紅がよれてた。ひどくにじんだみたいになってたわ」デルが何か言うまえに、急いで付け加えた。「リンゴを食べてたとか、男の人といちゃいちゃしてたんじゃないかなんて言わないでよ。完璧なメイクをしていないクラリスなんて見たことがなかったんだから。届け物があって、電話も入れずに彼女の家に寄ったときでもね」

「なるほど」デルは言った。「ほかに驚いたことは？　そのときのことを全部説明してくれるとありがたいな。そのなかにきみが気になっていることが含まれているだろうから。人は自分にとって意味のある細かいことを記憶しているものなんだ。そのときは意味がわからなくてもね」

　食べ物で元気が出たオリヴィアは、そのときに立ち戻って、自分の見たものを説明した。

「気づいたのはクラリスの顔がやつれたように、縮んだみたいになって――」

「顔をしかめてたってこと？　怒ってたってこと？」デルはテーブルに肘をついて身を乗り出した。

「怒ってはいなかった。それより何かの問題について考えているみたいだった。何か心配事があるみたいに。わたしを見ると微笑んだけど、にっこり笑ったわけじゃない。それに、あいさつするときわたしの名前を呼ばなかった。いつもはそうするのに。つまり、そうしてたのに。ああ、どうしても信じられない――」

「わかるよ」

オリヴィアはため息をひとつついた。「クラリスは大きなバッグを持っていた。用事がたくさんあるときや、どこかに送る荷物があるときに使うやつ。彼女がそれを開けて、なかを見て、またぱちんと閉めたから覚えてるの。それからまた店のなかを見わたしたけど、根が生えたようにそこに立ったままだった。まるでどうして自分がそこに来たのか思い出せないかのように。わたしは彼女にきいた。『何か特別なものをおさがしですか？　クラリス。あなたがこのあいだいらしてから、春の新作がいくつかはいったんですよ』って。反応がなかったから、一九七〇年代のホールマーク社のピーナッツシリーズから、ヴィンテージものがいくつか届いたことを付け加えた。彼女が不意に元気を取り戻して、それを見せてくれと言ったので、ふたりでアンティーク用キャビネットのところに行った」

デルが声を落として口をはさんだ。

「それは施錠してあるのかな？　ちょっと思ったんだが」

「いつもそうするようにしてる。クラリスには自由に見てもらってるけど。たいていの万引き犯はヴィンテージもののクッキーカッターの値打ちを知らないの——何千ドルもするやつもあるんだから——でも熱心な収集家やアンティークディーラーは知ってる。かなり高価なものは夜になると金庫に入れてるわ」

「よかった。ぼくの仕事が楽になるよ。つづけて」

「わたしがピーナッツシリーズのクッキーカッターを見せると、クラリスはスヌーピーがダンスしているカッターを手に取った。それを持ったまま、数秒ほど宙を見つめていた。それからやっと『ずいぶん楽しそうね』みたいなことを言った。ほとんどひとり言みたいに。そして『これをいただくわ』と言った。会計カウンターに向かうわたしに、また声をかけた。『ちょっと見てまわるわ』と。肩越しに振り返ると、彼女はもう背を向けていた。わたしは『もちろん、ごゆっくりどうぞ』と言ったけど、彼女は返事をしなかった。なんだか……そう、拒絶されたような気がした。クラリスはそんな冷たい人じゃなかったのに。わたしとい るときは」

オリヴィアはサラダの残りをつまんだ。

「大げさに言ってるわけじゃないの。この数カ月、クラリスはわたしを娘のようにあつかってくれて、ディナーに連れていってくれたり、耳の痛いアドバイスをしてくれたり……」

デルはくすっと笑った。「ありがたいことだね」

「火曜日に来店したときの話だけど、彼女がつぎにしたことも、いつもの彼女らしくなかった。うちのクッキーのレシピのいくつかをもらえないかと言ったのよ」

「彼女は料理をしないんだろう？」デルは興味を惹かれたように言った。

「わたしはきっとびっくりした顔をしていたのね、彼女はバーサのためだと付け加えたから。それでもやっぱり納得がいかなかった。クラリスはパーティのためのデコレーションクッキーがほしいとき、いつもわたしたちにケータリングをたのむの。それでもわたしは、いいですよ、と言って、コピーを取りにいった」

「ほかに思い出せることは？」

「あるわ。レシピを持って戻ってくると、クラリスはクッキーカッターをもうひとつカウンターに置いていた——花の形のだったと思う。わたしはそれを包んで彼女のところに持っていった。そしたら……そのときは気のせいだと思ったけど、サムの話を聞いたあとは、よくわからなくなってきて」

オリヴィアは皿を脇に押しやり、肘をついて身を乗り出した。指でこめかみをもみながら言った。

「クラリスはベビーシャワー（出産まえの母親を祝う風習）用クッキーカッターのコーナーのまえに立っていたの——ほら、赤ちゃんの靴とか、ガラガラとか、揺り木馬とか、そういう赤ちゃん関係のものの形をしたカッターよ。彼女は乳母車の形のカッターを手にしていた。わたしがコートの袖にそっと触れると、驚いて別世界から呼び戻されたように、びくりと顔を上げた。そしてまっすぐわたしを見た。涙ぐんでいたのはたしかよ。涙はあっという間に消えたから、見まちがいかと思った。でも今日、クラリスにとって孫はとても重要だったとサムが話してたの――彼女、わたしには何も言ってくれなかったけど」

デルは言った。「無難でありがちな意見に聞こえるけどね。いかにもサムが情報を引き出すのに使いそうな。孫を望まない母親がどこにいる？　でも、きみが見たことは役に立つかもしれない」

デルはしばらく黙りこんだ。眉間のしわを見れば、彼がオリヴィアの話を真摯《しんし》に受け入れ、得た情報について検討していることがわかった。

「きみはなかなかよくやったよ。目撃者から筋の通った証言を引き出すのはほんとうにむずかしいんだ。これできみも気が楽になったんじゃないかな。少なくともある程度は」デルはテーブルに身を乗り出して、声を低くした。「クラリスが発見されてからはいった情報をいくつか教えよう。昨日の今日で、まだ検死もそのほかの検査の結果も出ていないから、大ざっぱなものだけどね。でもここだけの話だよ、リヴィー、ほかの人には言わないように。マディーにもだ。とくにマディーには言うな。すでにいろんなうわさが流れてるから」

「もちろん言わないわ」オリヴィアは言った。

「きみを信じていないわけじゃないし、この情報が重要なものになるというわけでもないんだけど……その、どうも解せないんだ」

「デル、それってつまり――」

「声が大きい」

オリヴィアはさらに身を寄せてひそひそ声で言った。

「クラリスの死に何か疑わしいところがあるの？」

「いや、そうは言っていない。おそらくは事故だろう。ただ……いいかい、これから話せるだけのことを話す。それを聞けば、口をつぐんでいることがなぜ重要なのかわかってもらえるはずだ」

デルはお客が半分ほどになったカフェを見わたして、満足したようだった。

「よし。今のところわかっているのは、亡くなった夜にクラリスが赤ワインをまるまる一本飲んだらしいということだ。ボトルの栓を抜いて書斎に持ってきてくれと、バーサはクラリスに言われたらしい。いつもならクラリスはグラス一杯以上は飲まないともバーサは言っていた。それも夕食のときに飲むだけだと。クラリスには睡眠障害があって、強い睡眠薬の処方を受けていた。錠剤を飲みこむのが苦手だから、いつも薬を砕いて液体に混ぜていた。たいてい水かオレンジジュースだったが。バーサによると、最近クラリスは悩みを抱えていたようで、亡くなった夜はほとんど夕食に手を付けなかったそうだ」

「ということは、空腹の状態でワインと薬を飲んだのね」

「そうだ。バーサは自然の欲求に呼ばれて午前二時に目覚め、用をすませたあと、階下の明かりがついているのに気づいた。そして書斎の床に倒れているクラリスを見つけた。デスクと書斎のドアのまんなかあたりにうつぶせに倒れていたそうだ。困ったことになったと気づいて、助けを呼ぼうとしたかのように」

オリヴィアはカフェのウィンドウから外を眺めた。空は朝と変わらず暗かった。すぐにも雨になるだろう。

「つまりあなたが言っているのは、クラリスはひどく動揺していて、自分がとんでもなくばかなことをしているのに気づかなかったか、気にしていなかったということ？」オリヴィアの頭のなかで、クラリスと交わしたいくつもの会話がよみがえった。「でもわからないわ……クラリスは頑固だったかもしれないけど、ばかなことをする人じゃなかった」

デルは肩をすくめた。「検死結果が出ればわかるだろう。でも、きみやほかの人たちからクラリスの精神状態の話が出たわけだから、三つ目の可能性についても考えなければならない。その可能性が消えるまでは、公言したくないんだ」デルは腕時計を見た。「署に戻らないと。きみが話してくれたことは、ほかの人たちが言っていること、だれが見てもクラリスがこれまで以上に動揺していたということの裏付けにしかならない。クラリスが自分で心を決めた可能性をさぐらないと――」

「まさか！」ひと組のカップルの頭がこちらに向けられ、オリヴィアは声を低くした。「あなたが何を言おうとしているのかはわかるけど、クラリスは自分の命を絶つ道を選んだりしないわ。彼女はどんなことにも立ち向かえた。何を悩んでいようと、解決策を見つけるか、歯を食いしばって進むかしたはずよ」

デルは手を伸ばしてほんの一瞬オリヴィアの腕に触れた。どういうわけか、それはいっそう彼女を怒らせただけだった。

「きみの言うとおりだといいんだが。なあ、どうしても答えが知りたいのはわかるけど、お願いだから自分からしゃしゃり出て、うわさの火に油を注ぐような質問をしてまわるのはやめてくれ。クラリスはいくつも生命保険にはいっていてね、何があったのかまだわかっていないうちに、都会の保険調査員に乗りこんでこられるとまずいんだ」

オリヴィアは守れるかどうかわからない約束に同意してうなずいた。

# 3

デルとのランチで心を乱され、意気消沈したオリヴィアは歩いて〈ジンジャーブレッドハウス〉に戻った。クラリスが過失による睡眠薬とアルコールの過剰摂取で死んだという考えは受け入れがたかった。なんといってもクラリスは元看護師だったのだ。しかも結婚後、彼女と夫のマーティンは医薬医療品ビジネスを立ちあげ、それは彼らが手がけたなかでもっとも大きく、もっとも成功した事業となった。いくら上の空だったとしても、そんな無知で致命的なまちがいをするには、クラリスはあまりにも知識がありすぎた。

なぜデルがクラリスの死に疑わしい点があることを広めてほしくないのかは理解できた。外部からやってきて彼の捜査を引き継ごうとする人間たちから町を守りたいと思うのは当然のことだ。クラリスの死をめぐる状況がみんなの知るところとなったら、彼の意見が通るかどうかは疑わしい。保険調査員は疑うことで給料をもらっているのだ。それに、クラリスの評判はチャタレーハイツという小さな町の枠を超えているので、彼女の死はマスコミの関心を惹くだろう。

クラリスがみずから死を選んだとは考えたくなかった。〈ジンジャーブレッドハウス〉に

近づくにつれ、自殺という不快な考えがもぞもぞと頭のなかにはいりこんできた。クラリスなら自分の死を事故に見せかける方法を知っていたはずだ。でもなぜそんなことをするの？　彼女をそんな絶望的な行動に走らせたかもしれないものって何？　どうしてクラリスの友だちであるわたしにその兆候がわからなかったの？

　ききこみをしなければ。こうなったらなんとしても。亡くなるまえのあの数日間にクラリスの身に何が起こっていたのか知りたかったし、知る必要があった。つまらない好奇心ではない。オリヴィアは怒っていた。自分自身にいちばん腹が立っていた。頭のなかでクラリスの最後の〈ジンジャーブレッドハウス〉訪問を再現しつづけた。もっと注意を払うべきだった。クラリスをせっついて、悩みを聞いてあげるべきだった。そうしていたら助けられたかもしれないのに。それなのにオリヴィアは拒絶された子供のような態度をとってしまった。

　店にはいり、話好きなお客の相手をしているマディーを見てほっとした。まっすぐ厨房に向かい、途中で送り状の小さな束をつかんだ。書類仕事は大好きな仕事ではないが、頭をはっきりさせるのには役立つかもしれない。小さなデスクについて、ノートパソコンを立ちあげた。数字とのやりとりを十分間つづけると、頭のなかがすっかり無感覚になり、目を開けていることもできなくなった。ノートパソコンを閉じてスリープモードにし、自分もその仲間入りをした。

　一瞬ののち、あるいは一瞬に感じられただけかもしれないが、だれかがオリヴィアの肩を揺すった。マディーの声がこう言っているのがわかった。「リヴィー？　起きてよ。あたしが殺すまえにタミーをわたしの手の届かないところにやって」

「殺す？」オリヴィアは頭を上げられそうもなかった。「マディー？　だれがタミーを殺すって？」

「そううまくはいかないわよ」マディーはオリヴィアの両肩を引っぱって起きあがらせた。

オリヴィアは頭を上げてしかめ面をした。「わたしの首、どうかしちゃったの？」

「右のほっぺを下にして三十分も眠ってたからでしょ。ほら、あたしが治してあげる」マディーは片腕でオリヴィアの頭を抱え、もう片方の手で右肩を押しさげた。

「うわっ！」ぼきっと音がした。マディーが手を離したら頭がとれてしまうのではないかと思ったが、そうはならずに首は普通の状態に戻った。ある程度は。「うそ、治った！」

「ほんと、カイロプラクティックスクールで三時間の講習を受けておいてよかったわ。あのね、リヴィー。店に出てタミーと話をしてもらいたいの。あなたに何かを見せるんだって言い張って、まともなお客さんの相手をさせてくれないのよ。あなたは昨日の夜サーカスのライオン使いと逃げたって言っても、ぐるっと目をまわすだけなの。彼女をどうにかして。あなたに腹を立ててるときのタミーのほうがずっと好きだったのに、残念ながら彼女、すべて水に流したみたいよ」

オリヴィアは重い体をシンクまで運び、顔に冷たい水をかけた。ペーパータオルで水をふき取りながら、マディーが気むずかしくなっていることに気づいた。いつもはそんなことないのに。「仮眠が必要なんじゃない？」

「あたしなら大丈夫よ。タミー・ディーコンズの首を絞めてやりたくなるのはいつものことだから」

「そうだけど、いつもはおもしろがってるじゃない。仮眠が必要なのよ」オリヴィアはパンツのポケットから鍵束を引っぱり出し、マディーにわたした。「はい、ゲストルームのベッドを使って。まちがいなくスパンキーが添い寝してくれるわよ」

「よかった」マディーは鍵束を受け取って言った。「スパンキーは絶対わたしをいらいらさせないもの。あなたの幼なじみたちとちがって」

マディーが二階に避難するあいだに、オリヴィアはタミーに手を振ってあいさつした。タミーとは幼稚園のときからのつきあいなので、マディーがおばとともに町に引っ越してくる六年まえからということになる。このふたりの幼なじみのあいだには、いつもライバル意識があったが、オリヴィアはそれをつとめて無視していた。そのほうが人生はずっと楽だ。

「ああ、リヴィー、いたのね。わたしが買ったものを見てよ。すっごいゴージャスなの。一グラムも減量しなくても、わたしにぴったりフィットするのよ」

タミーは金色の縄状の持ち手がついた、黒い金のストライプの大きな紙袋を掲げてみせた。〈エレガントなレディーのためのレディ・チャタレー・ブティック〉のシンボルカラーだ。オリヴィアがなかをのぞけるように袋を開く。袋の底で、小さくて平たいものが、何層もの薄紙に包まれ、ぴかぴかのメダル形シールで閉じられていた。

タミーのハート形の顔は興奮で輝いていた。もし薄紙を通して中身が見えていたら、オリヴィアもその興奮を分かち合おうとしただろう。でも、オリヴィアはひどく戸惑ってもいた。マディーの言うとおりだ。この数週間、タミーはオリヴィアを避けていた。店にも来ないし、電話をしても折り返してこないし、一カ月まえから計画していたボルティモアへの買い物ツアーもキャンセルしたし、人前でオリヴィアをわざと無視さえした。理由はいまだにわからない。これまでの長いつきあいで、こんなことは初めてだった。

タミーの不可解な態度について、オリヴィアはもうひとりの幼なじみであるステイシーに相談しようと思っていた。ステイシーはタミーと同じ学校で働いている。彼女ならタミーがひどく気まぐれになってしまった理由を知っているかもしれない。だが不意に、ステイシーが、いま目のまえに立って興奮気味にしゃべりだした友人の大ファンではなかったことを思い出した。波風を立てたくはないので、ステイシーに電話するのは少し待つことにした。自分がどんな悪いことをしたのかオリヴィアには見当がつかないにしろ、今までのことを水に流してうれしそうにしているタミーの様子は不可解だったが、昔からの友人なので、せめて今はうれしそうにしている彼女に調子を合わせるべきだろう。

「ドレスを買ったのね？」オリヴィアは言い当てた。

「世界でいちばんきれいなだけじゃなくて、世界でいちばん完璧なドレスなの。その魅力を存分にわかってもらうにはわたしが着てみせなくちゃ。厨房の奥のバスルームを借りるわね。すぐ戻るから」

オリヴィアは時計を見あげた。そろそろ四時、あと一時間で閉店だ。母の言う〝住み慣れた状態〟になっていた店内を片づけはじめた。数えきれないほどの料理本が、まるでどこかの委員会が町をあげての料理コンテストを計画しているかのように、開かれたままになっていた。料理本コーナーの棚に本を戻したあと、思いつくかぎりあらゆる犬種を網羅したクッキーカッターのディスプレーをもとどおりにした。どうやら子供の一団がそれで遊んで、店じゅうに散らかしたようだ。お気に入りのヨークシャーテリア形のカッターは、鍋つかみの束を誇らしげに守りながら立っていた。鍋つかみのそばには、戦いに負けたグレートデンが横向きに倒れていた。オリヴィアは二匹を拾いあげると、鼻を突き合わせるように持って言った。「もう店のなかでけんか《ドッグファイト》はしないでね、わかった？」デルにクラリスの死を知らされてから初めて微笑みが浮かぶ。

犬のクッキーカッターをディスプレーテーブルに並べおえたとき、店の入口ドアが開いて、キャンキャンという元気な鳴き声と、爪がリノリウムのタイルを打つコツコツという音がした。スパンキーが散歩綱を引っぱりながら、前肢で床を蹴って飼い主のほうに来ようとしていた。マディーが綱を離すと、スパンキーはタイルに肢をとられながらオリヴィアに向かって走ってきた。オリヴィアは腕のなかに飛びこんできた犬を受けとめた。

「眠れなかった。スパンキーは散歩がしたいんですって。二十分で戻るわ。店を閉めたら、明日のイベントのためのクッキーのデコレーションを仕上げちゃいたいから」マディーが言った。

「わたしも手伝うわよ」

「だめ、これはあたしの仕事なの。この企画のすばらしい可能性を思い描けるのはあたしの頭だけなんだから。お菓子職人たちと園芸家たちが、これから何年もあたしのフラワークッキーを賛美するわよ」

「そうでしょうね。散歩を代わってくれてありがとう。これでちょっと休めるわ」オリヴィアはスパンキーを床におろし、そっと押してやった。「マディーのところに行きなさい」

スパンキーはとことことマディーのもとに行った。マディーが犬を抱きあげたとき、オリヴィアの背後で厨房のドアが開くカチャッという音がした。そして思い出した——タミーが新しいドレスを着てみせたがっていたことを。先ほどの有頂天な様子からすると、セクシーなドレスなのだろう。

振り返ったオリヴィアは、厨房のドアが開け放たれるのを見た。タミーが身をくねらせながら出てきた。たしかにすてきなドレスだった。細いスパゲッティストラップつきの、胸元が大きく開いた、流れるようにしなやかな淡いピンクと白のドレスだ。ブロンドで色白のタミーにすばらしく似合っていた。彼女は寄せあげブラにも投資しており、それがほっそりした体に驚くべき効果をもたらしていた。オリヴィアに向かってくるりとまわってみせたので、スカートがふわりと広がって、淡いピンクのパンティがちらりと見えた。

オリヴィアはタミーがTバック派でなかったことにひそかに感謝した。

それにしてもタミーらしくないふるまいだった。小学一年生を教えているストレスでおかしくなってしまったのかもしれない。あるいはランチのときお酒を飲んだのか。でも、バレリーナのようにしっかりと自分の足で立っているところをみると、しらふにちがいない。とにかくやたらと幸せそうで、今にもだれかがはいってくるかもしれない公《おおやけ》の場にいるということも忘れているようだった。

タミーは緑色の目を輝かせてオリヴィアのまえで足を止めた。オリヴィアは視線でたしなめようとしたが、タミーは気にもとめなかった。

「ゴージャスでしょ？」タミーはしゃべりたてた。「これを着たわたしをヒューに見せるのが待ちきれないわ」

オリヴィアはことばを失ってまじまじと彼女を見た。タミーはヒューの母親であるクラリスが亡くなったばかりだと知っているはずだ。だが彼女がクラリスの死を悼《いた》んでいるとしても、だれにもわからないだろう。マディーでさえ気の利いたコメントを思いつけないようだった。スパンキーだけが休みなくキャンキャン吠えるという形で、心おきなく意見を述べていた。それがタミーの魔法を解いた。観客がいることに気づくと、興奮ですでに紅潮していた頬がさらに赤くなった。

「いいドレスね」マディーが無表情で言った。「じゃあ行ってくる」とオリヴィアに言うと、ドアから出ていった。やけに急いでいたところをみると、今にも噴きだしそうだったのだろう。

マディーのおかげで、オリヴィアは金曜日の午後と夜のあいだ自由な時間ができた。くしやくしゃの毛布の巣のなかでスパンキーがまるくなっているベッドルームに頭を突き入れた。

「スパンキー、山のほうまでドライブしない？　ふたりだけで。どう？」

スパンキーの耳がぴんと立った。ベッドから飛びおりて、オリヴィアを素通りし、散歩綱の掛かっているキッチンに向かう。オリヴィアはスパンキーの晩ごはんの時間までに戻ってこられなかったときのために、乾燥ドッグフードをひとつかみプラスティックの容器に入れた。

「まあ、そうあせりなさんな」小さな肢で床のタイルを引っかきながら綱を引っぱるスパンキーに言った。綱を離してやると、彼はキッチンから飛び出していった。オリヴィアはキッチンの椅子の背からジャケットを取り、あとを追った。

〈ジンジャーブレッドハウス〉の裏にある小さな独立ガレージから一九七二年型のヴァリアント（クライスラー社製の自動車）を出してきた。父が独身のころ乗っていた車で、結婚後も手放さずにいたものだ。自動車修理工をしているオリヴィアの弟は、自分の手で古い緑色の車を磨きあげた。オリヴィアがチャタレーハイツに戻ってきたとき、家と新事業にお金がかかるのだから、そのうえ車まで買わなくていいように、ジェイソンはそれを姉に提供した。彼はちゃんと動くようにしておいてくれた。オリヴィアは父を思い出させるその車が気に入っていた。自分とマディーがクッキーのイベントをするとき、道具一式を運べるほど広いところも。ときどき咳こんだり、妙な音をたてるからってなんだというの？

スパンキーが外のにおいをかげるように、助手席側の窓を少しだけ開けた。キツネを追って――あるいはもっとまずいことにスカンクを追って――隙間から飛び出せない程度に。

チャタレーハイツを出て、山々が連なるハワード郡の北西に向かっているうちに、気分が軽くなってくるのがわかった。朝のうちは肌寒かったが、午後からは春めいてきていた。運転席側の窓を開けて、風に髪をなびかせた。この時間の州間高速道路70号線は、ラッシュアワーの渋滞だろう。とくにあてもなく、ほぼ西方向に向かう、曲がりくねった脇道を選んだ。そしてとうとう、パタクセント川州立公園の東の端まで来た。

いつもの駐車エリアで車を停めた。運転席側の開いた窓から外に飛び出すための踏み切り板にしようと、スパンキーがオリヴィアの膝に跳びのった。オリヴィアは片腕で彼を抱きかかえ、もう片方の手で綱を装着した。

「さあ、散歩しましょう。遠くまでは行かないわよ。もうすぐ日が暮れるから」最後の最後に思い出して、スパンキーがお土産を残したときのためのビニール袋を、グラブコンパートメントから取り出した。

しばらく小道を歩くと、スパンキーがまえに進むのをやめ、綱をうしろに引っぱった。オリヴィアが抱きあげて車に戻してやると、まるくなって眠りこんだ。歩いたおかげで気分がよくなった――完全にとまではいかないが、少なくともまえより落ちついたし、きちんと考えられるようになった。車を走らせ、帰路についた。

チャタレーハイツ郊外に近づき、無意識のうちにチェンバレン邸に向かうルートを選んでいたことに気づいた。敷地の入口まで来ると、よく考えもせずに、開いた門をくぐっていた。

細かい砂利が敷きつめられた長く細い私道は、森を抜けて屋敷へとつづいていた。オリヴィアはしばしばここを通っていた。私道を進みながら、あの心地よい期待感を思い起こした。やがて屋敷に着いた。建物のまえの小さな駐車エリアに車を停め、エンジンを切った。スパンキーが眠ったまま身動きしたので、抱きあげて膝の上にのせた。どうしてここに来たのかわからなかったが、来るのが正しいことのような気がした。

クラリスはこの家を愛していた。一七〇〇年代に建てられたジョージ王朝様式の農場主の邸宅で、クラリスとマーティンが結婚後まもなく購入したときは、だいぶ老朽化していた。ふたりは何年もかけて、もとの形を維持しつつ修復した。オリヴィアは数えきれないほどここでクラリスと食事をともにしてきた。書斎の暖炉のまえでとることも多かった――クラリスが亡くなった部屋だ。

チェンバレン邸の唯一の特徴は、暑い夏の夜をすごすための広いフロントポーチだった。ポーチの階段につづく曲がりくねったレンガの道は、鳥や蝶を引き寄せるように設計された緑豊かな庭をめぐっていた。オリヴィアが見ていると、ポーチのドアが開き、大柄な女性がこちらを見た。オリヴィアはのぞき見していたところを見つかってしまったような、きまりの悪さをふと覚えたが、そんな必要はなかった。あれはチェンバレン家の家政婦のバーサだ。彼女はいつも親切だった。オリヴィアはのしのしと階段をおりてくるバーサに手を振った。彼女のうしろでスクリーンドアがバタンと閉まった。

「やっぱりあんたさんのぽんこつ車でしたか」バーサはえっちらおっちら歩いてきたせいで

あえぎながら言った。

「はいりこむつもりはなかったのよ。ドライブに出かけたら、どういうわけか……ここに来てたの」

「ええ、もちろんそうでしょうよ。読心術の使い手じゃなくたってそれくらいわかります。さあ、おはいりなさい。ビーフシチューが煮えたところです。食べながら話しましょう。もう食べたなんて言いっこなしですよ――あんたさんもワンちゃんもやせすぎなんだから。ふたりともサラダで生きてるのかね。その殿下も連れていらっしゃい。ワンちゃんがかじれる髄骨がありますよ」返事を待たずにバーサは屋敷に戻りはじめた。

なかにはいると、赤ワイン入りのビーフシチューが煮える温かく芳醇《ほうじゅん》な香りでいっぱいのキッチンに案内された。オリヴィアは言われるままに、農場労働者たちが大勢で囲めるように作られたテーブルについた。スパンキーが髄骨に気をとられているあいだに、バーサが大きなボウルふたつに熱々のシチューをよそってテーブルに運んだ。

「お食べなさい。あたしもすぐに食べますから」

彼女は焼き型にはいったコーンブレッドと、新鮮なインゲン豆を蒸してバターを添えたボウルを持って戻ってきた。

最後に、冷たいミルクのはいった背の高いグラスを持ってきて、オリヴィアのボウルの横に置いた。

「骨のためにはこれが必要ですよ」

オリヴィアはそのグラスからおとなしくひと口飲んだ。バーサに命じられたら従うのがいちばんだ。三十五年間一家の家政婦をしてきた彼女は、ヒューとエドワードを育てるのも手伝ってきた。クラリスをおどして何かさせることができた、ただひとりの人間でもあった。

ふたりはしばらくのあいだ話すのを控えて食べた。オリヴィアはききたいことがたくさんあったが、まだそういう気分になれなかった。ようやくバーサが椅子の背をきしらせて言った。

「まちがってる気がするんですよ。用意した食事をトレーにのせて、奥さまの書斎に運ばないなんて」

「わかるわ」オリヴィアは言った。

バーサは眉をひそめて、空のボウルのなかを見た。

「昨日は何かがおかしかった。あたしはわかってた。わかってたけど、放っておいた。あたしが何か言っていれば、奥さまは話してくださったかもしれないのに」

オリヴィアはためらってからきいた。

「クラリスの態度はどこかいつもとちがっていたの？　昨日だけじゃなくてそのまえから？」息を詰めて、バーサが口をつぐんでしまわないことを願った。

バーサはキッチンの暖かさで赤らんでいるぽっちゃりした顔にしわを寄せて考えていた。

「日に日におかしくなってましたよ。あの奇妙な封筒を受け取ってからというもの……あれはいつだったっけね？　月曜日だと思うけど」

「その封筒には何がはいっていたかわかる？」オリヴィアはきいた。

バーサは首を振った。うなじできっちりと結ったまげから灰色の巻き毛がひと筋ほつれた。「ドアのところでサムから受け取って、まっすぐ奥さまのところに持っていきましたからね。そして開けるまえにさがるように言われたんです。光熱費の請求書とかそういうものをあたしにわたせるように、いつも郵便はすべてあたしのいるところで開けるのに。とにかく、それから奥さまは口数が少なくなってしまって」

「その封筒はどうなったか知ってる？」

バーサは縁の赤くなった目でオリヴィアを見た。

「あれ以来見てないんですよ。もちろん、さがしてみましたよ。直接奥さまにきけばよかったんでしょうけど、何も話してもらえないような気がしてね。悪い知らせだったのはわかってるんです。そうに決まってます」

「クラリスは病気だったの？　もしかして、ひどく重い病気とか？」

バーサは鼻を鳴らした。「あの方は馬車馬みたいに健康でしたよ。だって、先月健康診断を受けたばかりなんですよ。あたしが車で送ったんです。目の検査も受けられるようにね。すべて問題ありませんとお医者さまが言ったとき、あたしはその場にいたんですから。血圧なんか教科書に載せられるくらい申し分ないって」

「封筒のことは警察に言ったの？」

バーサはきっぱりと首を振った。

「警察にあれこれきかれるのが好きじゃないんでね。ミズ・クラリスはぼけてきていましたか？　落ちこんでいましたか？　そんなばかなことばっかりきいて。睡眠薬をまちがえて飲んだんだとしても、耄碌《もうろく》してたことにはならないのに」

「ヒューとエドワードはどうしてる？　ふたりのうちどちらでもいいけど、クラリスが受け取った悪い知らせのことで何か言ったり、心配したりしてるのをきいた？」

「ああ、坊ちゃんたちね」バーサは鷹揚《おうよう》な口調で言った。「あの子たちは何も気づいていませんよ」

「ところで、ふたりはどこにいるの？」

「こんなことがあったんで、今日いちど帰ってきました。それから今週最後のセミナーがあるからって、ボルティモアに戻りました。警察がご遺体を返してくれるまで埋葬できないものだから、ふたりとも忙しくしてます。また明日帰ってきますよ」バーサは冷蔵庫を開けた。「あの子たちの好物のブルーベリーパイを作ったんですよ。冷凍のブルーベリーを使わなきゃならなかったけど、味は同じですからね」ふた切れ皿にのせ、テーブルに持ってきた。

オリヴィアはお腹がいっぱいだったが、デザートを辞退すればバーサは傷つくだろう。半分食べてから言った。「バーサ、すごくおいしいけど、お腹がいっぱいで食べきれないわ。夜食用に、残りは持ってかえっていい？」

自分のぶんを食べおえたバーサは、オリヴィアの食べ残しをプラスティック容器に入れてテーブルに置いた。そしてパイ皿にラップをかけながら言った。

「警察に話さなかったことはもうひとつあるんですよ。なんでもないことなのかもしれないけど……奥さまはあんたさんの名前を口にしていました」

「わたしの名前？　いつ？」

「二週間ほどまえでしたね。もう一通の封筒が届いたときに」

「待って。クラリスはまえにも封筒を受け取ってたの？」

バーサはオリヴィアと目を合わせまいとした。「それを受け取ったときはそんなに動揺してなかったから、今までなんとも思わなかったんですよ。いっしょに請求書に目を通したあと、わたしのまえで封筒を開けて手紙を取り出したんです。読んでちょっとびっくりしたようでしたけど、すぐに封筒に戻しました。その封筒もそれ以来見てませんね。それから何日かたって、あたしが書斎のまえを通りかかったら、奥さまはまただんなさまと話をしていました」オリヴィアが面食らっているのを見て、バーサは付け加えた。「これは警察には言わないつもりですけど、あんたさんは家族というか、それに近い人ですからね。奥さまは何か悩みごとがあると、だんなさまの肖像画と話し合っていたんです――ほら、書斎の暖炉の上に掛かっているやつですよ」

その肖像画ならよく知っていた。クラリスの夫のマーティンは、何年かまえに重い心臓発作で亡くなっていた。五十七歳だった。写真の彼は自信に満ちた笑顔のハンサムな人で、長男のヒューの年長版といった感じだった。夫が亡くなったのはチェーンスモーカーだったからだとクラリスからまえに聞いたことがあり、絵のなかのマーティンが右手に持った煙草から、消えない煙が螺旋《らせん》状にぼんやりと立ちのぼっているのに気づいたことを、オリヴィアは思い出した。まだあの煙草の煙のにおいがするようだと、クラリスはよく文句を言っていた。

「あの夜、あたしは書斎のまえを通りかかって、奥さまがだんなさまと遺言書のことを話しているのを聞いたんです。ええ、ふたりはよくそうやって議論していました。ヒューとエドワードのどちらに事業を継がせるべきかとか、どちらにいちばん大きな会社をまかせるべきかとかについてね。だんなさまは坊ちゃんたちがいっしょに働くことを望んでおられたようで、ふたりはこれまでずっとそうしてきました。たいてい意見が合わないようですけど、奥さまが上に立っているかぎり、別に問題はなかったんです」

「でももうクラリスはいない」オリヴィアが言った。

「あの日奥さまはだんなさまに、遺言書を書き換えて、どちらかひとりに事業をまかせたいが、どちらにするべきか決められないと話していました。だんなさまが選ぶとしたらヒューだろうと奥さまにはわかっていましたが、奥さまはエドワードのほうが働き者だと思っていました」

オリヴィアはヒューとエドワードのことをよく知らなかった。彼らはほとんどの時間を一族の事業経営のために費やしていたからだ。

「よくわからないんだけど——そのことが彼女の死に関係があると思うの?」

バーサはいらだたしげに首を振って、汚れた皿を集め、キッチンカウンターに運んだ。

「どう考えていいのかわからないんですけど、奥さまは突然孫のことを話しだしたんです。

どうしてタミーが気に入らなかったのかわかりませんよ。あの娘さんはこの家に新しい命をもたらしてくれたかもしれないのに。すぐに孫がほしかったなら、どうしてヒューをタミーと別れさせたりしたんでしょう？」

だがつい数時間まえ、タミーはオリヴィアに新しいドレスを見せびらかしていた。ヒュー・チェンバレンのまえでそれを着るのが待ちきれないとばかりに有頂天になって。

「それで、どうしてクラリスはわたしの名前を出したの？」

バーサは驚いてオリヴィアを見た。「ええ、奥さまはあんたさんのことをそれはそれは愛していましたからね。奥さまが息子のひとりをあんたさんと結婚させたいと言うのをあたしは聞いたんですよ。あの肖像画に向かってはっきりとこう言ってましたよ。〝こういう状況にタミー・ディーコンズが対処できるとは思えないけど、リヴィーならやれるわ。わたしがやらなければならないのは彼女を見つけることだけよ〟って。そのときだけですよ。奥さまがおかしくなりかけているのかもしれないと思ったのは――だって、あんたさんを見つけたければ〈ジンジャーブレッドハウス〉に行けばいいだけのことでしょう。これって何か意味があるんですかね？」

「わたしにはわからない」オリヴィアは言った。「さっぱりわからないわ」

# 4

　肌寒い土曜日の朝、スパンキーといっしょに急いで散歩を終えようとしながら、オリヴィアはぶつぶつ言っていた。いつもなら心のなかに考えを閉じこめておけるので、これはよくない兆候だった。クラリスはほんとうにオリヴィアをふたりの息子のうちのひとりと結婚させたがっていたのだろうか？　理屈からすれば、クラリスがそう望むのも不自然ではない。オリヴィアの離婚のことを知っているので、痛手が癒えるまで待つつもりで、そのことを話題にするのを避けていたのかもしれない。

　スパンキーがキャンキャン吠え、オリヴィアは足を止めていたことに気づいた。

「ごめん、スパンキー。ママはちょっと気が散ってたみたい」

　オリヴィアらしくないことだった。創造の天才であるマディーは、頭にひらめいたきらめくようなアイディアを追いかけるたびにそうなるが、オリヴィアには集中力がある。観察し、情報を収集し、選択肢を考慮して状況に対応する。人の気持ちを察するのが得意で、そのおかげで起業してからもうまくいっている。それなのに、クラリスを理解するために、そのスキルを役立てることができなかったなんて。そう思うとくやしかった。

クラリスのことで、ほかに何を誤解していたのだろう？　クラリスが悩み、取り乱すような兆候を、見落とすなんてありうるだろうか？　ワインをボトル一本飲んで、飲むべき睡眠薬の量をまちがえるほど取り乱す兆候を。

一台の車がクラクションをスタッカートで三回鳴らした。オリヴィアはふらふらと歩道からはずれて車道に出ようとしていた。

「やあ、姉貴。そんなんじゃいつまでたっても通りをわたれないよ」

オリヴィアの弟のジェイソンがピックアップトラックの開いた窓から頭を突き出して、〝あの顔つき〟で姉を見た。オリヴィアは一度マディーに〝あの顔つき〟のことを説明しようとしたことがあった。だが、きょうだいのいないマディーにはわからないようだった。

オリヴィアは等身大の彫刻のように横断歩道に立って、途方に暮れていた。スパンキーは不安になってきたのだろう、歩道におとなしくお座りして、彼女を見あげている。このまま走り去って、もっと信頼できる人間の相棒を見つけるべきか思案しているのかもしれない。

口げんかをしている子供たちを満載したヴァンが、ピックアップトラックのうしろで停まった。運転席にいるのは、ポニーテールからブロンドの髪をほつれさせた三十がらみの女性で、ジェイソンに向かって目をすがめている。ジェイソンはカーレーサーのようなスピードと正確さでトラックを操り、オリヴィアの横の路肩に寄せた。ヴァンの女性は力いっぱいアクセルを踏み、子供たちは後部座席の背に引き寄せられた。オリヴィアは反射的にスパンキーを抱きあげ、しっかり抱きしめた。

ジェイソンが茶色い巻き毛の頭を車の窓から突き出すと、オリヴィアは彼に身を寄せて言った。「おはよう、弟くん。また遅刻？」

「げっ、やばい」ジェイソンはダッシュボードの時計を見た。そうするだろうと思ったとおりに。ジェイソンはいつも時間を忘れるのだ。すぐにまた窓から頭を出した。「だましたな。まだ二十分もあるじゃないか。これでおあいこだな」

「そういうことにしておいてあげるわ」

「なあ、リヴィー。クラリスのこと、きいたよ。キツイよな」

オリヴィアはうなずいた。〝キツイ〟とは言い得て妙だ。ときどきジェイソンは驚くほどの共感をみせる。

「じゃあ、もう行くよ。またな」

そうでもないか。

アンティーク用キャビネットのなかのヴィンテージもののクッキーカッターを整理していて、悲しみに襲われたのを別にすれば、悲しみと混乱はなんとか心のなかに収めておけた。店の春のイベント準備の仕上げに集中しなければならない。開店十五分まえの八時四十五分に、オリヴィアは西側の窓を押し開けて、頭を突き出した。春のクッキーイベントには申し分のない日だ。空はヤグルマギクのようなブルーに晴れわたり、去年の秋に歩道沿いにずらりと植えられた赤いチューリップが、太陽に向かって花びらを開いていた。

オリヴィアのいるところからは、〈チャタレーカフェ〉の入口が横から見えた。テーブルが空くのを待つお客たちの列が、ドアからくねくねと歩道のこちらのほうまでつづいている。春の気配がする土曜日にしても、かなりの人出だった。ほっそりした女性がカフェから出てきて、ミニスカートを揺らしながら〈ジンジャーブレッドハウス〉のほうにやってこようとしていた。きびきびとした優雅な歩き方には見覚えがあった。タミー・ディーコンズは〈ジンジャーブレッドハウス〉の今日最初のお客になろうとしているらしい。クッキーカッターについて話し合うことはタミーの予定にははいっていないだろうが。オリヴィアは沈んだ気持ちになった。

窓を閉めようとしたが、遅かった。タミーはオリヴィアを見つけ、まるで島に置き去りにされ、〈ジンジャーブレッドハウス〉が空に見えるたった一機の飛行機でもあるかのように、手を振りはじめた。罪悪感にかられながら、オリヴィアは窓を閉め、厨房に逃げた。

「タミーがこっちに向かってる」フラワークッキーのディスプレーの仕上げをしているマディーに警告した。

マディーはフォレストグリーンとリーフグリーンの水玉模様のデイジーの隣に、深紅のヒマワリを置く手を止めた。「知らせてくれてありがとう。彼女はあなたにまかせる。それに、着替えもしなきゃ」マディーが〝着替え〟をしなきゃと言ったときは、清潔なTシャツとジーンズに着替えるということではない。彼女は架空の人物を作りあげ、まったくの別人に変身することができるのだ。昔をテーマにしようと決めたら、オリヴィアはあちこちのディスプレーから中古のクッキーカッターを見つけ出し、マディーは迷わずヴィンテージものの衣装をさがしに行く。ネグリジェや、一九五〇年代のシャツワンピースや、スカーフ数枚を買って、それらに細工を施す。出来あがった衣装を着て現れたマディーは、庭に置く地の精の像や、ティーポットや、この惑星ではお目にかかれない生物に変身している。

オリヴィアが売り場に戻ると、入口のドアを強くノックする音がした。開店まであと十分、マディーのデコレーションクッキーのためにディスプレーコーナーを片づけなくてはならないし、レジにおつりを補充しなくてはならないのに……しっかりしなさい、リヴィー。〈ジンジャーブレッドハウス〉の開店が数分遅れたからって、地球が滅亡するわけじゃないでしょ。それに、タミーがどうしてもおしゃべりしたいなら、開店準備をするオリヴィアについてまわればいいのだ。

タミーが何かしようと思っているときはこらえ性がなくなることを知っていたので、オリヴィアは物だらけの店内を横切りながら「ちょっと待って」と声をかけた。錠をはずしてドアを開ける。「ハーイ、ター——」目のまえにあったのはチェックのフランネルシャツに包まれた広い肩だった。十五センチほど視線を上げると、ルーカス・アシュフォードの整った顔があった。

「ルーカス！　わたしはてっきり……」

「ごめんよ、リヴィー、驚かすつもりはなかったんだ。開店準備で忙しいこともわかってる。ただちょっと……」ルーカスのたくましい腕と内気な態度は、木こりを思わせた。シカやりスたちと森のなかにいるほうが、他人といるよりも快適そうだ。無口な彼が複数の文を口にするといつも驚かされる。

「あと十分で開店なの」オリヴィアはまだ準備のできていない店内を見まわして言った。

「話ならあとでできるわ。マディーが売り場に戻ってきてから」ルーカスに向きなおったオリヴィアは、彼の目が厨房のドアに向けられていることに気づいた。

ルーカスは明らかにがっかりして、戸惑いがちに「そう」と言うと、淡緑色の目をオリヴィアの顔に戻した。「実は、開店まえにちょっとだけマディーに会えないかと思って……その、彼女が忙しいのはわかってるけど、きみたちの……」

おそらく彼は〝仕事〟よりも具体的なことばをさがしているのだろう。オリヴィアは彼が哀れになった。

「わたしたちの春のイベントのことね。ええ、彼女は今その準備をしてる。でも、あなたに会えばよろこぶと思うわ」かなり控えめな言い方だが、ルーカスが自信過剰になる理由を与えたくなかった。それはマディーの役目だ。

「マディーは厨房にいるわ。小路に面したドアをノックすればよかったのに」

「返事がなかったんだ」ルーカスは言った。濃い色の眉が寄り、心配そうな顔になる。マディーがわざと彼を無視したとでも思っているように。ほんとに、この人は自分が女性におよぼす効果にほんの少しも気づいていないんだから。ぜひこのままでいてほしいものだわ。

「たぶん衣装に着替えてたのよ。着替えがすんだかどうか見てくるわ」オリヴィアがうしろを向くと、厨房のドアが開いて、何やら目を惹くものが歩いてきた。オリヴィアにはなんなのかわりかねたが。

「あら、来てたのね、ルーカス」マディーはうれしそうに、やたらと打ち解けた様子で言った。「どう？　このかっこ、いかしてる？」

くるりと一回まわってから、気取った歩き方で近づいてくる。明るい黄色の全身タイツは、控えめなネックラインから黄色のバレエシューズを履いた足元まで、彼女の体の線を惜しげもなくさらしていた。あざやかなブルーのミニスカートがかろうじて慎みを保っている。首には、ブルーのシルクのリボンに、小さな花形のクッキーカッターを通してチャームにしたネックレスをつけ、それがぶつかり合ってカチャカチャ鳴っていた。

マディーが大量のクッキーカッターや製菓道具のディスプレーのあいだをすり抜けてやってくるあいだ、オリヴィアはルーカスの顔をのぞき見た。アイシングの洪水のように広がった笑みは、耳まで届きそうだった。「さて、あたしはなんでしょう？」大胆なポーズをとって、マディーはきいた。

「移動庭園？　太陽のニンフ？　宇宙の女王？」オリヴィアが推測した。

「言うわね、リヴィー。でもまだまだ平凡だわ。見てのとおり、いちばん若くていちばん華やかな大地の女神よ。礼儀正しくくださいと言った人にフラワークッキーをあげるの。あとは名前だけなのよね」

「あなたなら何か思いつくでしょ」オリヴィアが言った。

マディーは肩に掛けている淡い黄色のホーボーバッグ（三日月形のショルダー式ハンドバッグ）に手を入れた。出てきたのは、黄色とネイビーブルーの水玉模様が描かれた、ブルーのデイジーのクッキーだ。

「考えてくれたらクッキーをあげるわ、ルーカス」

「うむ」

マディーはクッキーを彼に近づけた。「どう？」

「ええと……きみはすごいよ！」

「〝おいしそう〟とか、〝あでやか〟とか言ってもらえるかと思ったけど、まあ〝すごい〟でもいいわ」マディーはルーカスにクッキーをわたし、彼は彼女から目を離さずにそれを受け取った。

「それで、名前は何がいい？」マディーが首をかしげてルーカスを見あげると、ふわふわの赤毛のなかでグリーンのスパンコールが光を受けて輝いた。「光り輝いてるから、グロリアスはどうかと思ったんだけど。ちょっとやりすぎかしら？」

「いいと思うよ」ルーカスはそう言って、クッキーをひと口食べた。

助けにきてくれる人がマディーとルーカスだけだとするなら、命に関わるような緊急事態に陥らないようにすること、とオリヴィアは頭のなかにメモした。

そうこうするうちに時間はすぎていった。

「ふたりとも、厨房に行ったら？　わたしはここの準備を終わらせなきゃ。マディー、あと七分で開店よ、わかってる？　準備はいい？」オリヴィアは言った。

マディーはルーカスから無理やり注意をそらした。「当然でしょ」オリヴィアに向かって眉を上げながら言う。「それだけたっぷり時間があるのに、準備できなかったことなんてある？」

〝土壇場のマディー〟というニックネームが頭に浮かんだが、口に出さないほうがいいだろうとオリヴィアは思った。

マディーはルーカスの手を取って厨房に向かった。彼は初めてのポニー選びに連れていかれる体の大きな少年を思わせた。

急いでお金を数えてレジにしまい、レシートを調べながら、オリヴィアはルーカス・アシュフォードについて考えていた。けっこう魅力的な人なのに、昔からルーカスのことはなんとも思わなかった。彼のほうがいくつか年上なので、高校でもあまり顔を合わせることがなかった。もの静かな少年で、当時からハンサムだったのは覚えているが、女の子を追いかけるようなことはしない少年だった。オリヴィアが覚えているかぎり、彼はあれだけの身長とたくましい体つきにもかかわらず、どんなスポーツもやっていなかった。学校のイベントよりも、両親が経営する金物店で働いている彼を見ることのほうが多かった。

ルーカスが女性と深い関係になったことがあるとしても、そういう話は聞いたことがなかった。といっても、オリヴィア自身、高校卒業後はほとんどこの町にいなかったのだが。でも、母なら知っているはずだ。きいてみる価値はあるだろう。理由はわからないが、マディーを守らなければならないという気がしていた。まあ、親友だからということもあるけれど、それだけではない。マディーは高校を出てすぐ、初めてのボーイフレンドと婚約したが、うまくいかなかった。卒業した年の夏じゅう、オリヴィアはマディーを立ち直らせようとがんばった。ほかの人には、マディーは何が起ころうとへっちゃらのように見えるかもしれないが、実はかなりの慎重派なのだ。マディーはいまルーカスに熱をあげているが、それはやっかいなことにならないための彼女なりの安全策なのだろうと、オリヴィアは数分まえまで思っていた。これまで彼はマディーの好意的な態度に応えるどころか、気づいてもいないようだったからだ。

だが、状況は変わったようだ。オリヴィアは母鶏モードにはいった。それには保護本能がもれなくついてくる。

残りの一分で、オリヴィアはすばやく店内を歩きまわって、すべてのものが正しい位置にあることを確認した。入口に戻りかけたとき、ドアを強くノックする音がした。進みがちな腕時計をしているお客だろうと思い、ドアを大きく開けた。そこに立っていたのは、もう一度ノックしようとこぶしを振りあげているタミーだった。さっき〈ジンジャーブレッドハウス〉に歩いてくるタミーを見たことをすっかり忘れていた。

「いらっしゃい」オリヴィアは言った。「二十分まえにここに来ようとしてなかった？　たしか見かけたような気がしたけど」

「ええ、そうよ」タミーは言った。オリヴィアを押しやってなかにはいり、ドアを閉める。

「開店が一、二分遅くない？　わたし、気になることがあるとがまんできないの。何があったのか教えて」オリヴィアのけげんそうな顔つきを見て、こう言い添えた。「ルーカスと何があったの？　彼がここのドアをノックしてるのを見たから、待つことにしたの。わたしの計画がこんなにうまくいくなんて信じられない」

オリヴィアがなかなか答えないので——困惑でことばを失っていたのだが——タミーはいらいらしはじめた。「ねえ、リヴィー、あなたのためにお膳立てしたのよ。せめてどうなったかぐらい教えてよ。明日うちでちょっとしたアフタヌーンパーティを開くことにしたの。ヒューも来るわ。それで、ルーカスを招いたの。あなた、彼にノーとは言わなかったわよね？　わたしがあれだけ苦労したんだから」

「タミー、なんの話か全然わからないんだけど」そのセリフが口をついたとたん、胃がずしりと重くなった——試験が終わってから正解を思い出したときによく襲われた感覚。タミーはルーカスと自分をくっつけようとしているのだ——そんなことは絶対起こらないのに。それだけでも充分まずいが、これからまちがいなく起こるとわかっていることは——ほら、来た、厨房のドアが開こうとしている。どうかルーカスは裏口から出ていっていますように。

「リヴィー、ニュースよ」マディーが店内に向かって呼ばわった。「あなたもあたしも明日の午後、タミーの家で開かれるパーティに招かれたわ。ルーカスはあたしに同伴者になってもらいたいんですって」マディーの腕はルーカスの肘に巻きついていた。ふたりともプロムの写真のためにポーズをとるティーンエイジャーのようににこにこしている。

タミーを見つけてマディーは言った。「あら、タミー。お招きありがとう」このときとばかり好意的な声で。オリヴィアが見ていると、マディーは笑顔を曇らせ、ルーカスを連れて厨房に引っこんだ。

オリヴィアもあとを追いたかった。

タミーの顔は、アイシングの色にたとえると、テラコッタに蛍光紫をひとたらししたような色になった。「明日はあ**な**たに来てもらいたいの。わたしにとってとても重要なことなのよ」タミーは言った。

「わかった、行くわよ」

タミーは洟をすすり、スカートのポケットからたたんだティッシュペーパーを取り出した。「よかった」と言って、ティッシュを鼻に押しあてた。「パーティは午後二時からよ。ドレスを着てきてね。それと、残ったクッキーを持ってきて」

春のイベントがはじまって三時間がたつと、〈ジンジャーブレッドハウス〉はお客でいっぱいになり、思わずオリヴィアは長身で銀髪のクラリス・チェンバレンの姿をさがしていた。クラリスはイベントのときにはかならず来てくれた。もし彼女がここにいたら、この混雑を一目見て、厨房にコートを掛け、フロアに出て無給の店員として働きはじめていたはずだ。手を振ってオリヴィアの反対を押し切り、「こうしていると若いころの気分に戻れるのよ」と言って。

ランチの時間が近づけば、お客の混雑はすぐに緩和されるだろう。フラワークッキークイズは終わりに近づき、マディーは無料の独創的クッキーデコレーション教室に参加できる幸運なひとりを発表しようとしていた。それが終われば、町の人たちのほとんどはそれぞれの週末の予定へと散っていくはずだ。もっと遠くから来ているお客たちのほとんども、午後の半ばまでにはいなくなるだろう。

レジの中身からすると、このイベントはこれまで開催したなかでいちばん当たったようだが、オリヴィアはあまりうれしくなかった。ケープコッドに行った最後の夏のことを思い出す。あれは十五歳のときだった。毎年家族で同じ湖畔の地を訪れ、二週間滞在した。帰るときにはいつも、つぎの夏も同じコテージに二週間滞在するための手付金を払った。最後の滞在の半年まえ、オリヴィアの父は膵臓《すいぞう》ガンで亡くなった。一月の半ばに病気がわかり、二月の終わりまでもたなかった。ガン宣告を受けたあと、父は家族に、たとえ自分は行けないとしても、その年の夏もケープコッドのコテージに行くことを約束させた。家族は約束を守り、毎日泳ぎに行って、いつも行く小さなシーフードレストランで夕食を食べることまでしたが、安らぎに満ちたよろこびは父とともに失われてしまった。以来そこに行くことはなくなった。

クラリスはマディーがチームに加わるまえから、〈ジンジャーブレッドハウス〉の開店にかなりの部分で関わっていた。クラリスはせっつき、助言し、あらゆる段階で励ましてくれた。オリヴィアはケープコッドの美しい湖への愛を失ったようには、〈ジンジャーブレッドハウス〉への愛を失いたくなかった。クラリスに何があったのかつきとめなければならないのはわかっていた。たとえその真実の代償が高くついたとしても。

そうこうしているうちに、オリヴィアはどうしてもひと休みしたくなった。スパンキーも散歩に出たがっているだろう。彼はよろこんでおしっこシートを使ってくれていたが、長時間それでがまんさせられるのはいやがった。自分を呼ぶお客はいなかったので、オリヴィアはマディーを囲んでいる小人数のお客のグループに加わった。マディーはなんの花のクッキーかをいちばんたくさん当てた人の名前を発表しようとしていた。参加者は女性が七人に男性がひとり――そのひとりはルーカス・アシュフォードだ。

「勝者は……」マディーはわざとらしく芝居っ気を出して、参加者ひとりひとりと目を合わせ、楽しげにじりじりと期待をかき立てた。

マディーの口から勝者の名前が告げられる直前、オリヴィアはいやな予感がした。まさか、そんなことしないわよね？

「こちらのルーカス・アシュフォードです」

やってくれたわ。

一瞬のためらいのあと、敗者たちは礼儀正しく手をたたいた。みんなルーカスを知っていて、彼のことが好きだったからだ。が、彼女たちはお互い顔を突き合わせて首を振りながら、すぐにいなくなってしまった。ルーカスの金物店〈ハイツ・ハードウェア〉は春になるとペチュニアやパンジーを売るかもしれないが、彼は園芸をしないし、それはだれもが知っている。そのうえルーカスは一日じゅうマディーについてまわり、彼女の大げさなことばにいちいち耳を傾けていた。マディーとはこのインサイダー取引についてあとで個人的に話し合わなければならないだろう。

しばらくして、マディーがレジのオリヴィアのところにやってきた。役柄のためにセットしたカールから、くるくるした巻き毛がほつれていたが、それをのぞけばマディーは仮眠から目覚めたばかりのように元気そうだった。オリヴィアにはそれがいらだたしかった。

「ほんと、すっごく楽しかったわ。これからイベントのたびにクイズ大会をするべきね」マディーは言った。

「それでいつもルーカスが勝つってわけ？」

「はぁ？」

「わたしたち、話し合わないとね」オリヴィアは言った。「でもとりあえず、わたしがスパンキーを散歩させて昼食をとるあいだ、店をお願いしていい？」

「もちろん、いいわよ。ルーカスがカフェでサンドイッチを買って、持ってきてくれることになってるの。だから好きなだけ時間をとってね。仮眠をとってもいいわよ。あなた、げっそりしてるじゃない。また忙しくなっても、ルーカスとあたしがなんとかするから。なんといっても彼は小さいときからレジを打ってきてるからね。よかったら、午後じゅうずっと休んでもいいわよ。ルーカスとあたしが閉店作業をするから」

オリヴィアはその三語が嫌いになりそうだった。ルーカス・と・あたし、の三語が。

# 5

オリヴィアは仮眠するつもりはなかった。時刻は午後二時すぎだったが、マディーのフラワークッキーに手を出したりもしなかった――ピーチ色のアイシングにやわらかなオレンジ色の水玉模様がついた小さなスミレのクッキーにも。ほかのことを考えるのに忙しくて食べるどころではなかった。散歩が必要だ。

スパンキーは大よろこびでオリヴィアを迎え、綱をつけるあいだだけじっとしているのがやっとだった。彼がもっと大きな犬だったら、オリヴィアは引っぱられて頭から落ちるように階段をおりることになっていただろう。スパンキーの小さな肢が疲れきるまでタウンスクエアの芝生を走れるように、テニスシューズに履き替えた。オリヴィアはスパンキーを連れて、タウンスクエアの中央にあるヴィクトリア朝風の野外音楽堂にはいった。

やがてひとりと一匹は、何十年も使われていない小さなダンスフロアを半円形に囲むベンチのひとつに落ちついた。スパンキーは耳をかくと、オリヴィアの膝の上でボールのようにまるくなって眠りこんだ。朝から雲が出ていて、ダンスフロアは陰りをまとっていた。突風で舞いあがったほこりの渦が、流れるようにワルツを踊りはじめる男女のようだ。一瞬オリ

ヴィアは、暑い夏の日に野外音楽堂の湾曲した涼しい屋根の下で、リージェンシー・ロマンスを読んでいる十代の少女になっていた。父が亡くなって結婚生活が終焉《しゅうえん》するまえのこと、クラリスが……。

スパンキーが身動きし、眠ったままくーんと鳴いた。「でもわたしにはあなたがいる」オリヴィアは犬の長い毛をなでながら言った。「あなたがまた旅に出ないかぎりはね」

計画が必要だ。戦略が。その考えはオリヴィアに目的意識という慰めを与えてくれた。〈ジンジャーブレッドハウス〉の事業計画もかつて同じ感覚を与えてくれた——自分の目的に向かって進んでいるという感覚を。それがなかったら、これからどこに行けばいいのかという不安と困惑のなかで、身動きができなくなっていただろう。

そうよ、計画だわ。そう思ったとたん、目の前のすべてのハードルが、解決を必要としている問題のリストに変わった。どんどん増えていく大量のアイディアが、注意を惹こうと競い合いながら、すぐそこで待機しているのが目に見えるようだった。そういうアイディアのほとんどは結局役に立たないのだが、これというものもかならず見つかることを、オリヴィアは経験から知っていた。

ジャケットのポケットから携帯電話を出して、母の家の番号を押した。元気な母の声が「ハーイ、エリーです。現在わたしは抗議運動に出かけていますので、メッセージを残してください。逮捕されなかったら折り返しお電話します」と言うのを聞いても驚かなかった。

「わたしよ。マディーが店を見てくれるから、今日の午後コーヒーか遅いランチでもいっしょにどうかと思って。携帯電話にもかけてみるわね。警官にまた携帯を没収されてないようなら」

オリヴィアの声を聞いて、スパンキーがぱっと目を覚まし、膝から飛びおりた。もっと散歩がしたいと、吠えたてながら綱を引っぱる。オリヴィアは綱を長くするボタンを押し、小さな犬がリスを追って野外音楽堂の端に向かって飛び出そうとするまえに、なんとか母の携帯電話の番号を押した。

今度はちょっといらいらしながら、またメッセージを残した。母さんは普通の人のようにうちにいることがないのかしら？　時計を見た。二時半だからまだ大丈夫、情報収集にとりかかる時間はまだたっぷりある。でも――。

〈恋のナイトフィーバー〉（ビージーズの一九七八年のヒット曲）のイントロが、携帯電話に着信があったことを知らせた。マディーったらまた勝手に着信音を変えたわね。

オリヴィアに「もしもし」しか言わせずに、母が息を切らした声で言った。

「リヴィー、今ちょうどカンフーのレッスンが終わったところなの。いっしょにランチしたいわ。〈ピートのダイナー〉で会いましょう。あなたが先についたらホウレンソウのサラダを注文しておいて。わたしが先についたらあなたのためにホタテを注文しておくわ。急いでシャワーを浴びるから十分ちょうだいね。聞いてほしい計画があるんでしょ。声でわかるわ。心の平安を得るには人にぶちまけるのがいちばんよ」

「声でわかるってどういう意味よ？」とオリヴィアはきいたが、電話は切れていた。

「いったいどういう意味なの？　わたしの声でわかるって」オリヴィアは疲れたスパンキーを家に連れてかえったあと、息せき切って〈ピートのダイナー〉に到着していた。母はすでに窓際のテーブルを確保し、コーヒーをすすっていた。

エリー・グレイソン＝マイヤーズは何も知らないふりをしたが、無言で笑っているように目尻にしわが寄っているのをオリヴィアは見逃さなかった。やがて食べ物が来たので、母の皿を手の届かないところにすべらせた。「説明してくれるまで食べさせないわ」

「ああ、そのことね。ちっちゃなときから、あなたが何かをたくらんでいるときはすぐにわかるの。歩くのを覚えたばかりのころ、あなたがぽっちゃりしたちっちゃな顔を勝ち誇ったような笑みでいっぱいにしながら、テーブルの脚につかまって立あがったときのことを覚えてるわ。それから手を放すと、尻餅をついた。あなたは何度も何度もそれをやった」

「母さんは突っ立ったままわたしを笑って見てたんじゃないでしょうね」

「そう、そこなのよ。わたしは手を貸そうとしたんだけど、あなたは絶対に手を出させなかった。ひとりでやると固く決意してたのね。結局わたしは、あなたがしばらく床に座って、深く考えこんでいるみたいに顔をしかめているのを見ることになった。やがてあなたはテーブルの脚を怖い顔で見て、自力で立ちあがると、テーブルの天板の縁につかまりながら横に二歩歩いた。帰ってきたお父さんに、わたしたちの子は問題を解決するのがすばらしくうまいのよと話したわ」母としての誇らしさに微笑みながら、エリーはオリヴィアのホタテを器用にくすねて口に放りこんだ。

「二歩歩いたあとどうなったの？」母に取られないところまで皿を移動させながらオリヴィアはきいた。

「天板を離さずに手をすべらせる方法がわからなくて、また尻餅をついた。そこでわたしは笑っちゃって、あなたは泣きだした。でもあなたは解決方法をさがすことをやめなかった。それでことばを覚えはじめると、何か行動を起こそうとしているときは声の調子でわかった。それで唐突にランチに誘われた理由もわかったのよ。でなきゃあなたが大事な時間をほんのわずかでもわたしのために割いたりするわけないでしょ」エリーはフォークで刺したベーコンとホウレンソウをドレッシングの小さなボウルにひたした。

「この十二年ぐらいのあいだにチャタレーハイツで起こったことを知りたいの。少なくともわたしがボルティモアに住んでいたあいだのことを」オリヴィアは言った。

サラダをほおばっていたせいでエリーは口がきけなかったが、額にけげんそうなしわが寄った。

「ええ、これがその計画よ。でも理由はきかないで。わかった？」

「きかなくたってわかるわよ」エリーはサラダを飲みこんで言った。「クラリスの身に起こったことと何か関係があるんでしょ？　だってあなたは彼女のことをわたしよりよく知ってたじゃない。わたしとクラリスはそれぞれ別のサークルに所属してて、めったに交流がなかったし、会ったとしてもいつもそれほど話さなかったもの。で、何を知りたいの？」

オリヴィアはホタテをフォークで刺し、バターソースを皿にしたたらせた。ガーリックとレモンの刺激的な香りを吸いこんで考えなおし、もう一度ホタテにたっぷりソースをからませて食べた。動脈のひとつやふたつ詰まらせる価値のある経験もある。

「クラリスの死に方に納得がいかないの。少なくともどうしてそんなことになったのかを理解しないうちは。わたしが知ってるのは、火曜日に会ったとき彼女が落ちこんでいるように見えて、その二日半後、急に事故にあったことだけよ。あれが事故ならだけど」

「自殺かもしれないっていうの？」

「それもないと思う。デル保安官は事故ってことにしたがってるけど、どんなに考えてみても、あのクラリス・チェンバレンがぼーっとしていて、多すぎる量の睡眠薬とボトル一本のワインを飲んだことに気づかなかったなんて、想像できないのよ。みずから命を絶ったと考えるのもばかげてる。でもわたしは思ったより彼女のことを知らなかったのかもしれない。それにヒューとエドワードのことはほとんど知らないのよ。クラリスが話してくれたことしか」

「ねえ、あなたの継父《とう》さんならクラリスの過去について教えてくれるかもしれないわよ、少なくともビジネス関係のことなら。アランはマーティン・チェンバレンをよく知っていたの。経営のことでよく話をしたんですって。マーティンが亡くなる直前までね。マーティンとクラリスは協力し合って仕事をしていた。息子さんたちが協調の遺伝子を受け継がなかったのはほんとに残念だわ。とにかく、アランならクラリスがビジネスの面で問題を抱えていたかどうか知ってるかもしれない」

「もしビジネスで深刻な問題を抱えていたなら、わたしのほうで何かおかしいと気づいてもよさそうなものだわ。それに彼女は健康そのものだった。わたしが母さんの言うように計画的な人間なら、どうしてこんなに混乱しなくちゃならないの？」

エリーは空の皿を脇にどけ、テーブルに肘をついた。「理由はいくつか考えられるわ。まず、ショックと罪悪感ね。そんなふうに目をまわさないでよ。これでもあなたの母親なのよ。自分の子供たちに関することならたまには洞察力を発揮するわ。あなたはクラリスがとても好きだった。彼女は丈夫で元気そうに見えたから、死がしのび寄っていることに気づかなかった。あなたはショックを受け、その兆候に気づかなかった自分に失望している。ちがう？」

「と言いたいところだけど、そのとおりよ」

「ほらね。わたしもまだ捨てたもんじゃないとわかってうれしいわ」

オリヴィアは合図をしてウェイトレスをテーブルに呼び、デザートにダブルチョコレートブラウニーをたのんだ。「この店でいちばん大きいのをね。チョコレートフロスティングつきで」

「わたしはコーヒーをもう少しもらうだけでいいわ」エリーは言った。ウェイトレスが行ってしまうと、こう言い添えた。「リヴィー、わたしは何もトリプルチョコレートが必要になるほどあなたを追いつめるつもりはなかったのよ」後悔しているような口ぶりだが、口もとは笑みでゆがんでいる。

「母さん、母さんにはたしかにやられたけど、そのせいだけじゃないわ。この状況全体のせいよ。ときどきエンドルフィンが必要になるの。ねっとり甘いやつが」

「わかるわ。あなたのお父さんが亡くなったあと、わたしも四日つづけてチョコレートケーキを食べてたもの」

ブラウニーが来るころには、やっぱりやめておくんだったと後悔していたが、フォークを入れるのは止められなかった。二度目にフォークを口に運ぼうとして止め、こうきいた。

「チェンバレン家の家政婦のバーサを知ってる？」

「もちろん。編み物グループの仲間よ。どうして？」

「彼女からすごく妙な話を聞いたの。クラリスが息子のどちらかをわたしと結婚させたいと言っているのを聞いたんですって。わたしはふたりともほとんど知らないのに」

「わたしの偏見かもしれないけど、そんなに奇妙なことだとは思わないわ。彼女はあなたのことを気に入っていたし、高く買ってもいた。あなたを義理の娘にしたいと思うのはごく自然なことだわ」エリーは言った。

「でも、バーサによるとクラリスは、わたしならとある状況に対処できるだろうけど、タミーにできるとは思えない、みたいなことも言っていたそうなの」

「あら。それは興味深いわね。それで思い出したけど……」エリーはレストランの店内に視線をさまよわせながら、心ここにあらずといった様子でコーヒーをかき回しはじめた。

「母さん、ちゃんと口に出して話してないって気づいてる？」

「え？」エリーはコーヒーのなかにスプーンを落とし、カチャッと音をたててカップの側面に立てかけた。「ああ、ごめんね。頭のなかでいくつかの情報をつなぎ合わせてたのよ。タミー・ディーコンズはもう何年もヒュー・チェンバレンのことが好きで、そのことはだれもが知ってるけど、クラリスはふたりのつきあいに反対していた。妙なのは、そんなふうに思うなんていつものクラリスらしくないってことよ。タミーとヒューがつきあいはじめたとき――そう、もう十年まえになるかしらね、あなたがまだ大学にいたときのことよ。とにかく、バーサから当時聞いた話だと、クラリスはヒューが身を固める気になったことをよろこんでいたそうよ」

「わたしはタミーを幼稚園のときから知ってるわ。たまに手に負えなくなることはあるけど、クラリスから愛想を尽かされるようなひどいことを彼女がしたとは思えない。クラリスは孫をほしがってたし、タミーは死ぬほど子供をほしがってる。何ダースでもね。それに小学一年生を教えてるし。それってまたとないトレーニングじゃない？」

エリーは眉をひそめた。「もしわたしが一年生を教えてたら、自分の子供を持つことにためらいを覚えたかもしれないわ」

「そうしないでくれてありがとう」

エリーはおだやかに笑って言った。「クラリスの心変わりはジャスミンのことがいくらか関係してたのかもしれない」椅子を引いてテーブルにさらに近づけ、声を低くする。「うまくいかなかったから」

「ジャスミンっていったいだれ？」

「あらまあ、あなたは仕事のしすぎで、小さな町の罪深い楽しみ――ゴシップに夢中になる暇がないのね」エリーの目がきらめいた。「あのね、ゴシップにはしばしばひと粒の真実が含まれているのよ。それを見つけ出す方法さえ知っていればね」

オリヴィアがブラウニーをかじっていると、エリーは話しだした。

「七年か八年まえのことよ。ジャスミン・デュボイスというありえないくらいきれいな若い娘が町にやってきて、この〈ピートのダイナー〉のウェイトレスとして雇われたの。髪は漆黒で、背中におろして自然にゆるくカールさせていた。ほかの女性たちが大金を払ってやりたがるあのカールよ」

「母さんは別だけどね」オリヴィアはそう言って、伸縮性のある濃いピンク色のヘアバンドから飛び出した母のグレーの巻き毛を手に取った。

「あなたも巻き髪にすればいいのに。もう少し髪を伸ばしてから。それにたまにはドレスを着てもばちは当たらないと思うけど――」

「横道にそれないでくれる？　母さん」

「あら、わたしはただ……ああ、そうね、ジャスミンのことだったわね。とにかく彼女はとびきりきれいだった。チャタレーハイツの男性住民は一週間ばかり彼女に夢中になってたわ。簡単には落ちないし、男たち全員を束ねたよりも賢いことがはっきりするまではね。ある日わたしが遅いランチを食べていたとき――たしかピラティスのクラスのあとだったと思うわ

——ひとりの男性がはいってきてカウンターに座ったの。旅行中に寄ったんでしょうね、見たことのない人だったから。でもまったくのしらふじゃないってことはすぐにわかった。彼はジャスミンを一目見て口笛を吹いた。ジャスミンは歯を食いしばったみたいなきつい顔つきになったけど、礼儀正しく彼の注文をきいた」

「わかった。彼はジャスミンを注文したんでしょ」オリヴィアは言った。

「そうなのよ。外で話すような大声だった。そのブラウニー、もう食べないの?」エリーはかすめ取れる距離に手を伸ばしながらきいた。

オリヴィアはテーブルの上の皿を母のほうにすべらせた。

「ジャスミンがそのろくでなしをどうあつかったのか知りたくてたまらないわ。口をいっぱいにしたままでいいから話して」

「トリプルチョコレートは味わって食べなきゃね」エリーはうっとりと目を閉じた。オリヴィアは果たしてこの話がクラリスと、彼女のタミーに対する態度の変化につながるのだろうかと思いはじめていたが、母の芝居がかったタイミングに感心せずにはいられなかった。

人差し指についたケーキのくずをなめながら、エリーは言った。

「わたしにはジャスミンの顔がよく見えた。彼女はまっすぐその男を見て、ゆっくりと黒い眉を片方上げた——らんらんとした目はほとんど真っ黒で、背筋がひやりとするほどだった。でもろくでなしは気づかなかった。彼の顔は見えなかったけど、自分のほうが上手《うわて》だとばかりに、さらに背筋を伸ばした。ズボンのお尻のポケットに手を伸ばしてプラスティックのリングがついたキーを取り出した。町の南にある〈ナイトシェイドモーテル〉で今でも使ってるようなやつよ。どうしてカードキーに替えないのか、わたしにはわからないわ。もしかしたらオーナーはそうとうな年寄りで、何年もまえに死んで、ゾンビになって戻ってきたのかも――」

オリヴィアはセーターの袖の先をまくって時計を見た。

「あなたってほんとにお父さんそっくりね。とにかく、その男はカウンターのジャスミンのまえにキーを置いた。そしてダイナーじゅうの人に聞こえるくらい大きな声で言った。『ウィスキーをもらおう。あんたはそのうまそうな身ひとつで来てくれ』なんて言い草かしらね。ジャスミンはちょっと彼のほうに身を乗り出して、胸の谷間をかすかに見せながらキーを取った。そして空のカップを、あの大きなコーヒー沸かしのところに持っていった。カップを置いて、中身がはいってるかどうか確認するようにコーヒー沸かしのふたを開けた。ジャスミンが片手にふたを持って、そのホテルのキーをコーヒー沸かしのなかに落としたとき、湯気がもうもうと上がっていたのが今でも見えるようだわ。コーヒーが跳ねるのが見えたから、いっぱいまではいっているのがわかった。そして彼女はその男にすばらしくかわいらしい笑みを向けて言った。『あら、いっけない』」

「うわ。彼女は首になったの？」

「あなたの想像どおり、哀れな男が騒ぎたてたんで、コックとピートが出てきた――当時ピートはまだ生きていたのよ。ふたりとも大柄だった。ピートはプロボクサーだったのよ。自分は何もしていない、まったく何もしていないのに、ジャスミンにモーテルのキーを理由もなくコーヒー沸かしに投げ入れられた、とお客はまくしたてた。コックはピートと目を合わせると、背中を向けて厨房に戻った。ピートはしばらく何も言わなかったけど、とうとうジャスミンにこう言った。『コーヒーを新しく淹れなおしたほうがいい』そしてあのむきむきの腕を組んで、男をじっと見た」

「それだけ?」

「男はもう何も言わなかった。椅子を倒してカウンターからあとずさると出ていった」エリーはオリヴィアのブラウニーの最後のひとかけらをとらえて食べた。

担当のウェイトレス――七十代に見える疲れた女性――がテーブルにやってきて、空になったデザート皿を下げた。たのんでもいないのに、ふたりのコーヒーカップにお代わりを注ぐ。「お嬢さんがた、ブラウニーのお代わりは?」エリーのあごについたケーキくずを目ざとく見つけて言った。「二人前にします?」

「いいえ、もうけっこうよ、アイダ」エリーが言った。「オリヴィアは体型を気にしてるから」

アイダの視線がオリヴィアに移り、上から下まで眺めてから肩をすくめた。

アイダが足を引きずりながら行ってしまうと、オリヴィアは言った。

「母さん、あの人と知り合いなの?」

「ええ、もちろん。アイダはわたしが小さいころベビーシッターをしてくれたんだから」

「わたしは見覚えがないわ」

「ご主人が四十代で卒中を起こしてね。それから何十年も世話をしてたの。数年まえに亡くなるまでずっと。お葬式がすむと、彼女はすぐに家を貸し出し、保険金を全額持ってクルーズ旅行に出かけたの。で、お金が底をついたから帰ってきて、働きだしたってわけ。彼女はわたしのワイルドな未亡人の会にはいっているのよ」

「母さんの、なんですって？」

「実際にそういう会があるのよ。わたしは創設メンバーのひとりなの」

「でも母さんは再婚したじゃない」

「未亡人であることに変わりはないわ。それがどんなものかわかるし、自分が夫婦の片割れじゃなくなったとき、そばにいてくれた友だちのことは忘れない。この会の目的は、人生はこれからもつづくし、またすばらしいものにもなると教えてあげることなの。再婚しても、しなくてもね」エリーはテーブルの上に手を伸ばしてオリヴィアの手をぽんぽんとたたいた。

「わたしたちの会みたいな離婚女性の会もあるのよ」

「母さん……」

「言ってみただけよ。楽しい会なのよ。クラリスも何度か誘ったんだけど、いつも断られた。もちろん礼儀正しくね。そろそろクラリスとジャスミンの話に戻りましょうか」エリーは半分残ったコーヒーを脇に押しやり、マクラメ編みのバッグに手を伸ばした。「とんでもないほうに話が飛んだと思ったでしょ？　残念ながらもう時間がないから、急いで話すわよ。手漉《す》き紙作りのクラスがあと十五分ではじまるの。もうわかったと思うけど、ジャスミンは若い娘としてはかなり変わっていた。生まれについては隠してたけど、生まれながらの才能と魅力を持っていた。それを使う気になればね。彼女には見こみがあるとクラリスは考え、息子たちがふたりとも彼女と親しくなるとよろこんだ。ジャスミンはヒュー・チェンバレンとデートしていたみたい。少なくともしばらくはね。だれに聞いても、クラリスは大よろこびだったそうよ。だから、ジャスミンがルーカス・アシュフォードとつきあいはじめると、ふたりの関係に水をさしたの。ジャスミンはあなた向きじゃないから手を出すなとルーカスに言ってね」

「うそでしょ――」

「それがほんとなのよ」エリーは静かに言った。「クラリスは自分の家族のこととなると、とにかく頑固でね。ジャスミンをヒューと結婚させると決めたら、タミー・ディーコンズはいわばお払い箱で、クラリスの支持を取り戻すことはできなかった。ヒューも今はタミーにぞっこんみたいだけど、当時ジャスミンとヒューは長いこと別れたりまたくっついたりを繰り返していた。ジャスミンが荷物をまとめて町を出るまでね。町を出た理由はだれも知らないの。そろそろ先に進む潮時だと思っただけかもしれないわ。

それはそうと、もう行かなくちゃ。ねえ、お店は今でも月曜日がお休みなんでしょ？　いい考えがあるの。月曜日の十一時ごろ、うちにブランチを食べにいらっしゃいよ。あなたの好きなものを全部作ってあげる。アランにクラリスと息子さんたちのこともきけるわよ。彼は今でもヒューとエドワードとはしょっちゅう連絡を取り合ってるし、すごく観察力があるんだから。男性にしては、だけど」

エリーは椅子からすべりおりた。すべての家具が小柄な母には大きすぎるらしい。エリーはオリヴィアの頬に軽くキスをすると、くるりと向きを変えて出ていこうとした。何歩か進んだあと、オリヴィアに背を向けたまま止まった。何かを思いついたかのように首を横にかしげている。

「どうしたの、母さん?」

エリーはくるりとこちらを向いた。「たいしたことじゃないの。あなたにきこうと思っていたことを思い出したのよ。マディーとルーカスはつきあってるの? まだ秘密なら言わなくていいけど、このまえ店にいたとき、ふたりが何度か目を合わせるのに気づいたのよ。それにうわさになってるし。マディーが……その、今朝のクッキー当てクイズでルーカスがクッキーデコレーションの個人レッスンを勝ち取れるようにずるをしたって。だからもしかしたら……」

「順に答えると、最初の質問の答えはイエスよ。ふたりはつきあってる。そして次はノー、秘密じゃないわ。今朝のイベントのあいだじゅう大声で言ってるようなものだったから。それと最後の答えはイエス、マディーがクイズ大会でずるをしたのは確実よ。つぎのイベントのまえにまじめな話し合いをすることになると思う。お願いだから、こういうことはもう二度とないからって広めておいて」

「もちろんよ、リヴィー。でも心配することはないわ。ほとんどの人たちは怒ってるというよりおもしろがってるみたいだから。少なくとも今回はね」いつもは明るいエリーの表情がちょっとけわしくなった。「ルーカスとマディー」ひとり言のようにつぶやく。「おもしろいわね。もしかしたら……」

「ちょっと、母さん、それってどういう意味？」自分もふたりの関係を危ぶんでいたことを思い出し、オリヴィアは一抹の不安を覚えた。

そのとき、レストランのオーデュボン時計（毎時異なる鳥の声で時間を知らせる、鳥獣保護団体〈オーデュボン〉の時計）がモリツグミの声で四時を知らせた。「もうほんとに遅れちゃう」エリーはそう言うと、きゃしゃだがよく鍛えられた脚でドアに向かって走りだした。

「母さん、待ってよ。ふたりの関係が〝おもしろい〟ってどういう意味？」

「まあいいじゃない、リヴィー」エリーは肩越しに声をかけた。「月曜日のブランチで話しましょう」彼女は出ていき、ドアがパタンと閉まった。

# 6

携帯電話が鳴ったとき、オリヴィアは留守番電話に対応をまかせた。母からきいたジャスミンの話を頭のなかでおさらいしていた。どうやら謎めいた女性はチェンバレン家に影響をおよぼしたらしい。ルーカスはどうだろう？　彼もジャスミンを愛していて、ふたりを別れさせたクラリスを憎んでいたの？　クラリスのため、マディーのためにもっと知る必要がある。ひとつたしかなのは、タミー宅でのパーティはおもしろいことになりそうだということだ。

オリヴィアはリビングルームのソファに体を伸ばし、まるくなったスパンキーをお腹にのせながら、音を消して〈アニマルプラネット〉を見ていた。土曜の夜八時で、これしかましな番組を見つけられなかったのだ。スパンキーはゴールデンレトリーバーが飼い主にビールを取ってくることを学ばされている番組に惹きつけられているようだった。こういう教育も悪くないかもしれない。

電話は二十秒ほど沈黙したあと、また鳴りはじめた。オリヴィアは携帯電話を、未開封の郵便物といっしょに、玄関とリビングルームの入口のあいだあたりにある、廊下の小さなテ

ーブルの上に置きっぱなしにしていた。今度も留守番電話に切り替わるまで放っておいた。すぐに、三度目の着信音が鳴りだした。

オリヴィアはふと心配になった。もしかしたら母さんに何かあったのかも……あるいはジェイソンかアランに。どこかでマディーが困ったことになって、連絡をとろうとしているのかもしれない。スパンキーをソファにおろし、しつこい着信音に向かって走った。留守番電話に切り替わるまえに、発信者番号をたしかめずに急いで電話に出た。

「もしもし?」

一瞬の沈黙のあと、ためらいがちな声がした。「リヴィー? いま玄関にいるんだけど、玄関ベルが鳴らないみたいなんだ。家の新しい電話番号は教えてもらってないし」

「ライアン? ここで何してるの? 土曜日の夜八時よ。どうしてボルティモアにいないの?」オリヴィアが言いたかったのは、どうして元夫はもうすぐミセス・ライアン・ナサニエル・ジェフリーズになる女性といっしょにいないのか、ということだった。ライアンが裕福なボルティモアの社交界の花形と婚約したことは、離婚して四カ月後に友人たちから聞いていた。別に気にならなかったが、あんなに熱心にオリヴィアを引き止めたにしては、ずいぶん早く立ち直ったものだ。

「通りがかりに立ち寄るくらいいいだろう?」ライアンの口調は、人をまるめこもうという魂胆と独裁主義が交じった、聞き覚えのあるものだった。

「もう遅いわ、ライアン。疲れてるの」

「いつもいっしょに古い映画を観ながら夜中の二時か三時まで起きていたじゃないか」

「起きていたのはあなたでしょ。わたしはソファで眠ってたわよ」自分の口調も気に入らなかった。とげとげしく、怒っているように聞こえる。まだ悲しみを感じているからそういう反応をしてしまうのだとわかっていた。ライアンが簡単にはあきらめないということも。

そこでオリヴィアはささいなうそをつくことにした。「まえもって電話してくれればよかったのに、ライアン。今夜は予定がはいってるの」テレビをつけたままソファで眠りこむことだって予定にはいるでしょ？

「疲れてるんじゃなかったのかい？　大事なデートか何かなのか？」彼は満足そうにくすっと笑った。まるで自分が世にも奇妙なことを口にしたかのように。

オリヴィアの悲しみは一気に消えうせた。彼が何をするつもりなのかわかったのだ。彼女の矛盾をついて動揺させれば、どさくさにまぎれて家に入れてくれるかもしれないと思っているにちがいない。だがもうその手には乗らない。今ならもっと簡単に彼を見透かせる――彼女に何を求めているのかも。きっと何かあってやけになっているのだ。でなければ、どうしてこのうちの玄関口に現れたりする？　いささか興味を覚えたが、彼を家に入れるほどではなかった。

「だから今は休んでるのよ。大事なデートに備えて。わざわざ寄ってくれてどうも、ライアン。つぎのときはまえもって連絡してね。少なくとも一週間まえに」ほっとしながら、携帯電話の小さな赤いアイコンをタップした。廊下のテーブルの小さな引き出しを開け、手袋の下に携帯電話をすべりこませた。念のために手袋の上に郵便物を落とし、ぴしゃりと引き出しを閉めた。

ソファに戻ると、スパンキーは〈アニマルプラネット〉にすっかり夢中で、しっぽをおざなりに振っただけでオリヴィアを迎えた。「なんておりこうな生徒なんでしょう」と言って、オリヴィアはソファの彼の隣に体を預けた。テレビ画面では、小さな愛らしいパグ犬が、ビーチタオルの上に寝そべる若い女性たちのグループのほうに跳ねていくところだった。女性のひとりがひざまずいて犬をなでると、犬はかがんだ彼女の背中に首を伸ばし、ビキニトップのひもをくわえて引っぱった。若い女性は悲鳴をあげ、落ちる寸前にビキニトップを押さえた。

オリヴィアは料理チャンネルに変えた。ケーキ職人たちがハロウィーンに向けて、四種類のジンジャーブレッドハウスを作っているところだった。再放送だが伝統的だし、かわいい小犬が公衆の面前で若い女性を辱《はずかし》めようとするのを見るよりましだ。

ケーキ職人のひとりが移動中にくずれてしまったジンジャーブレッドハウスをもとに戻そうと奮闘しているとき、キッチンの電話が鳴りだした。家の電話は留守番電話に切り替わるようにしていないので、うるさい電話は鳴りつづけ、呼び出し音は十五回でやっと止まった。ライアンがiPhoneでネット検索して番号を調べたにちがいない。

オリヴィアのいらだちはレッドゾーンまで跳ねあがった。体をこわばらせ、歯を食いしばって心のなかで秒数を数えた。スパンキーが彼女の気分を感じ取ってくーんと鳴いた。十五秒経過、二十秒、二十五秒。もうリラックスしてもいいだろう。三十五秒経過したところで、また電話が鳴りだした。

スパンキーが野性のうなりを発してソファから飛びおり、キャンキャン吠えはじめた。電話に出るしかなかった。さもないと、気が変になりそうなほどうるさいペットの声を聞きつづけることになる。逆上した犬を引き連れてキッチンに行き、壁掛け電話の受話器に手をかけた。呼び出し音が二回鳴るあいだ、深呼吸をして気を落ちつかせた。動揺していることを知られたら、ライアンをよろこばせるだけよ、と自分に言い聞かせる。これは効いた。

受話器を取って冷たくぶっきらぼうに言った。「はい？」

つぎの数秒はさっきのライアンからの電話の再現だったが、今回はすばやく息を吸いこむ音が聞こえた。スパンキーがキャンキャン吠えているにもかかわらず。オリヴィアは静かにさせるためにかがんで彼の耳をなでた。

「リヴィー？」一瞬の間。「リヴィー、何も問題はないか？」

「なんだ、デル」オリヴィアはうめいてキッチンの床にあぐらをかいて座った。スパンキーが膝に跳びのってくーんと鳴く。

「リヴィー、イエスかノーで答えてくれ。危険な状態なのか？　だれかそこにいるのか？」

「デル、まさか――」

「イエスかノーか？」

オリヴィアは肺いっぱいに空気を吸いこんでから答えた。「ノー、つぎもノー。哀れなスパンキーを別にすればね。彼にとってさんざんな夜だったの。わたしにとってもね」

「そのようだね。そのことについて話したい？　ピザを持ってきてる。ほんとうは、カフェでピザを買って帰ろうとしたら、男がきみの家の玄関口に何か置いているのを見たんだ。それで調べてみようと思ってね。ガラスの花瓶にはいった大きな花束だったよ。かなり高そうな。カードは見当たらない。だれからか見当はつく？」

「ええ、つきすぎるほどね」

「何か事情がありそうだね。どうする？　トリプルミートピザと同情的な耳は必要かい？」

オリヴィアは破れたジーンズからのぞく裸の膝と、ひものないテニスシューズを見て、別に問題はないと思った。デルも気にしないだろう。こんなくだけた恰好の彼女をライアンが見たら、ゲームポイントと見なし、彼女の自信をへこませるのに利用するだろうが。もちろん自分が何をしているのかにはまったく気づかずに。おそらく気づくことはないのだろう。デルにはからかわれるかもしれないが、それだけのことだ。

「下におりてドアを開けるわ。ランチにトリプルチョコレートを食べたから、今日はどっちみちコレステロール過多なの。トリプルミートを食べても悪いことはないでしょう。トリプルのひとつはソーセージよね？」

「もちろん」

「最高。そうだ、その花を花瓶ごとごみ缶に捨ててくれるとありがたいんだけど。できればわたしがそこに行くまえに」

「いいのかい？　花瓶はとっておけるけど」

「わたしが割るのを見たいならね」


「元夫はきみを激怒させる才能があるようだね」

オリヴィアが〝健康的な食事〟という幻想を演出するために手早く作ったサラダを、デルは自分に取り分けた。これで三度目だ。オリヴィアは同じ理由からカベルネソーヴィニヨンのボトルも開けていた。

「そうとも言えるわね。やりきれないのは、彼が実はそんなに悪い人間じゃないってこと。ただ……」

元夫に何があったのだろう？　ライアンは懸命に勉強して医学部でいい成績をとり、ジョンズ・ホプキンズ大学付属病院の外科研修医の座を射止めたが、オリヴィアが彼と対等の立場だとつねに感じさせてくれた。だが胸部外科医になって評判を得るようになると、彼女を自分にはあまりふさわしくないものとしてあつかうようになった。

「きみが言いたいのは〝支配したがり〟ってこと？　それとも〝いばり屋〟？　それを自分でわかってない？」

オリヴィアは声をあげて笑った。それで気分は晴れた。「いいえ、でもいい線いってる。わたしならライアンを〝追いつめられてる〟と表現するわ。年々ひどくなってるの」箱にはふた切れピザが残っていた。オリヴィアは小さいほうを取った。細い糸状に伸びたモッツァレラチーズが、流れ星の消えゆくしっぽのようにたれた。「それまでの苦労が実を結ぶようになっても、彼はリラックスできないようだった。それまでよりさらに熱心に働き、さらに心配し、さらに求めた――お金、尊敬、目下の人間の服従。彼は望んだものを手に入れたけど、それが彼を不幸せな人間にしているみたい」

「わかるよ」デルは言った。

その声の控えめな調子がオリヴィアの注意を惹いた。デルは笑みを浮かべておらず、彼女の目を見てもいない。何年もまえに離婚したという、彼の結婚生活についてきいてみたかった。こっちだって元夫について話したのだから。だが彼女はためらった。詮索に聞こえないように質問する方法がわからなかったからだ。

代わりに、彼のワイングラスにお代わりを注いで言った。

「最後のひと切れはあなたのよ。電子レンジで温めましょうか?」

「冗談だろう?　いつも冷蔵庫から出してすぐ食べるのに」

デルが口をピザでいっぱいにしているあいだに、オリヴィアはきいた。

「クラリスの死について何か新しいことはわかった?　何が気になっていたにせよ、彼女があんなうかつなことをするなんて、どうしても信じられないの。とても意志が強くて決然としていたのに」

デルはワインをひと口飲んだ。「うちの安いキャンティとはちがうな」

「あら、キャンティじゃないのはたしかだけど安物よ」

デルはグラスを置いて椅子の背に寄りかかり、頭のうしろで両手を組んだ。

「ぼくの知っているクラリス像からすれば、ぼくもきみと同じく困惑している。彼女はどんなにつらいときでも音《ね》をあげず、ぼくが知っているだれよりもうまく乗り越えてきた。頭の切れる女性だった。これまでにはいった鑑識の報告からは何も手がかりが見つかっていない。検死結果も異常なところは何もなかった。彼女は健康体で、初期段階の病気の兆候もなかった。膝に軽い関節炎があったが、検死医によるとまだ症状も出ていなかっただろうということだ」

「クラリスはとても活動的だった」オリヴィアは言った。「よくいっしょに長い散歩をしたわ。彼女の敷地のまわりやその先の森まで。わたしは彼女の半分の年齢で、身長も三センチばかり高いのに、彼女についていくにはかなりがんばって歩かなくちゃならなかった。クラリスは息を切らすことなんてないみたいだったわ」

「認知症の兆候もなかった。検死結果から、死因が睡眠薬とアルコールの過剰摂取にあることは明らかだ。息子たちも家政婦も、死ぬまえのクラリスは何かに動揺しているようだったが、その理由をだれにも明かさなかったと認めている」

オリヴィアはワインが半分はいったワイングラスのステムを持ってゆっくりとまわし、中身が小さな赤い波のようにグラスの側面に当たるのを眺めた。

「クラリスの家で何度もいっしょに夕食をとったわ。バーサに見守られながらね。クラリスはいつもグラス一杯の赤ワインを飲んだ。食事の最後までかけて一杯を飲むんだけど、飲みきれないこともあった。食後のエスプレッソのほうがずっと楽しみなようだった」

「バーサもそう言っていたよ。でもクラリスが死んだ夜は、赤ワインのボトルをまるまる一本、コルクを抜いて書斎に持ってくるようバーサに命じたんだ。そのあとクラリスは書斎のドアを閉め、十時にバーサが階上に寝にいくまでドアは閉まったままだった。バーサによれば、すべてがクラリスらしくないことらしい。何かがあったんだ」

ある考えの断片が頭に引っかかり、オリヴィアはなんとかその全体像を把握しようとした。オリヴィアが最後に会ったとき、クラリスが何かに動揺していて、ふるまいも彼女らしくなかったのはたしかだ。彼女にいちばん近しい人たちですら、その理由はわからないという。それとも理由を明らかにしたくないのか。クラリスは自分で考えて問題を解決しようとしていたのか、それともだれかが情報を隠しているのか。

「クラリスのアルコールレベルは？　そういうこともわかるんでしょ？」

「今の段階では、まだ正確な数値はわからない。ほんとにこのことについて話したい？」

「ええ、とても」

「じゃあ言うけど、たしかにアルコールは検出されたものの、ボトル一本ぶんはなかった。長時間かけてワインを飲んだなら、いくらかは吸収されていたのかもしれない」

オリヴィアは首を振って言った。「どんな状況であれ、クラリスがボトル一本ものワインを飲むなんて想像できないわ。薬だって意識して飲んだとは思えない」

「でも睡眠薬のエスゾピクロンの数値は高かった。ワインの澱《おり》のなかからも同じ薬物が検出された。空のボトルとグラスの両方から。どちらにもクラリスの指紋しかついていなかった。バーサはクラリスが錠剤を飲むのを苦手としていたから、いつも砕いて飲み物に混ぜていたと認めている」

オリヴィアは空になったピザの箱のふたを閉め、半分に折ってキッチンのごみ箱に押しこもうとした。うまく収まらなかったので、強く押して、もっと奥に詰めこんだ。

「残念だよ、リヴィー。クラリス・チェンバレンはすばらしい女性だったが、まちがいはだれにでもある。そのまちがいが命取りになることもある」

オリヴィアはあふれそうなごみ箱を見ながら、わからないという状況に自分ががまんできればいいのにと思った。

「ほら、貸してごらん」デルがごみ箱のほうにあごをしゃくって言った。「帰るときに中身をあけて、裏口のドアのところに置いておこう」彼は制服のジャケットを着て帽子をかぶった。「とにかく、はっきりとした自殺の証拠はあがらなかったからほっとしたよ。今日保険会社の調査員から電話があったんだ。話すことはあまりなかった。だからといって、ここに来て調査するのは止められないけどね。クラリスはかなり高額の保険にはいっていて、自殺の場合は保険金がおりないことになっている。でも遺書もないし、健康上の問題もビジネスの問題もないとなると、自殺とみるのはむずかしいだろう」デルは満杯のごみ箱を持ちあげた。「少なくとも、そう願ってる」

オリヴィアはスパンキーを抱えて、デルといっしょに階下の玄関まで行った。ドアノブに手をかけてきく。

「息子さんたちがすべてを相続するの？」

「そのことはすっかり話すわけにはいかないんだが、このあたりじゃ一、二分以上何も秘密にしておけないからな。警察署はきっと盗聴されているんだろう」デルは顔をしかめて首を振った。「質問の答えはイエスだ。弁護士の話だと、クラリスの莫大な財産はヒューとエドワードが等分することになる。バーサにもかなりの額を残しているし、いくらかは彼女のお気に入りの慈善団体に遺贈されるが」彼はオリヴィアにちらと笑みを向けた。「きみがスパンキーを見つけたヨークシャーテリアの保護施設も含まれているよ」

自分の名前を聞いて、スパンキーがオリヴィアの腕のなかでもがき、デルのほうに肢を伸ばした。

「たぶんピザの箱をつかもうとしてるのよ」オリヴィアは言った。「それか、また逃亡をたくらんでるのかも」彼女はデルのためにドアを開けて押さえ、ライラックの香りのする冷たい湿った空気を吸いこんだ。

デルは戸口をまたぐと、立ち止まって言った。「それともうひとつ」

ポーチの明かりで、デルの茶色の目に金色の斑点が見えた。オリヴィアは急に彼を意識した。

「きみがクラリスは殺されたんじゃないかと考えているといけないから言っておくけど、息子たちにはどちらもアリバイがある。ボルティモアでセミナーに出ていたんだ」

# 7

オリヴィアはドレスを三着持っていたが、どれも一年近く着ていなかった。結婚したばかりのころ、彼女がドレスを着るとライアンはいつも褒めてくれた。ときがたつにつれ、彼の反応は変化していった。ドレスを着ても無関心になり、やがてどんなものを着ようと彼女の見た目を批判するようになったのだ。離婚後、ほんとうに気に入っている三着を残して、ドレスのほとんどは捨ててしまった。

日曜の午後の集まりだか、夕べの集いだか、ティーパーティだかにドレスを着てくるようにと最初タミーに言われたとき、オリヴィアはとっさにくるりと目をまわして、ジーンズで行こうと心に誓った。だがそれは計画を立てるまえのことだ。

クラリスの死は過失による事故死だろうと、昨夜デルは言っていた。そのときは彼の言うとおりだと思ったが、考えれば考えるほど信じられなくなってきた。殺人を事故や自殺に見せかけることはできる。そしてこの場合の死は、殺人と考えたほうが納得がいく。少なくともオリヴィアにとっては。クラリスには人もうらやむ財産があった。ビジネスにおける並々ならぬ成功は、幸運によってもたらされたものではなかった。期待したほど業績のあがらな

かった会社を廃業させるときは、非情ともいえるやり方で決定をくだすことができたし、業績不振の会社はできるかぎり安く買いたたいた。冷酷なわけではない。現実的で強い目的意識があっただけだ。オリヴィアはクラリスを愛し、尊敬していたが、彼女のようになりたいと思ったことはなかった。

たとえヒューとエドワードに鉄壁のアリバイがあったとしても、ほかにも腹を立てている人たちがいるはずだ。クラリスの手で苦しめられたと感じている人たちが。たとえばルーカス・アシュフォード――もっとたくさん証拠が見つかるまでマディーに言うつもりはないが。それに、デルの捜査を信用していないわけではないが、ヒューとエドワードについてはどうなのだろう？　徹底的にふたりのアリバイを調べたのか？

おそらくデルは殺人の可能性も考えたが却下したのだろう。彼はチャタレーハイツを愛している。非常に評判のよい家族を、それも町の人びとに広く仕事を提供する事業を所有している家族を、センセーショナルな殺人事件の捜査に巻きこむのは、いちばんしたくないことのはずだ。昨今の景気の悪さでは。

犯罪の明らかな証拠がないので、デルはこれ以上深くさぐるのに抵抗があるのだろう。しかし、彼は自分の仕事に真剣に取り組んでいる。だから、そうする理由をオリヴィアが提供すれば、耳を傾けてくれるかもしれない。とはいえ、裏付けになるものを手に入れるまでは、自分が疑っていることをデルに話すつもりはなかった。

それにしても、どうしてマディーはよりによってオリヴィアが彼女を必要としているときに恋に落ち、すっかり頭がお留守になってしまったのだろう？　でも話せる相手はマディーしかいない。そしてデルがどう考えようと、マディーなら必要とあらば秘密を守ってくれる。タミーのパーティでもマディーはルーカスにくっついているだろうが、オリヴィアは彼の腕から彼女を引き離して、力ずくで協力をあおぐつもりだった。

タミーがパーティを開くなら、ヒュー・チェンバレンも出席するだろう。たとえ親と死別したばかりだとしても。それなら話が早い。タミーを軽薄と見る人たちもいるかもしれないが、オリヴィアは彼女をよく知っていた。フリルをまとった、小学一年生を教える先生という顔をもつ彼女の中身は、鍛えられた鋼鉄のように気骨のある女性だ。タミーには自分のほしいものがわかっている。彼女がほしいのはヒューだ。だからヒューは出席する。おそらくはエドワードも。オリヴィアはなんとしてでも兄弟ふたりと話がしたかった。

その計画にはふさわしい衣装が必要だ。目的のためなら、オリヴィアはドレスを着るのにやぶさかでなかった。

といっても、体に合うものがあればだが。ドレスは三着ともウェストがぴったりしていた。この十一カ月間、オリヴィアはマディーといっしょに店のイベントのために作った砂糖たっぷりのお菓子を試作し、味見と称してそれこそむさぼるように食べてきた。ときどきジーンズがちょっときついと感じることがある。幸い、ジーンズはまだ許せた。それも冷たい水で洗濯し、自然乾燥させた場合には。これはエコに徹しているせいで、環境にやさしいオリヴィアとしては当然のことだ。

その一方で、この数カ月は日に何回も犬といっしょに歩いたり走ったりしている。もしこの世に正義があるなら、それが何かの役に立っているはずだ。

オリヴィアはスカートがふわりとふくらんだ、お気に入りの灰緑色《ティール》のカクテルドレスを選んだ。共布のスカーフをウエストバンドに巻くようになっている。チャタレーハイツに戻ってきてすぐに、母が作ってくれたドレスだった。パンツ以外のものを着ることを奨励するための露骨な企てだ。

「がまんしなきゃね」オリヴィアはドレスに袖を通した。ドレスはぴったりで、息をしてもはちきれることはなかった。ベッドから眠そうに見ていたスパンキーが、頭を上げてキャンキャン吠えた。オリヴィアは手を伸ばして耳をかいてやった。「ほめてくれてありがと。今度わたしが朝六時にあなたを散歩に連れていくことで文句を言ったら、今のことを思い出させてくれてもいいわよ」

身支度は十分でできるだろうし、タミーの集まりまでまだ二時間あったので、ジーンズに着替えて、またコーヒーをポット一杯作った。キッチンテーブルに落ちついて疑問をひとりでブレインストーミングしてみる。たちまちマディーが恋しくなった。キッチンの電話に手を伸ばしたが、歩きまわれるように携帯電話からかけることにした。

十五分かけて、あらゆるポケットをさがしたが、携帯電話は見つからなかった。キッチンの電話から自分の携帯の番号にかけてみた。鳴っているのだとしても聞こえなかった。故障しているのかもしれない。いらいらとさがし物をするオリヴィアに起こされたスパンキーが、小走りでキッチンにやってきて彼女の足のまわりを歩き、空腹で弱っているせいでちゃんと吠えられないかのように、哀れな小さい鳴き声をあげた。

犬用おやつの引き出しを開けて、オリヴィアは思い出した。まえの晩、ライアンのしつこい電話に悩まされ、スパンキーも動揺したので、引き出しの奥に携帯電話をしまったのだ。廊下を走って玄関に向かう彼女を、おやつを持っている手に飛びかかりながら犬が追った。

しまった場所である、土曜日の郵便物の下に、ちゃんとそれはあった。スパンキーが注意を惹こうと足首をなめていたので、ラグの上におやつを落としてやってから携帯電話を取り出した。三回呼び出し音を鳴らしてもマディーは出なかった。タミーの家に到着することになっている二時よりもまえに電話をくれというメッセージを、短く、しかし強調して残した。

携帯電話を折りたたんでジーンズのポケットにしまった。郵便物を持って、仕分けをしようとソファに落ちついた。スパンキーが隣にすり寄る。請求書、〈ジンジャーブレッドハウス〉宛の送り状、ごみ箱行きのダイレクトメール……最後の封筒を見てオリヴィアは首をひねった。消印はボルティモアだが、差出人の住所はない。オリヴィアの名前と住所がブロック体で書かれているだけだ。書き手が急いでいたか、もしかすると動揺していたかのように、ブルーブラックのインクの文字は乱れていた。

ブルーブラックのインク。オリヴィアはいつもビジネスのアイディアについて話し合うときに、クラリスがブルーブラックのペンでメモをとるのを見ていた。彼女の文字はいつもしっかりとしていて読みやすい、ヨーロッパ風の飾字体だった。オリヴィアは封筒を破って開け、リネン紙の便箋一枚を取り出した。いちばん上にクラリスのフルネームと住所が印刷されていた。右上の日付は四月二十三日の木曜日となっている。クラリスの人生最後の日だ。

オリヴィアは短い手紙を読んで、マディーの携帯に電話した。今度も留守番電話につながった。録音されたマディーのメッセージのあとに、オリヴィアは告げた。「話があるの、マデリーン・ブリッグズ。こちらオリヴィア・グレイソン。今は日曜日のお昼、十二時四十七分。今すぐ店に来て」メールでも同じメッセージを送った。

オリヴィアとマディーは十歳で最初の永遠の親友の誓いをしたとき、秘密の暗号を作った。このシステムは高校にはいってからも、授業の合間にメモをわたすときに使われた。メッセージにフルネームがはいっていれば、緊急事態で、だれにも口外してはいけないという意味になる。もちろん高校時代は、たいていファスナーが壊れたとか、ボーイフレンドとのトラブルとかだった。オリヴィアは十年のあいだこの暗号のことをすっかり失念していたが、不意に思い出した。マディーは気づいてくれるだろう。

クラリスの手紙を持って階下《した》に行き、鍵を開けて店にはいるとまた施錠した。マディーはいつも自分の鍵を持っている。オリヴィアは明かりをつけ、クラリスの手紙を読み返すためにアンティーク用キャビネットのまえにあぐらをかいて座った。

最愛のリヴィー

あなたが何も言ってこないということは、何かのせいでいつもの決まった仕事ができずにいるということでしょうね。あなたが用心深いことはわかっているわ。でも、すぐにわたしからの奇妙なメッセージを見つけて、ひどく心配するだろうということもわかっています。わたしが何を話しても偏見を持たず、秘密を守ってくれる人として信用できるのはあなたしかいないけれど、こんな重荷を負わせるべきではなかったわね。こんな状態になってしまってごめんなさい。とにかく、わたしは最近もっと詳しい情報を受け取りました。この問題が早く解決できることを願っているわ。

　だからね、リヴィー、わたしが残したものを見つけたら、開けずにわたしに送り返してちょうだい。もう開けてしまったとしても、中身についてはだれにも言わないでくれると信じています。わたしのことは心配しないで。どうしても心配なら、土曜日のイベントのときに話しましょう。それまでにこの件にかたをつけて、すべてことなしになるようにするわ。

愛をこめて
クラリス

すべてことなし。クラリス――あなたは頭脳明晰で、細部に気を配り、すばらしく有能だけど、とんでもなくまちがっていた。救いようがないほどまちがっていた。

オリヴィアは火曜日の午後のことを思い起こした。キャビネットのところで足を止めて、ヴィンテージもののクッキーカッターをいくつか見たとき、クラリスはクッキーのレシピがほしいと言った。少しのあいだひとりになるために、そんな妙なお願いをしたのだとしたら？　毎日閉店後、マディーが厨房を整頓し、その日の売り上げをレシートと照らし合わせるあいだ、オリヴィアがいつも店内をきちんと片づけ、下の引き出しも含めてアンティーク用キャビネットの中身を出していることを、クラリスは知っていた。

だが、オリヴィアだって人間だ。月曜日にすばらしいアンティークが大量に入荷して、金庫がいっぱいになってしまった。それでオリヴィアは、思いきって土曜日のイベントまでキャビネットの中身を入れたまま鍵をかけておくことにした。在庫品に食指を動かすお客がいるかもしれないからだ。それからいろいろなことがあって、引き出しの中身を出すのをすっかり忘れていた。

凝った作りの小さな鍵は、ガラスドアとその下の引き出し兼用だった。ガラスドアの鍵を開けたとき、入口のドアをしきりに引っかく音がした。マディーが錠に鍵を入れた音ではない。ランチのときルーカスにアルコールを勧められたのでないかぎり。

引っかく音はさらに執拗になった。遠くでくーんと鳴くおなじみの声も聞こえる。スパンキーだ。脱出名人の彼は、オリヴィアが二階の自宅を出たときに、こっそり逃げ出していたのだ。手紙のことですっかり動転していたので、彼が踊り場の暗い隅に隠れていることに気がつかなかったのだろう。

「そんなに頭がいいなら、自分ではいってこられるでしょ」オリヴィアの声はいつになく大きかったので、ドアの向こうにも聞こえたのだろう。スパンキーは引っかくのと吠えるのをやめた。

「もう、わかったわよ」オリヴィアは声をかけた。「むくれないで。すぐなかに入れてあげるから」キャビネットの鍵をポケットに入れ、入口ドアに向かった。「入口のカーペットをおしっこシート代わりに使わないでよ」と言って、ノブに手を伸ばし、ドアを開けた。

マディーがもがくヨークシャーテリアを抱いて戸口に立っていた。

「心配しないで。早めに家を出てきたの」オリヴィアの腕のなかにスパンキーを預けた。

「で、オリヴィア・グレイソン。緊急事態って何？」マディーはすでにタミーのパーティ用に、エメラルドグリーンの体の線が出るニットドレスを着ていた。チューリップのクッキーカッターの形をした小さなシルバーのイヤリングが両耳にぶらさがっている。ふんわりとした髪は洗いたてで、風に吹かれてうしろに流しただけのように見えた。

「シャワー中だった？」オリヴィアはきいた。

「あたしの入浴習慣について話し合うためにSOSを送ってきたの？　ねえ、リヴィー、何があったのよ？　タミーの家に着いてなきゃいけない時間まであと三十分しかないのよ。ルーカスはどうしてもふたりそろって行きたいって言うし」

「わかった」オリヴィアはマディーにクラリスの手紙をわたした。「じゃあこれを読んでて。わたしは引き出しの中身を出しにかかるから」床に膝をつき、クッキーカッターをひとつずつ出しては、クッションを敷いたかごのなかに入れていった。

「妙な手紙ね」マディーは言った。「クラリスのやり方はあなたのほうがよくわかってると思うけど、これは彼女らしくないわ。取り乱しすぎてる。ほんとに彼女に飲酒の問題はなかったの？」

「絶対ないわ」オリヴィアはアンティークを入れたかごのなかに手紙をしまった。「彼女がわたしに残したっていうものはこの引き出しのなかだと思うの」

マディーはドレスをまくってオリヴィアのそばにひざまずいた。

「何か見える」彼女は第二次大戦中にブリキ板で作られた赤い持ち手つきのスコッチテリアのクッキーカッターを取りのけて言った。「封筒の角みたい」

オリヴィアは残っていたいくつかのカッターを脇に寄せて、ビジネスサイズの封筒を引き出しから取り出した。封はされておらず、クラリスの字で〝オリヴィア・グレイソン〟とだけ書かれている。オリヴィアはなかに手を入れて、折りたたまれた一枚の紙を引っぱり出した。小学生が使うような広い罫線の紙だ。紙を広げ、マディーに見えるように持った。

「ここの明かりじゃ読みにくいわね」マディーが近くに寄りながら言った。「なんて書いてあるの？」

オリヴィアは目をすがめて言った。「力がはいらなかったみたいに鉛筆が薄いわ。レジのところに行きましょう。引き出しに懐中電灯があるから」

マディーは腕時計を見てうめいた。「ルーカスをトルネード・タミーから救うにはあと六分しかないわ。急ぎましょう」

「あなたは先に行ってて。わたしは遅れてもいいから。あとで教えるわ」

「そんなのだめよ」精力的なダンサーのような脚の持ち主のマディーは、それを駆使して矢のように走った。オリヴィアが会計カウンターに着くころには、マディーは懐中電灯を見つけてスイッチをいれていた。明るい光に照らされた手紙には、あいさつのことばすらなかった。ほんの数行しかない、つぎのような短い手紙だった。


あなたには孫がいます。まえに進んで正しいことをしなければなりません。すぐにわたしの手には負えなくなるので、急いで行動を起こす必要があります。これを受け取ったらすぐにわたしに電話してください。

フェイス

署名のあとに電話番号が書かれていた。

「おっどろいた」マディーが言った。

「同じく」オリヴィアは急いで携帯電話を取り出し、番号を打ちこんだ。しばらくして電話を閉じた。

「どうだった?」

「この番号はもう使われていないわ」

# 8

「リヴィー！　忘れてるんじゃないかと心配してたのよ。あなたのお相手も招待しておいたから。幸い彼も遅れてくるの」タミーはオリヴィアの肘をつかんで、せまい玄関ホールに引っぱりこんだ。「コートはほかの人たちのといっしょにフックに掛けて——まあ、ほんとにドレスを着てきたのね」

「たしかそうするように言われたはずだけど」オリヴィアは言った。

「ええ、でもあなたはいつもわたしを無視して好きなようにするじゃない」おもしろがっているような口調が、タミーのコメントをやわらげた。

タミーに案内されたリビングルームでは、五人の人たちがおとなしくコーヒーを飲んでいた。オリヴィアが部屋にはいると、立派なボーンチャイナのカップが、カチャリとソーサーに置かれた。

「みなさん、こちらはオリヴィア・グレイソン。彼女のことは知ってるわよね？」タミーはその質問を、ふかふかのフラシ天のソファに寄り添って座っている若いカップルに向けた。

「いいえ、わたしは……」若い女性の声はささやくように小さくなった。ソファの高い背もた

れ寄りに座った彼女は、とても小柄なので床から足が浮いてしまっている。

「ああ、そうだったわ」タミーは軽く笑って言った。「あなたたちふたりがチャタレーハイツ高校にはいったときには、もうわたしたちは卒業していたものね。オリヴィア、こちらはドッティとティミーよ、ご近所さんなの。新婚六カ月なのよ」タミーはドッティとティミーが自分の家族で、これ以上うれしいことはないかのようにこの情報を伝えた。「オリヴィアはタウンスクエアにあるあのかわいいクッキーカッターショップを経営しているの」

「マディー・ブリッグズといっしょにね」オリヴィアがそう付け加えながらさっとマディーを見ると、彼女は石の胸像を思わせる表情をしていた。

ドッティの顔がほころんだ。「まあ、わたしあのお店大好き。最初あなただとはわからなかったわ。ドレスアップしてるから」

タミーがくっくっと小さく笑ったような音がして、オリヴィアはそれがだれにも聞こえなかったことを願った。

タミーがみんなに何もしなくていいからと言って、忙しく女主人の仕事をするあいだ、オリヴィアはウィングバックチェアに座って、招待客たちを観察した。ルーカス・アシュフォードは広い肩のあたりがきつそうなグレーのスーツで、張りぐるみの肘掛け椅子に座っていた。出口をさがしているように、暗い色の目を部屋のあちこちに向けている。マディーが片方の肘掛けに腰かけて、彼に寄りかかっていた。

残りの招待客はヒュー・チェンバレンだけだ。オリヴィアはチェンバレン家を訪れたときに何度もヒューを見かけていたが、二言三言しかことばを交わしたことがなかった。見るたび彼は、クラリスの書斎に掛かっている彼の父親の肖像画を思わせた。ヒューは父親譲りの気さくさと整った顔立ち、そしていつ見てもスーツが似合う均整のとれた体の持ち主だった。オリヴィアは彼が高校でバスケットボールをやっていたのを覚えていた。それなりにかっこよかったし、自分でも楽しんでいるようだったが、プレーもそれなりだった。それでもほとんどの女子が彼をスター選手とみなし、学園祭の女王として彼の隣に立つことにあこがれた。

ヒューはオリヴィアに見られていることに気づいて微笑んだ。そのライトブルーの目には、マーティンの肖像画のダークブルーの目に表れていた、ひたむきさが欠けていることにオリヴィアは気づいた。ヒューは疲れているように見えた。この数日にあったことを思えば無理もない。オリヴィアは彼にお悔やみを言いたかったが、今はふさわしいときではないように思われた。母親が亡くなったばかりだというのに、彼がこの集まりに出る気になったとは興味深い。オリヴィアの母の言うとおり、彼はタミーを愛しているのだろう。

視界の隅でグリーンの色が動き、部屋のむこうでマディーがオリヴィアの注意を惹こうとしているのに気づいた。マディーはカップを上げて円を描くように動かしている。オリヴィアはわけがわからずに自分のカップを見た。銀の細かい線で模様が描かれた白いカップだ。部屋のなかを見まわして、コーヒーテーブルとふたつのサイドテーブルに白いリネンのクロスがかかっていることに気づいた。白い花瓶に活けた白いチューリップが、リビングルームの窓の下の書き物机を飾っていた。

マディーが何もはめていない薬指をくねらせて、タミーのほうにあごをしゃくったので、オリヴィアにもわかってきた。椅子に座ったまま身をよじって、タミーをもっとよく見ようとした。とくに彼女の左手を。やっぱりあった——ダイヤモンドの指輪が。招待客たちに席を立ってもらいたくなかったわけだ。これから発表があるのだ。

もう一度マディーを見ると、マディーは目をくるりとまわした。オリヴィアはほんの少しだけ首をかしげて、マディーについてくるよう伝えた。タミーが質問に答えようとドッティのほうに身を寄せたすきに、オリヴィアはいちばん近い廊下にそっと出た。まえに訪問したことがあるので、その廊下が書斎とタミーのベッドルームにつづき、つきあたりにバスルームがあることはわかっていた。

タミーの小さな書斎はいつものようにきちんと片づいていた。小学一年生の授業計画作りに苦戦しているときでさえ、タミーは道具類をスタック式のプラスティックトレーにきちんと整頓してしまっていた。本棚は四段で、ひとつの棚には児童書が、残りの三段にはロマンス小説が並んでいた。デスクの隅に女性雑誌が積みあげてあり、その縁までがそろえてあった。いちばん上の雑誌はパーフェクト・ウェディング特集だった。

オリヴィアはときどき、どうして自分とタミーはずっと友だちでいるのだろうと思うことがあった。ふたりはまったくちがっていた。もうひとりの幼なじみのステイシーのことをふと思い出し、彼女に電話することを急いで頭のなかにメモした。子供のころからの絆《きずな》は強いものだが、たとえお互いに好きではなくても、友だちでいれば人生をより豊かにできるとオリヴィアは思っていた。

タミーのベッドルームは書斎と同じ調子で、ちがいといえば児童書がなくて、クマのぬいぐるみのコレクションがあることぐらいだった。ヴィクトリア朝様式のウォルナットのドレッサーに、あらたな装飾品が置かれていることに気づいた——海岸の岩場にいるタミーとヒューの写真がはいった写真立てだ。おそらくタミーの家族がいつも休暇をすごすメインで撮ったものだろう。タミーはつま先立ちになってヒューを見あげ、ヒューは彼女の上腕を支えながら鼻の頭にキスしている。タミーの髪型からすると、最近撮られた写真だ。

オリヴィアはバスルームにしのびこんだ。マディーを見張れるように、明かりを消したままドアを少しだけ開けておく。近づいてくる足音が聞こえ、心臓が早鐘を打ちはじめた。マディーがベッドルームのドアを通りすぎたとき、オリヴィアは安堵のあまり笑ってしまった。

「傑作じゃない？」マディーはバスルームにはいってドアを閉めた。「タミーはすぐにも婚約発表するつもりだと思うから、手短にすませましょ。ベッドルームの写真に気づいた？　見苦しい」

「感動的だと思ったわ。安心もしたし。ヒューは彼女ほどその気じゃないんじゃないかと思ってたから。母さんからジャスミンのことを聞いたせいで」オリヴィアが言った。

「ジャスミンか」マディーが言った。「しばらくぶりに聞く名前だわ」彼女はバスタブの縁に腰掛け、オリヴィアもそれにならった。「あたしはあの人のこと、好きだったな。彼女には度胸があった。だれもがジャスミンとヒューは結婚するだろうと思ってたけど、彼女が町を出ていったとき、あたしは驚かなかった。独立心旺盛な人だったし、あたしはいつも彼女には何か〝秘密〟があるんじゃないかと思ってた。自分のことをほとんど話さなかったから」

「マディー、ひょっとしてあなたが言いたいのは……彼女が妊娠してたから消えたんじゃないかってこと？」パーティに向かう途中、オリヴィアはクラリスからの手紙と彼女がクッキーカッターの引き出しに残した文書について、とり憑かれたように考えつづけていた。考えれば考えるほど、どちらの手紙も、母から入手した情報となんらかのつながりがあるのではないかと思えてきた。

マディーの無造作に結った髪からカールが一筋ほつれて鼻にかかった。マディーは寄り目になりながらそれを吹いて顔から払いのけた。

「たしかにジャスミンは妊娠してたのかもしれない。でも、ヒューの子だったら、ふたりは結婚してたでしょうね。クラリスはジャスミンを気に入ってたから、孫が生まれてくると知ったら雲にでも乗った心地になったはずよ。クラリスがどういう人だったか知ってるでしょ。婚前交渉とかできちゃった婚みたいなことに目くじら立てると思う？」

「それはないでしょうね」

クラリスは数々の因習をずっと鼻であしらってきたし、男より女にきびしい男女間の二重基準に、強い拒否反応を示していたことをオリヴィアは覚えていた。その点に関しては、彼女の世代からするとかなり進んでいた。

「ね、そこなのよ。もしジャスミンが妊娠してたら、おそらく彼女は今日ここにいて、クラリスは孫たちのなかを泳いでいたわ」

オリヴィアはそうなっていたかもしれないクラリスを思って、一瞬悲しみを覚えた。彼女は長生きして孫に囲まれているべき人だった。

「もしヒューの子じゃなかったとしたら？　それにジャスミンの〝秘密〟って何？　独立心があるっていうのは？」オリヴィアはきいた。「ジャスミンはたくさんの赤ちゃんなんかほしくなかったのかもしれないわよ」

マディーは眉間にしわを寄せて考えこんだ。

「子供を産んで里子に出すために町を出たのかもね」

「もしジャスミンが中絶を望んでいたんだとしたら、クラリスは彼女を許さなかったでしょうね。それか、ヒューは子供をほしがったけど、ジャスミンはほしくなかったから町を出たとか」

「なるほど」マディーは言った。「つまり――」

「シーッ」オリヴィアは唇のまえに指を立て、もう片方の手でマディーの口をふさいだ。マディーがわかったとうなずくと手を離した。

カチャッというドアの音が聞こえたのだ。二度目の〝カチャッ〟でドアが閉まったのだとわかった。オリヴィアがいちばん恐れていたのは、だれかが部屋にはいってきて、ふたりの会話の最後の部分を聞き、もっと聞いてやろうとベッドルームにひそんでいることだった。

マディーはオリヴィアの耳に口を近づけてささやいた。「まずいことになったわね」

バスルームのドアは施錠してあったが、明かりはつけていなかった。常夜灯だけで充分だったからだ。オリヴィアはまわらないでくれと念じながらドアノブを見つめた。目のまえに斑点が見えてくるほど長いこと息を止めたあとで、やっと大丈夫かもという気がしてきた。それもドアの向こうでささやき声が聞こえるまでのことだった。ささやきは音をともなう声になり、声はタミーとヒューの言い合いになった。オリヴィアはマディーを見やり、マディーはにやりとした。

「スウィーティ、もうここまで来たからには引き返せないわ」タミーの声はどこか小学一年生の先生っぽく、まるめこもうとしているようだった。

「あせらないでもう少し待つべきだよ」ヒューが言った。いつもなら豊かなバリトンで人を惹きつける彼の声は、平板で疲れているようだった。「あまりにも急すぎる。よく思われないよ」

「どう思われようとかまわないわ。みんな好きなように考えればいいのよ。わたしたちの人生なのよ。ここまで来たらもう引き返せない。それはあなたもわかってるでしょ。あなたのお母さまはわたしたちがいっしょになるのを絶対に許さなかったでしょう。これしか道はなかったのよ。今こうしてあなたは事業を手に入れ、わたしたちはいっしょになれる。それがあなたの望みなんでしょう?」

「もちろんそうだよ」

キスする音が聞こえてきて、マディーは鼻にしわを寄せ、オリヴィアの頭は混乱しはじめた。もしドレス姿ではなくて、ポケットに手帳とペンがはいっていてメモをとることができたなら、ヒューとタミーの会話を一語残らず書き取るのに。これしか道はなかったというのはどういう意味だろう？　ヒューのことはよく知らないが、タミーのことは？　ヒューと結婚するためなら人殺しもできるだろうか？　ひょっとするとできるかも。

タミーは言った。「お客さまのところに戻りましょう。わたしたちの発表のまえにどこかに行かれたら困るわ」

ベッドルームのドアが閉まる音が聞こえて二秒後、オリヴィアとマディーはバスルームのドアをわずかに開けて外をのぞいた。安全を確認すると、書斎を通って廊下に出た。タミーが自分たちより先にリビングルームに着いたら、ふたりがいないことに気づくだろう。タミーは自分とヒューが話をしていたあいだ、オリヴィアとマディーはどこにいたのだろうと考えるかもしれない。

オリヴィアはマディーの腕をつかんでだれもいないキッチンに行くと、軽い会話をしていたかのようにカウンターにもたれた。すぐにドアが開いて、煙草の煙の不快なにおいとともにエドワード・チェンバレンがはいってきた。彼はオリヴィアとマディーを見て一瞬凍りついた。

「タミーはなかで煙草を吸わせてくれないもんでね」エドワードは言った。

オリヴィアはこの一年、数えるほどしかエドワードに会っていなかった。会うたび彼が明らかに社交マナーに無頓着なことに好奇心をそそられた。無礼だというのではない。ぶっきらぼうなだけだ。おそらくその素っ気なさは、仕事上の重要事項で頭がいっぱいなことからくるのだろう。

「エドワード。お母さまのことはほんとうにご愁傷さまでした。クラリスはわたしの大切な友人だったけど、お母さまを失ってあなたとヒューがどんなにつらいか、想像するにあまりあるわ」オリヴィアは言った。

エドワードの右手がスーツの上着の左ポケットに伸びた。ポケットは煙草パックの形にふくらんでいた。が、なかに手を入れはしなかった。彼はキッチンの窓から外を見て言った。

「ありがとう」

タミーが頬を赤くしてキッチンの戸口に現れた。「ここにいたのね」

その声を聞いて、エドワードが彼女のほうに顔を向けた。オリヴィアは彼のあざやかなブルーの目が涙で光っているのを見たような気がした。

「あなたたち三人をさがしてたのよ。帰っちゃったのかと思ったわ」タミーは心から心配そうな声で言った。「リビングルームに戻って。お願い。ヒューとわたしから発表したいことがあるの」彼女はオリヴィアの手首をつかみ、エドワードの腕に自分の腕を通した。彼は哀れな目つきで一度煙草のポケットを見たあと、引きずられていった。

「あんまり盛りあがらなかったわね」興奮状態のタミーがヒューとの婚約を発表したあと、

マディーがオリヴィアにささやいた。だれもがタミーの指輪に感嘆の声をあげた。タミーがコーヒーを出したり、〈ジンジャーブレッドハウス〉提供のクッキーをすすめたり、それを補充していたときに、みんなそれを見ていたにもかかわらず。

オリヴィアとマディーがいないあいだに、もうひとり新しい招待客が到着していた――デル保安官だ。この場にあわせてダークブルーのスーツとライトブルーのシャツを着ている。悪くない。エドワードが部屋にはいってくると、デルは話をするために彼のところに行った。エドワードの手がまた煙草の入ったポケットに触れている。デルとエドワード、どちらが自分のお相手ということになっているのだろう、とオリヴィアは思った。

婚約のよろこばしい知らせが告げられると、デルが折りたたみ椅子をオリヴィアの隣に運んできた。

「すてきだね」デルは言った。「いつものように」

「ネクタイをしてるのね」

「きみは何でもお見通しなんだな」

デル・ジェンキンズはオリヴィアの調子を狂わせる方法を知っていて、彼女が楽しんでいなくてもおかまいなしだった。だが彼に微笑みかけられると、思わず微笑み返していた。

「わたしなりの言い方で、あなたもすてきねという意味よ」

「ありがとう。そうじゃないかと思ったよ」彼は笑みを消し、彼女に身を寄せてささやいた。

「この婚約のことは知っていたのか？　きみとタミーは仲が悪いんだと思ったけど」

「チャタレーハイツのゴシップに詳しいの？」オリヴィアは純粋に驚いてきいた。

「そうあろうとしてるよ。いろいろなことを予測するのに役立つからね」デルは眉をひそめてうつむいた。「この数日でチェンバレン家についてたくさんのことがわかったよ。一般的な見解としては、クラリスはヒューがタミーと結婚することに反対していた。最後の数日間はそのことについてよく口にしていたらしい。でも妙なことに、だれもそのほんとうの理由を知らない」デルは目をすがめてオリヴィアを見た。「それで考えたんだ。家族以外で、クラリスの心のなかで何が起こっていたのかをいちばんよく知っているのはきみかもしれないと」

オリヴィアはためらった。自分とマディーが立ち聞きしたことや、クラリスが店に残したもののことをデルに話せば、彼はクラリスの死についてもっと深く掘りさげる気になってくれるかもしれない。だが、タミーとヒューが悪事を働いたと決めつけるわけにはいかない。ふたりの会話は罪のないもので、ちゃんと説明がつくのだとしたら？　考える時間が必要だ。

「力になれるといいんだけど。クラリスがどうしてタミーを気に入らなかったのかはわからない」

マディーがルーカスの腕を取って現れた。「あたしたち、失礼するわ」とオリヴィアに言う。「あら、デル。すてきな服ね」

「きみもね、マディー」デルはすばやい動きでシャツの袖口を上げて時計を見た。「署に戻らないと。コーディが休日返上で代わってくれたから、この集まりに来られたんだ」

それで、あなたはなぜ来たの？　とオリヴィアは思ったが、口には出さなかった。

「送らせてくれないか？　リヴィー」デルは立ちあがって彼女に手を差しのべた。「どうやらぼくはきみのお相手らしいから」

# 9

「フリーザーからクッキーを持ってきて」マディーが言った。「あたしはミキサーを出して、ロイヤルアイシングを混ぜはじめるから。頭を働かせるにはクッキーのデコレーションをするにかぎるわ」

「フリーザーはデコレーションなしのクッキーでいっぱいよ」オリヴィアが言った。

「まるいクッキーのパックを持ってきて。それならなんでも好きなことができるから」マディーは口笛で〈星条旗よ永遠なれ〉を吹きながら、粉砂糖とメレンゲパウダーを棚から取り、計量スプーンをカチャカチャいわせた。ピッコロのパートまでくると、口笛をやめて言った。「買い物リストに書いておいて。レモンエッセンスが切れそうなの。差し支えなければオレンジを使うけど」

「オレンジでいいわ」オリヴィアは冷凍クッキーのパックを開け、解凍するためにラックの上に置いた。スタンドミキサーがうなりをあげた。いつ聞いても温かな居心地のいい気分にしてくれる音だ。オリヴィアが大学に行くまでは、エネルギッシュさと熱心さではマディーといい勝負の母といっしょに、何ダースもホリデー用クッキーを作っていた。オレンジエッ

センスの刺激的な甘い香り、ロイヤルアイシングの光沢、テーブルのミキサーのまわりに散る小麦粉や粉砂糖でさえ――すべてがあの安全で守られていた子供時代に、結婚と離婚のまえに、友人の疑わしい死のまえに、戻らせてくれる。

「明日は母と継父の家でブランチを食べることになってるの。クラリスのことをアランにきくつもりだけど、考えてみればヒューについても彼の意見が聞けるかもね」オリヴィアは言った。

「たとえばどんな？」マディーはアイシングが乾かないように、急いでふたつきのボウルのいくつかに取り分けている。

「そうね、ヒューがビジネスマンとしてどれくらいすぐれているかとか。息子たちはどちらもマーティンの才能の一部を受け継いでいるけれど、すべてを受け継いでいるわけではないと、クラリスはまえに言っていたの」

「クラリスはビジネスのこととなるとやり手だったものね。食用色素のジェルを持ってきてくれる？　よかったら色をつけはじめていいわよ」マディーが言った。

オリヴィアは小さなボトルを持ってきて、アイシングのふたつき容器の横に虹のように並べた。お気に入りの色である灰緑色《ティール》を選んだ。取り分けたアイシングのひとつにそれをひとたらししてかき混ぜ、薄い黄褐色のアイシングに青緑色の渦が広がっていくのを眺めた。

「クラリスは息子たちのことをどれくらい理解していたのかしら」オリヴィアは言った。

マディーが絞り袋をひと山と口金の箱を用意する。「どういうこと？」

オリヴィアはティールをもうひとたらしして かき混ぜた。

「クラリスの遺言の内容を詳しく知る必要があると思うの。彼女がそれを変えようとしていたのかどうかも。クラリスがすべての事業を管理して、どちらの息子も同じように経営に関われるよう教育することが、マーティンの遺言だったことはわかってる。それでこの一年は少し経営から退いて、ヒューとエドワードに経験を積ませていたのよ」

「クラリスは引退するつもりだったの？　信じられない」マディーは早くもふたつめの容器のアイシングに色をつけていた。最初に選んだこっくりとしたバーガンディ色とは極端にちがう、やわらかなピーチ色だ。

オリヴィアはティールで染めたアイシングの容器のふたを閉めた。

「引退を考えていたんだと思う。息子たちを試してたのよ。だからクラリスの遺言のことが気になるの。遺言を書き換えて、どちらかの息子にチェンバレン家のビジネスのすべてを、あるいは少なくとも大半を残すつもりだったとしたら？」また別のアイシングの容器を開け、紫色のしずくを落とす。「殺人の大きな動機になるわ」

「ルーカスはヒューと学校で同級だったし、エドワードは二学年下なだけよ。ふたりのことをどう思うかきいてみてもいいわ。たしかにルーカスは無口だけど、よく人を見てるから」

「そうじゃないなんてわたし言った？」

いらいらとため息をついてマディーは言った。「いいえ、あなたは言ってない。タミーに言われたのよ。あたしはすごく〝元気いっぱい〟だから、かわいそうに内気なルーカスは圧倒されちゃうだろうって」

「それってほんとは褒めことばなんじゃないの。仲間内ではたいてい、元気いっぱいなのはいいことだと思われてるわよ」オリヴィアは言った。

「タミーの仲間内ではちがうのよ」

「まあ、そういうことにしときましょ」オリヴィアは容器のふたをひねって閉め、アイシング作りを終わらせると、絞り袋に詰めはじめた。

「よかったら絞り出し作業にはいっていいわよ。あたしはもっと大量にアイシングを作るから」マディーが言った。

ミキサーのうなりのせいでしばらく会話ができなくなった。それがやむと、マディーが言った。

「あたしが知りたいのはなんだかわかる？　どうしてクラリスがあんなにタミーを嫌ってたかってことよ。もちろん、明らかな欠点は別にしてね。彼女とヒューはお似合いだと認めないわけにはいかないもの。ヒューには気骨がなさそうだけど、タミーには少なくとも二本はあるし。もしあたしがクラリスなら、ヒューがあれほど意志の強い人を見つけてくれたことにほっとするわね。タミーなら彼を成功へと導いていってくれる。黙って見てるだけで」

「わたしはそんなふうに思ってなかった。母さんの話では、ジャスミンが現れるまでクラリスはタミーを気に入っていたのよ。ジャスミンが町を出たとき、クラリスはジャスミンに失望させられたにちがいないわ。でもタミーは期待を裏切るような人じゃない」

オリヴィアは円形のクッキーにアイシングを絞り出して、ヨークシャーテリアの形を描いた。茶色のアイシングのボウルをほかのボウルのなかに戻し、椅子にもたれた。

「もしクラリスの死が自殺だったとして、わたしはまだ納得できないけど、どうしてそんなことになったのかしら？」

「彼女にとってどっちのほうが大事だったの？　息子たち？　それとも一族のビジネス？」マディーがきいた。

もちろん何よりも息子たちを優先していたと言いたかったが、ほんとうにそうだったのだろうか？　クラリスはヒューとエドワードのことをほとんど話さなかった。夫のことは、どんなに頭にきたかということを思い起こしているときでさえ、賞賛をこめてよく話していた。だがヒューとエドワードのことは？　クラリスは息子たちを無条件に愛していたのだろうか、それとも彼らは最終的に母親を失望させてしまったのだろうか。

「なかなかいい日曜日の夜のすごし方だったわ。開いたのが自然食品の店じゃなくてほんとよかった」オリヴィアは言った。

「お代わりちょうだい」マディーが空のワイングラスを掲げて言った。

少量を残してすべてのクッキーにデコレーションをして箱詰めしたあと、ふたりは階上《うえ》のオリヴィアの自宅に落ちついて反省会をしていた。ふたりともだらしなくソファに座り、素足をコーヒーテーブルの上に投げ出して、皿に盛ったターキーサンドイッチとクッキーをつまむ。スパンキーはまんなかでふたりにぴったり寄り添っていた。

オリヴィアは足のあいだからメルローのボトルを取り、それぞれのグラスにお代わりを注いだ。ほとんどかけらばかりのクッキーの皿を取りあげる。

「残りのクッキーはひとつだけよ。スパンキーの絵がついたやつ。この子と分けるべきかしら？」

自分の名前を聞いて、スパンキーがぴょんと立ちあがった。

「ごめんね、ちびちゃん」オリヴィアは言った。「クッキーはあなたのちっちゃな消化器官によくないの。ひと晩じゅう寝ないであなたの介抱をするつもりはないから」クッキーをふたつに割ると、かけらがひとつこぼれてソファに落ちた。スパンキーはそれを歯でキャッチし、オリヴィアに止められるまえに飲みこんだ。

「ワインのせいで反応がのろくなってるみたい」マディーが言った。「クッキーといえば、残りの三ダースのクッキーはどうする？　火曜日にお店に出してもいいけど、ちょっといかれた色の組み合わせにしちゃったしなあ。お客さんにあたしたちが飲んでたと思われるわ」

「フードバンク（困窮者に食事を提供する施設）に持っていくのはどう？　明日ブランチに向かいがてら届けられるわ。ポリーが言ってたの――ポリー・フランツがフードバンクの代表になったのよ――食べ物を必要としてる家庭がどんどん増えてるって。子供のためによろこんでデコレーションクッキーを持ち帰ってくれる親たちがきっといると思うわ」

「リヴィー・グレイソン、あなたってよく気がついて思いやりのある人ね」マディーが言った。「友だちのためにすばらしいワインをストックしてあるし」

「これがあったところにまだたくさんストックしてあるわよ」オリヴィアは残っていたわずかなワインをマディーのグラスにあけた。「〝よく気がついて思いやりがある〟のかどうかは疑問だけどね。最近の成績はあまりかんばしくないもの。クラリスを助けるために何もしなかったし、幼なじみのタミーに何が起こってるのかわからないし」

「それはちがうわ。もう一本ワインを開けてきてくれたら説明してあげる」マディーが言った。

オリヴィアがワインを持って戻ってくると、スパンキーがマディーの膝の上で、アニマルチャンネルのレイヨウを襲うライオンを見ていた。

「自然の食物連鎖とかそういうことなのはわかってるけど、わたしこの手の番組、どうしても苦手なのよね」

マディーはテレビを消した。「まさにあたしが指摘したとおり、相手の気持ちがわかるからよ。まあちょっと意気地なしではあるけど。とにかくね、ボビーがあたしとの婚約を破棄したとき、あなたがなんて言ったか覚えてる？　高校を卒業したころのことだけど」

「せいぜい一カ月まえのことしか覚えてないわ」

「まあいいわ、あなたは覚えてないかもしれないけどね、ボビーとあたしは九月に結婚することになってたでしょ。で、ボビーは夏休みのバイトでワシントンＤＣに行った。あたしはここに残って、カフェでウェイトレスをしながら、結婚式のプランをたててた。ボビーは八月に帰ってくるなり、気が変わったから結婚しないと宣言して、あたしに背を向けるとDCに引っ越した」

「たしか別の人と出会ったのよね」オリヴィアは言った。「でもそれがどうして――」

「あのね、こらえ性のない友よ、真相がわかったのは数カ月後でしょ。それまでボビーは破局をあたしのせいにしてたのよ。おまえは自分勝手で未熟で、おれにふさわしい賢い女じゃないって。ふん！」マディーはスパンキーの目の上の毛をうしろになでつけた。「どう思う？スパンキー。自分勝手で未熟なのはまあそうかもしれない。でも賢くないですって？　冗談やめてよ」

「それについてはコメントを避けるわ」オリヴィアは言った。

「とにかく、彼が別の女の子と結婚したとわかったあとも、あたしは自分を責めつづけた。そのあたしにあなたは言ってくれたのよ。そっくりそのまま覚えてる。〝他人の予定表を管理することはできないのよ。明確にできるのは自分の予定表だけ〟」

「それで、わたしのいいところって？」

マディーは静かに笑って言った。「わかんない。コートの同じ側に立ってくれて、対戦相手にファンブルさせてくれるところかな」

「スポーツのたとえは使ったことがないから、よくわからないんだけど」

「あたしが言いたいのは、あたしには意味があったってこと。ボビーは未熟なやつだとわかったの。あいつは自分の行動に責任を持つことができなかったから、全部あたしのせいにしたのよ。あなたのおかげであたしはまえに進んで、こうして立派な成功したビジネスウーマンになることができたってわけ」

　オリヴィアはワインのおかげでリラックスし、体のなかから暖かさを感じていたが、素足は冷たかった。ソファの背からアフガンをはがして脚に掛けた。スパンキーがわずかに頭を上げた。飼い主の膝をおおうアフガンに誘われて、その上でまるくなった。

「裏切り者」マディーは言った。アフガンの角を引っぱって自分の脚にも掛けた。「リヴィー、あなたは自分で思ってるより人のことをよく見てるわ。ほんとはクラリスが何かに悩んでいるのを知っていたけど、彼女があなたに助けを求めなかったから、手を出さずにいた。タミーのことにしても、彼女の恋愛生活にとある——こう言ってよければ——ドラマが進行しているのに気づいていながら、正気の人ならそうするように距離をおいていた。そして、賢くもあたしを親友およびビジネスパートナーに選んだ」彼女はオリヴィアにグラスを掲げた。

「飲みたいけど、飲んだらもうこのソファから動けなくなるわ」オリヴィアは言った。

「つまんない女」マディーは言った。「ところでいま何時？」

「十時ちょうど」オリヴィアは携帯電話を見て言った。それが合図だったかのように、キッチンの電話が鳴った。「だれかしら……？」二度目の呼び出し音のあと、オリヴィアはスパンキーをソファにおろすと、体を引きあげて立った。「ライアンじゃないといいけど」

「あなたの番号は電話帳に載ってないはずよね」マディーが言った。

「ライアンが相手じゃたいして効果はないわ。何時間でもネットサーフィンをしてる人だもの。その気になればわたしの家の番号ぐらい見つけられるわよ」

マディーは店の入口が見える正面の窓まで行った。

「外にはだれもいないけど。あたしが撃退してあげようか」

「彼の頭を切り落とすのはやめてよ」

「おもしろいことは絶対させてくれないのね」

「元夫のことはわたしの問題だから」

電話に出ると、聞こえてきたのは男性の声だったが、ライアンではなかった。

「ミズ・グレイソン、わたしはアロイシャス・スマイスと申します。クラリスの長年の友人で、彼女の弁護士でもあります」

「はあ」オリヴィアは受話器を手でおおって、「クラリスの弁護士だって」とマディーにささやいた。

「日曜日の夜遅くにお電話することになってしまい、申し訳ありません。いま事務所に戻ったところで、話せばわかっていただけると思いますが、時間が非常に差し迫っているのです。わたしはクラリスの遺言執行者としてお電話しています。ご存じかもしれないし、ご存じないかもしれませんが、クラリスは最新の遺言で、あなたにも遺産を残しているのです、ミズ・グレイソン」

「知りませんでした」オリヴィアは言った。「ことばもありません」

弁護士はくすっと笑ったあと、咳払いをした。「こんなに遅くにお電話させていただいたのは、明日月曜の夕方、チェンバレン邸でおこなわれる遺言書の正式開示とそのあとのディナーにあなたをお招きするためです。あなたを家族に加えることをクラリスが望んだのです。ですからどちらの催しにも出席していただきたいと思っています」

「そういうことなら出席しますけど、とにかくほんとに驚いてます。だって、もしわたしが出席することをクラリスが望んでいたなら……」

「彼女は望んでいました、ミズ・グレイソン。わたしも望んでいます。では六時半に。平服でお越しください」

オリヴィアは受話器を戻し、興奮してぴょんぴょん飛び跳ねているマディーのほうを見た。

「さてと」オリヴィアは言った。「これでクラリスが財産をどう分配したかについての疑問の多くは、二十四時間以内に解決するわ」

# 10

　月曜日の午前六時、チャタレーハイツのタウンスクエアの芝生は、重く冷たい朝露にうなだれていた。夜が明けても空は鉄灰色で、今にも雨が降りだしそうだったので、オリヴィアは早いところスパンキーと散歩に出ることにした。昇っていく朝日が雲の切れ間からのぞき、広場の南の隅、〈ピートのダイナー〉のあたりを横切る黒い点を照らし出した。スパンキーが小さな体で出せる精一杯の激しさで吠えはじめた。

「スパンキー、やめなさい。まともな人たちはまだ眠ってるのよ」オリヴィア自身は五時まえに目覚め、以来頭のなかを疑問が飛び交っていた。飼い主が眠れずにいることを感じ取ったスパンキーが、運動を要求したのだった。

「わたしの評判が悪くなるでしょ」とスパンキーに言った。おどしは効かなかった。オリヴィアはあきらめて、黒い点が野外音楽堂を通りすぎるのを眺めた。それは馬に乗ろうとしたまま固まっている、町の創設者フレデリック・P・チャタレーの像にぐんぐん近づいていた。F・P・チャタレーが二百年以上もバランスをとっている大理石の足元に着くと、その生き物は片肢を上げた。

オリヴィアは声をあげて笑い、スパンキーは前述の黒い点である友だちのバディに早く会いたくて、くんくん鳴きながら暴れた。背の高い人影が走りながらバディを追っていた。保安官助手のコーディ・ファーロウだろう。スパンキーが綱を強く引いてキャンキャン鳴くと、ラブラドールレトリーバーは進路を変えて、跳ねるようにまっすぐオリヴィアたちのほうに向かってきた。

コーディは両手で口を囲むようにして叫んだ。「動かないで」少なくともオリヴィアにはそう聞こえた。ある意味納得がいった。もし彼女とスパンキーが走ったら、バディは追跡モードにはいってしまうだろう。バディは機関車のように全速力で向かってきているので、逃げきれるわけがなかった。ラブラドールが近づいてくるあいだ、オリヴィアは地面に立ったままでいた。バディは小走りくらいまで速度を落とすと、かがみこんでスパンキーとにおいをかぎ合った。

「おはようございます、ミズ・グレイソン」コーディ保安官助手は息を吸いこんで首を振った。「ふーっ。早朝のランニングは最高ですね。やあ、スパンキー」と言ってしゃがみこみ、スパンキーの耳をかく。彼が立ちあがると、オリヴィアは彼を見あげるのに首をのけぞらせなければならなかった。少なくとも百九十センチはあるにちがいない。体重がたいして自分と変わらないことは賭けてもよかった。二十代半ばにもかかわらず、コーディはいつも突然伸びた身長に体重が追いついていない十代の少年を思わせた。

コーディは笑みを消して言った。「ミズ・チェンバレンのことはほんとうにお気の毒でした。あなたたちは友だちだったってデルから聞いてます」バディとよく似た温かな茶色の目を足元に向ける。

「まだ納得できないの。コーディ、ひとつきいてもいいかしら？　クラリスの死のことなんだけど」

「いいけど、保安官のほうがぼくよりよく知ってますよ」

「でもあなたはデルといっしょにいたんでしょ？　あのとき……」

コーディはうなずいた。「通報がはいったとき、ぼくは勤務中だったんで、すぐデルに連絡しました。そうする決まりなんです。彼を拾って現場に行きました」

「ずっと不思議だったんだけど……デルの話では、クラリスは床に倒れていたそうね。助けを呼びにいこうとしていたように。あなたもそういう印象を受けた？」

「うーん、デルはぼくよりずっと経験を積んでるから、彼の意見に反論したことはないんですけど、きかれたから言うと、実はよくわかりません。まあ、たしかにドアに向かう途中で倒れたようには見えましたけど、両腕は体に沿ってまっすぐおろされていたんです。デルはそれに何か意味があるとは考えてません。でもぼくはちょっと思ったんです。本来なら彼女は倒れるのを防ごうとしたはずだって」

「じゃあ、床に倒れるまえに意識を失ったのかもしれないってこと？」

「デルはそう考えてます。あれだけの量のワインを飲んで、薬も飲んだんですから。もちろんその可能性はあります」

「ワインボトルはデスクの上にあったの？」

「それも問題なんです。ボトルは彼女のすぐ横にあって、カーペットの上に少量のワインがこぼれてました。ぼくはなんか変だと思った」コーディはもう出し惜しみしようとせず、早口でまくしたてた。「だって、ボトルはほとんど空っぽだったんですよ。どうして彼女がそれを持ってなくちゃいけないんです？　それにボトル一本ぶんのワインと大量の薬を飲んだんだとしたら、立ちあがることだってできなかったはずでしょう？」

自分の推測を民間人に披露すべきではないと気づいたらしく、コーディの頰に不意に赤みが広がった。「それだけでは捜査を進められないし、推測も禁物だとデルに言われました。証拠が出るのを待つようにって」

「あなたの言いたいことはわかるわ。実際に何があったかはわからないものね。でもあなたの観察眼はとても鋭いわ」オリヴィアは言った。

緊張気味だった助手の肩から力が抜けた。「もっといろいろ学びたいんです。刑事になりたいから。言ってみれば、それがぼくの夢ですね。刑事はささいなことにも注意を払うものだから、ぼくもそうしています。それに、あの写真を見れば見るほどぼくは――」

「待って、写真があるの？」オリヴィアは何も考えずに思わずきいてしまったが、驚いたことにコーディは動揺していなかった。むしろいらいらしているように見えた。「首をつっこむつもりはないのよ」オリヴィアは急いで言い添えた。「わたしが知ってるのは推理小説で読んだことだけだから」コーディがあざけるように鼻を鳴らすのに反応するまいとした。

「保安官は念のために現場の写真を撮らせるものでしょ？　事故以外の疑いが出たときのために」

「デルは写真撮影を指示しませんでした。まちがいなく事故だから、それにはおよばないと言って。写真はぼくが個人的に撮ったものです」

オリヴィアの頭にふたつの考えが浮かんだ。コーディがいらいらしているのは彼女に対してではなくデルに対してだということと、さらなる情報を求めてデルに近づくには注意が必要だということだ。デルには秘密の計画があり、彼個人の事情からクラリスの死を事故に見せたがっているのだろうか？　にわかには信じられなかったが、もしかすると……？

「ぼく、通信教育の犯罪現場捜査コースをとってるんですよ」コーディが言った。「だから現場に行って、練習のために写真を撮ったんです。犯罪がらみかもしれない突然死の場合はそうすることになってるんですよ。デルはできる人ですけど、でも実際のところ、チャタレーハイツでどれだけ殺人事件があったっていうんです？　一八〇〇年代に一度、嫉妬にかられた夫か何かの事件があったらしいし、ほかにも二、三あったみたいですけど、ぼくが生まれてからはひとつもない」

「自分がもうボルティモアにいないんだってことがわかるわね」オリヴィアは言った。

「はぁ？」

「気にしないで。写真を撮るのはいい考えだと思うわ。クラリスが亡くなったことがまだ信じられないの。よかったらあなたの写真を見せてくれる？　役に立つかもしれないから」自分でも薄弱な理由に聞こえたが、とっさに思いついたなかではいちばんましなものだった。

「本気ですか？　あんな彼女を見たら動揺しないかな……だって……」

「わたしは彼女が死んだことに動揺してるの。写真を見れば納得するし、もっとよく理解できると思う」

「まあ、役に立つならいいですけど。デジタルカメラで撮ったんで、データをEメールで送れます。もしそれでよければ」

「それでいいわ」オリヴィアはジャケットのポケットに古いレシートとペンを見つけた。「これがわたしのEメールアドレス。恩に着るわ、コーディ。このことはだれにも言わないほうがいいわよね？」

「とくにデルにはね」コーディはレシートをポケットに入れて言った。「もし彼に知られたらぼくは絶対殺されます」


オリヴィアは一段抜かしで階段をのぼって自宅に向かい、スパンキーは必死でそれについていった。ジャケットを脱ぐまえに、ベッドルームのデスクの上にあるノートパソコンを立ちあげてEメールをチェックする。スパンキーはめずらしく興味を示さなかった。オリヴィアのベッドに跳びのってうずくまると、まるで骨のない犬肉のボールのようになった。

ブランチに来るときに卵を一ダース買ってきてほしいという母からのメールを別にすれば、新着メールはなかった。町の広場でコーディと別れてから、まだ七分しかたっていないので仕方がない。普通の状況なら、オリヴィアは自分を辛抱強い人間だと思っていた。でもこれは普通の状況ではない。事故にしろ自殺にしろ、クラリスの死にはどうしても納得がいかなかった。コーディの撮った写真があれば、別の可能性が見つかるかもしれない。クラリスが殺された証拠を発見したくはなかったが、もし殺されたのだとしたら、真相を知るまで満足できないだろう。

Ｅメールの受信トレイをにらんでいてもいらいらするだけなので、しばらく階下の〈ジンジャーブレッドハウス〉ですごすことにした。ノートパソコンを閉じても、スパンキーはまつ毛一本動かさなかった。あれだけ運動したのだから数時間寝るつもりなのだろうと思ったが、念のためボウルにえさを足して、きれいな水を入れてやった。目を覚ますとスパンキーはいつも腹ぺこの小さな犬になるのだ。オリヴィアはノートパソコンを持って部屋を出た。

ひっきりなしに頭を働かせながら、店の鍵を開け、照明を暗めにつけた。ディスプレーテーブルのいくつかは整理しなおす必要があり、いつもならそれは楽しい作業だったが、まずは前夜にマディーとデコレーションしたクッキーを包まなければならなかった。フードバンクの〈フードシェルフ〉は平日の朝九時からなので、母と継父の家にブランチを食べにいくまえに、クッキーを届けていくつか用事をすまさなければならない。

厨房の外のふたつ目のスイッチを切れば店の照明を落とせるが、オリヴィアは暗めにつけておくことにした。マディーがそれを見て寄ってくれれば、届いたコーディの写真をふたりで見ることができる。

厨房の明かりをつけて、片づけがまだすんでいなかったことに気づいた。マディーとふたりで製菓道具を洗ったが、乾かすためにシンクの水切りの上にのせたままにしていたのだ。厨房のデスクにノートパソコンを置いて、すべての道具を決められた場所にもとどおりにしまい、シンクをみがいて、きびしい目で厨房を見まわした。悪くない——大きな作業台以外は。作業台には小麦粉やクッキー生地のかけらが飛び散っていた。クラリスの死に関するブレインストーミングにふたりがいかに没頭していたかを示す証拠だ。

今回にかぎっては、厨房の状態などどうでもいいと思った。もう一度メールをチェックするまでは集中できないだろう。使用後のふきんを洗濯袋に投げこんだとき、厨房のドアの向こうで何か音がした。背後の店の入口を施錠したかどうか記憶になかった。開店していると思って、お客がぶらりとはいってきたのかもしれない。

マディーだ。もちろん、マディーにちがいない。いつもの彼女ならそんなに静かにはいってこないが、前夜はかなりの量のメルローを飲んでいる。オリヴィアより何杯か多く飲んだはずで、オリヴィア自身それほど元気いっぱいというわけではない。幸いマディーはまだサディーおばの家に住んでいるので、歩いて家に帰れたが。

オリヴィアは厨房のドアをぐいと引き開けて言った。「おはよう——」たしかにだれかが会計カウンターのまえに立って、オリヴィアがあとで読むために置いておいた開封ずみの郵便物をぱらぱらと見ていたが、それはマディーでもお客でもなかった。郵便集配人の制服を着て、左手に何通かの封筒を持ったサム・パーネルだった。顔に浮かんだ表情から、オリヴィアが厨房で動きまわっていた音は聞こえなかったらしい。

「何をしているの？　それは個人の手紙だし、だいたいあなたは……」オリヴィアは怒りのあまりことばがのどにつかえた。

薄暗い明かりのなかでも、サムの顔が真っ赤になるのが見えた。彼は手に持った紙をカウンターにたたきつけた。「おれは……ただ……」もともとよく通らないサム・パーネルの声は、裏返って甲高いテノールになっていた。咳払いをしてから、もう少し抑制した声で言った。「ドアに鍵がかかってなかったんだ。店にはいれる内側のほうのドアだよ。月曜日にはいつも鍵がかかってる。だから店の入口まで来て、郵便物差し入れ口に月曜日の郵便物を入れるんだ」彼は体をひねって、店の入口ドアのまんなかにある差し入れ口を指さした。オリヴィアがその存在に気づいていないかもしれないというように。

オリヴィアは慎重にことばを選んで、彼をまっぷたつに切り裂いてやろうと、心の準備をした。サムの骨張った顔に、あらゆる逃走方法が断ち切られたとさとったネズミのような表情が浮かぶのを見て、いくらか満足を覚えたのはたしかだった。やがてあることを思いつき、怒りは二のつぎになった――サムはゴシップ好きだ。役に立つかもしれない。

オリヴィアは店に足を踏み入れて、照明をめいっぱい明るくした。

「まあいいわ。ポットにコーヒーを作ろうと思っていたところなの。いっしょにいかが？町に戻ってしばらくたつけど、あなたと話をする機会がなかったから」高校の演劇クラスで端役を演じたことがようやく役に立った。

サムは別世界に投げこまれた人のような茫然《ぼうぜん》とした顔になった。

「いや、でも……」左肩に掛けた郵便袋に向かって手を振る。

オリヴィアは誤解したふりをした。「きっとすごく重いんでしょうね。厨房に来ない？コーヒーを飲むあいだ、荷物をテーブルに置いておけるわよ」そして彼に楽しげに微笑みかけた。「すごいタイミングよね。だってわたしが月曜日に店にいることはほとんどないし、あなたはいつもの時間より早くここにいる。いつもは十時ごろになるまでこのあたりには来ないのに、今は……」オリヴィアはセーターの袖口を押しあげて時計を見た。「まだ八時まえよ」厨房のドアを開けてサムをなかに招き入れた。

「そうだな、じゃあごちそうになるよ。ありがとう」サムはもごもごと言った。郵便袋を肩からおろしながらよろよろと厨房にはいった。

ほんの数分まえなら、サム・パーネルがおしゃべりのために自分から厨房にはいるとも、ましてや招かれたことに礼を言うとも思わなかっただろう。だがオリヴィアは、自分が大げさに誘っているあいだにサムの表情が変化するのを見ていた。ぎすぎすした顔つきがやわらぎ、薄い色の小さな目は子犬のような雰囲気をたたえていた。ある時点からオリヴィアは演技をやめていた。だが、感情移入することなく、詮索屋《スヌーピー》パーネルからできるかぎり情報を引き出す心づもりだった。

数分後、オリヴィアはミスター・コーヒー社製のコーヒーメーカーをセットした。ドリップがはじまる。

「クッキーが少しあるけど」と言って、サムのほうを見やると、彼は厨房のテーブルの縁まで椅子を引き、男子生徒のように座ってテーブルの上で手の指を組み合わせていた。

コーヒーができると、オリヴィアはふたつのマグに注いだ。「ミルクか砂糖は？」

「ブラックで」サムは言った。「クソはいらない」

「はいどうぞ」オリヴィアは湯気のたつマグを彼のまえに置いて言った。デコレーションクッキーが六枚のった皿を、彼が手を伸ばせるところに置く。自分のマグにはミルクも砂糖もたっぷり入れた。「わたしはクソを入れるわ」と軽い調子で言った。

サムは何も言わなかった。

「ほんと言うとね」オリヴィアは彼の向かい側の椅子に座って言った。「あなたの仕事がうらやましいわ。だって、一日じゅう外にいられて、たっぷり運動できて、たくさんの人に会えるでしょ。これまでいろんなことを見たり聞いたりしてきたんでしょうね」オリヴィアはコーヒーをすすりながら、カップの縁越しにサムを見た。

サムは謙遜してというより同意するように肩をすくめた。

「おれがどんだけ見たり聞いたりしてるか、みんな知らないんだ。おれたちはたいていのやつらにとって見えないも同然だからな。ドアマンとかウェイターとかみたいに」その声には怒りがこもっていた。「クリスマスにはチップをよこすもんだってこともろくに知らないんだ」

オリヴィアは彼が不満に思うのももっともだと言い、何かを届けてくれた人には絶対にチップをあげようと心のなかで誓った。「わたしもその手の人間だったわ。このクッキーを遅めのクリスマスプレゼントとして受け取ってもらえるといいけど」

サムがにんまりと笑い、二枚目のクッキーを選んだので、オリヴィアはほっとした。彼の歯は曲がっていて、とくに上の前歯二本はほとんど外にはみ出していた。歯列矯正ができないほど貧しい育ちだったのだろうか？　オリヴィアは思い出せなかった。

「チェンバレンの奥さんなんて」どろどろのクッキーで口をいっぱいにしたままサムは言った。「いや、勘違いしないでくれよ、彼女があんなことになったのはほんとに気の毒だと思ってるし、陰口をたたくとかそういうつもりはないんだが、彼女はおれの目を見ることもしなかったし、もちろんクッキーを勧めたりもしなかったよ」クッキーのかけらがこぼれてテーブルに落ちた。サムはそれを拾って食べた。「でもバーサはときどき、寒い日にあったかいシチューをごちそうしてくれた」

「じゃあコーヒーで温まっていって」オリヴィアは言った。サムは椅子の背にもたれてリラックスし、お代わりをした。

コーヒーのお代わりを注いだあと、オリヴィアはまた椅子に座ってサムのほうに身を乗り出した。

「警察はクラリスの死のことでぜひあなたの知恵を借りたいと思ったでしょうね。だってあなたはあらゆることを知るのにうってつけの立場にいるんだもの。彼女を動揺させるような手紙が届いていたかどうかとか。わたし、この不況で彼女のビジネスが立ちいかなくなっていたんじゃないかと推測してるの。だから支払い期限のすぎた請求書とか、借金取立屋からの手紙を受け取っていたのかもしれないわ」見え透いたうそだったが、少なくともとっかかりにはなる。「クラリスはそういうものをバーサや家族には隠していたのかもしれないけど、あなたには隠せないでしょ」オリヴィアは息を詰め、深入りしすぎていないことを願った。

サムの返事は短くて怒りのこもった「はっ」だけだった。憤りが彼の顔をゆがませ、厨房のなかの甘いオレンジの香りを侵食していく。

「あんたはそう思うのか」それは質問ではなかった。「ジェンキンズ保安官は、おれなんか目にはいっちゃいないさ、煙か何かみたいにな。やつは高校時代からああだったよ。自分は知るべきことを全部知ってて、ほかに重要なことはないと思ってる」

オリヴィアはデルとサムが同じ歳だとは知らなかった。長い時間屋外にいるせいかもしれないが、サムのほうが十歳は年上に見えた。彼の肌は乾いて荒れ、目のまわりに深いしわが刻まれていた。サングラスをかけることを思いつかなかったにちがいない。オリヴィアは彼が微笑んだり楽しそうに笑ったりするのを見た記憶がなかった。その口はいつもしかめ面と冷笑のあいだのどこかで凍りついているように見えた。

「高校生は考えなしだから」オリヴィアは言った。

「まあな。でも、たいていのやつらはそのまま変わりゃしないのさ。当時だっておれの話を聞かなかったし、今だって聞かない」

「そんなの愚かだわ。人の死が関わっているときに」

サムはコーヒーを飲み干し、立ちあがろうとするように椅子の上で体をひねった。彼が行ってしまう、クラリスの郵便物のことを何も話してくれないまま。そんなことさせるものですか。

オリヴィアは椅子をうしろに引いて、空になったサムのカップをつかんだ。

「わたしがお代わりを取ってくるわ。あなたはもう充分歩いてるんだから、座っていてちょうだい」

サムは座った。オリヴィアはサーバーのコーヒーをサムのカップにあけながら、彼の横顔を盗み見た。リラックスしていい気になっているようだ。まだ情報を引き出すチャンスはあるかもしれない。

「さあどうぞ」オリヴィアはサムの手の近くにカップを置いて言った。「これも食べたほうがいいわ」と、クッキーの最後の一枚を彼の皿に添える。「わたしはもう食べすぎなの。あなたとちがって運動しないから、太ってきちゃって」

「おれの体には一グラムの脂肪もない」サムは言った。

オリヴィアは笑顔が描かれたスカイブルーのチューリップ形クッキーをむさぼる彼を見守った。

「ずっとクラリス・チェンバレンのことを考えてるの。彼女とわたしは友だちだったでしょ。彼女が何かに悩んでいたのに、わたしは気づかなかったんじゃないかと思って」

「彼女が死ぬ二日まえのことだ」サムは言った。「おれがチェンバレンの屋敷に行ったとき、とても興味深いことがあったんだ。とんでもなく興味深いことがね。保安官はそのことを知らない。おれに尋ねることもしなかった。実は、チェンバレンの奥さんのサインをもらわなきゃならない速達郵便があったんだが、新入りのひとりが別にしておいて忘れてたんだ」彼はピンクと赤のバスケットボール形クッキーをコーヒーにひたし、ばらばらになるまえにやわらかくなった部分をしゃぶった。濡れたかけらが灰色になりかけのあごひげについた。

オリヴィアの忍耐力はもう限界だった。それでもサムがクッキーをコーヒーにひたしながらずるずる食べるあいだ黙って待った。

「おれはそれがとても重要なものだとわかった。だって、差出人の住所が浮き出し加工された大判の封筒だったからね。もしかしたら弁護士からの手紙かもしれないと思った。だからおれが仕事のあとで届けると申し出た」

「それは業務の範囲をずいぶんと超えているわ。あなたってプロ意識が高いのね」

「これからがほんとに大事なところだ。デル保安官もおれに尋ねていれば、おれがチェンバレンの奥さんにあの封筒を直接手わたしたとき何があったか、知ることができたのにな。おれはそのまま郵便箱に入れたりしなかった」

「賢明だわ」

「で、驚いたことに、奥さんはおれのまえで封筒を開けたんだ。おれがまだそこにいるとは思わなかったんだろうな。あのこじゃれたポーチに立ったまま、封筒を破いて開けて、何枚かの紙を取り出したんだから。それからどうなったと思う？」

オリヴィアは首を振った。

サムは話を中断してごくりとコーヒーを飲んだ。

「それがさ、小さい叫びみたいな声をあげて、手で口を押さえたんだ」

「その紙に何が書いてあったか見た？　名前とか肩書きとか、何でもいいけど」オリヴィアはすぐに失敗したと気づいた。

「おれはのぞき屋じゃないんでね。このあたりのやつらにそう呼ばれてるのは知ってるけど」

「あら、そういうことじゃないのよ、サム、わたしが言いたかったのは……クラリスにその封筒を手わたしたのが自分だったら、彼女のことが心配になっただろうってこと。きっとあなたもそう思ったはずだわ」

「もちろんさ。まさにそのとおりのことを思ったよ。そのとき彼女はひどく動揺したんで、紙を持っていられなくなって、一枚落としてしまった。そしてそれに気づきもせずに、ポーチのぶらんこに座りこんだ。風の強い日で、その紙はポーチから飛ばされた。当然おれはそれを拾ってやった。彼女は礼すら言わなかった」思い出して顔をしかめた。

「とにかく」サムはつづけた。「その紙に何が書いてあるのか、見ないわけにはいかないだろう？　奥さんはなくなったことに気づいてもいないんだから、急いで返すこともあるまい？　だが、たいしたことは書いてなかった。同封の情報が役に立つことを願う、子供の居場所にこれからも目を光らせる必要があれば知らせてほしい、みたいなことしか」

やはり子供はいたのだ。

「奥さんは今にも気を失いそうに見えた」

「手紙の署名は見た？」

サムはその質問に勢いづいた。「ああ、ボルティモアのどこかの私立探偵事務所だった」

「その事務所の名前とか住所を覚えてる？」あまりにも性急すぎたようだ。サムの得意げな表情からそれがわかった。

サムは大げさに肩をすくめて言った。「覚えてるはずなんだが、ど忘れしちまったようだ」彼は椅子をうしろに引いて、郵便袋を肩に掛けた。「その名前と住所は一日か二日もすれば思い出すかもしれないな。クッキーをごちそうさま」そして口笛を吹きながら出ていった。

オリヴィアはどっと疲労を感じた。こっちもクッキーが必要だ。少なくともクラリスが自分に孫がいると知っていたことはわかった。私立探偵の署名を見たというのはサムのはったりかもしれないが、それをはっきりさせるためにはこのささやかなゲームをつづけなければならないだろう。

# 11

〈チャタレーハイツ・フードシェルフ〉は町の南側の、ひっきりなしに移民が流れこんでいる地区にあった。レンガ造りのアパートメントと小さなケープコッド様式の家と一九四〇年代の塩入れ型家屋（前面が二階建て、後部が一階建ての切妻屋根の家屋）が交互に並ぶ地域だ。母と継父の家に行く途中でクッキーを届けるには、少し回り道をしなければならないが、時間はあまりなかった。ポリーがひとりひとりにわたせるように、急いでデコレーションクッキーをひとつずつラップでくるみ、そのあと三ダースのクッキーを入れる容器を洗わなければならなかった。唯一底にマチがある〈ジンジャーブレッドハウス〉の大きな袋に容器を入れる。そうしながら、全身全霊で〈フードシェルフ〉に打ちこんでいるポリーなら提供してくれるかもしれない情報を、いちばんすばやく、しかもいちばんさりげなく引き出す方法を考えた。

オリヴィアが到着したとき、ポリーはひとりだった。

「あなたとマディーはなんて思いやりがあるんでしょう」クッキーの詰まった容器を見てポリーは言った。「実は、今朝は大忙しだったのよ。一時解雇やらなんやらで。みんなどんどん遠くから来るようになってるわ。きっと仕事をさがしてるんだと思うけど、車にはぎっし

り家族が乗ってるの、まだ車があればだけど、そうでなきゃ――」

「そうらしいわね」オリヴィアは言った。話をさえぎってしまって罪悪感を覚えたが、ポリーが普通の人たちとちがって息継ぎを必要としないことは有名だ。「わたしたち、ちょっとクッキーを作りすぎちゃったの。ほら、クラリス・チェンバレンは親しい友人だったでしょ、わたしは落ちこむといつもお菓子を作るから」あまりにも用意周到に聞こえないことを願った。もちろん、このことを思いついてからずっと、クッキーを包みながら頭のなかで練習していたのだが。

「ええ、そうよね、よくわかるわ」ポリーはオリヴィアの両手をにぎって言った。「ミズ・チェンバレンは本物のレディだった。知ってる？　毎月欠かさず寄付を持ってきてくれたのよ、いつも気前よく小切手で。物によっては在庫が足りないからとてもありがたかったわ。せっけんとか、普通みんなが寄付しようと思わないものが買えるでしょ、ここだけの話だけど、トイレットペーパーとかそういう生活に密着したものって――」

「そんなふうに気をまわすなんてクラリスらしいわ」オリヴィアは口をはさんだ。できるだけ間《ま》をあけないようにしてつづける。「もちろんあなたなら知ってるわよね。高校でエドワードといっしょだったでしょ？」

実は、ネットで検索をかけたところ、ポリーとエドワードが同じ年度の卒業生で、ふたりとも年鑑作成委員会に所属していたことがわかったのだ。

ネットに接続しているあいだに、コーディ保安官助手からのEメールにも気づいたが、開封しないでおいた。さっきは早く見たくてたまらなかったが、クラリスの遺体と対面するのは、落ちついて心静かになってから、そしてできればマディーのいるときのほうがいいと思ったのだ。

「わたし、エドワードのことはまだよく知らなくて」オリヴィアは言った。「クラリスはいつも彼が父親に似てると言ってたわ。見た目は母親似だったのに」

「親っていうのは自分の子供のこととなるとまるで目が曇っちゃうじゃない？　ここじゃそんなの毎日見てるわ」ポリーは遠くを見つめた。大事なときにかぎって思ったことを全部口に出そうとしないので、オリヴィアは彼女を揺さぶりたくなった。

「じゃあ、あなたはエドワードが……」

ポリーは言った。「ああ、そうそう、エドワードだったわね。彼は全然父親似じゃないわよ、言わせてもらえば。エドワードは——彼はわたしたちにそう呼ばせてたわ、エドでもエディでもなく、エドワードじゃなきゃだめだって。とにかく、わたしたちは全員——年鑑作成委員会のことだけど——よく彼の家に集まってた。家族の地位の高さがご自慢で、まあ無理もないけど、あのすてきな家を見せびらかしたかったんでしょ。なんに対してもすごく熱くなる人だったわ」ポリーはしのび笑いをしたあと、恥ずかしそうに口をおおった。「こんなこと言うべきじゃないんだけど、あるときエドワードともうひとりの男子が殴り合い寸前までいったの。エドワードが自分の家の写真をいくつか年鑑に載せるって言い張ったから」

「わたしが聞いたところでは」オリヴィアは言った。「マーティン・チェンバレンもすごく激しい性格だったそうよ。父親似だとクラリスが言ってたのはそういうことかしら?」
ポリーは人差し指を上唇に当てた。オリヴィアの意見について真剣に考えているかのように。

「そうね、ミスター・チェンバレンはたしかに熱くなるタイプに見えたわ。始終歩きまわってたし、いつだってあの煙草を吸ってたし。でもあれは別の種類の激しさよ。エネルギーがありあまってて、じっとしていられないっていう感じの。エドワードはどっちかっていうと、こうと決めたら絶対引かない感じの激しさね。わたしがミズ・チェンバレンを好きだったのは、彼女がそういう人だったからよ。一度心を決めたら、絶対に変えなかった」

オリヴィアはもっと情報を引き出したかったが、〈フードシェルフ〉に訪問者たちがやってきた声がした。ポリーはその家族をちらりと見て、オリヴィアの容器からデコレーションクッキーを三つ取り出した。

「ほんとにありがとう、オリヴィア。マディーにもよろしく言っておいてね」ポリーは言った。

彼女は自分の役割に戻って、疲れた様子の五人家族に声をかけた。よちよち歩きの幼児を抱えた若い女性は、ポリーに一瞬笑顔を見せたあと、横目で男性を見た。幼児はのけぞって母親から体を離し、両手をクッキーに伸ばした。オリヴィアはおやつの提供者ですとポリーに紹介されるまえにそっと退散した。

オリヴィアは母と継父の家の玄関のまえに立って、混乱する心を落ちつかせようとした。クラリスの孫は女の子なのだろうか、男の子なのだろうか？　父親はヒュー？　母親はジャスミン・デュボイス？　ジャスミンと子供はどこにいるのだろう？　そもそもふたりは生きているの？

だいたいサムの話はどこまで信用できるのだろう？　彼はほんのひとかけらの知識を破裂するまでふくらませることで有名だ。熱心な聞き手がいるときはとくに。

オリヴィアは首を振ってその考えを打ち消そうとしたが、別の考えが割りこんできた。クラリスがジャスミンをさがしていたのだとしたら？　オリヴィアとマディーが立ち聞きした会話からすると、クラリスはヒューをタミー・ディーコンズと結婚させまいとしていた。ジャスミンがまた現れれば、タミーを息子から引き離せると思ったとか？　ポリーの言っていたことがぱっと頭に浮かんだ——クラリスは一度心を決めたら、絶対に変えなかった。でもタミーについては心を変えた。なぜだろう？

それに、思ったより野心家らしいエドワードのこともある。クラリスは遺言書を書き換えて、息子のうちのどちらかひとりをチェンバレン家の事業の代表者にしようとしたのだろうか？　息子たちを過信してふたりにそのことを話し——残ったひとりが不服をとなえたのに主張を曲げなかったとか？

グレイソン＝マイヤーズ家の玄関ドアの小さな窓には、赤いギンガムチェックのカーテンがかかっていた。そのカーテンが引かれ、オリヴィアは顔に笑みを貼りつけた。寺院風の鐘を鳴らしながらドアが開いた。

「リヴィー、今日のブランチのことを忘れてるんじゃないかと思いはじめてたところよ。あなたらしくないわね」エリーは髪をゆるい三つ編みにして、金色のリボンを編みこんでいた。赤い糸が縦に織りこまれた金色のシルクのパンタロンを穿《は》いている。赤いシルクのチュニックの上に、ほのかに光る光沢のある毛糸で編んだすてきなショールを掛けていた。

「母さん、とってもすてきね」オリヴィアは母を軽く抱きしめた。「母さんが作ったんでしょ、この……」

「アンサンブル？」エリーは鈴が鳴るように笑って言った。「ショールだけよ。残りはネットで見てついつい買っちゃったの。さあはいって、時間がもったいないわ」オリヴィアの腰に腕をまわして、キッチンのほうに連れていく。「ファッション談議はいつでもできるでしょ。アランが特製パンケーキを作ってくれてるのよ」

キッチンにはいると、ベーコンが焼けるリッチでスモーキーな香りと、パンケーキの甘い香りがした。こんろの上では、熱湯を張った鍋のなかでヴァーモント産のメープルシロップのびんが温められていた。オリヴィアはただリラックスして家族といっしょに笑い、食べ、クラリスの死についての考えや思いを引き出しのなかにしまいこめたらいいのにと思った。

「あとでジェイソンが寄るかもしれないわ。あの子は昼休みが遅いのよ」エリーが言った。

オリヴィアが弟に会える機会はそんなに多くなかったが、今日は彼の存在が障害になるかもしれない。ジェイソンは若すぎてチェンバレン家の人たちのことをそれほど知らないだろう。きっと退屈するはずだ。退屈するとジェイソンは短気になる。彼は辛抱強いほうではなかった。母とアランから聞き出せることがあれば、早いうちに知っておいたほうがいい。

「よく来たね、リヴィー」オリヴィアがキッチンにはいっていくと、アランが大声で言った。「料理人をハグしてくれるかい？」彼はあいている手でパンケーキをひっくり返しながら、片腕できつくオリヴィアを抱きしめた。

アラン・マイヤーズはオリヴィアよりせいぜい十センチほど背が高いだけで、体重は増える傾向にあったが、筋肉質なことは認めなければならなかった。

母の人生にアランが現れたことを受け入れるにはいくらか時間がかかった。父が亡くなったとき、オリヴィアは十五歳だった。十代の悩みを抱えてあつかいにくい半面、まだ父親を必要とする年齢だ。ちょうど大人になろうともがくにあたって心のよりどころを必要としているときに、父の葬儀に出席することになった。それから何年ものあいだ、彼女の心のなかで、父はほとんど神話的完璧さを保持することになる。父は背が高くてやせていた。注意深く人の話を聞き、おだやかな好奇心をもって流れていく人生を眺める人として、オリヴィアは父を記憶した。野菜を育てるのが好きで、詩を書くのが好きだった。鳥類学の本の著者として、予期せぬ成功を収めてもいる。本の評判は、鳥の生態に対する父の鋭い観察眼によるところが大きかった。それに写真——父には、自分の選んだメスにヒマワリの種を差し出すあざやかな赤いショウジョウコウカンチョウから、えさ入れにさかさまにぶら下がるゴジュウカラまで、鳥たちの心温まる場面やこっけいなしぐさをとらえる才能があった。

今にして思えば美化していたとわかる父の思い出に比べて、アラン・マイヤーズは荒削りで騒々しく思えた。母をとても幸せにしてくれているのはわかるので、早く彼を受け入れなければと思ったが、できなかった。大人になってからは、とくに結婚の現実を思い知ってからは、オリヴィアもアランのいいところがわかってきて、評価するようになった。父と同じで、彼も思いやりがあってやさしかった。それらの長所をより高デシベルで披露しているだけなのだ。

「こっちに来て温かいうちに食べなさい」アランはそう言うと、これ見よがしにパンケーキを空中でひっくり返し、下でかまえた皿をすばやく動かしてパンケーキを受けとめた。最初の二枚はねらいをはずさなかったが、三枚目は皿の縁に当たって半分に割れてしまった。

「三の二か。まずまずだな」

オリヴィアはおもしろがっていいのか心配すればいいのかわからないまま、パフォーマンスを見守った。パンケーキのほとんどが皿に着地し、座って食べられるようになるとほっとした。朝食を食べそこね、〈フードシェルフ〉に持っていくクッキーをこっそりつまむのもがまんしたので、メープルシロップの甘い香りに誘われて、パンケーキをまるごと口に詰めこみたくなった。

積みあげたパンケーキの半分とベーコンのスライス二枚を食べると、オリヴィアはずっと気分がよくなった。

「ちゃんと食事してるの？　リヴィー」エリーがきいた。いくぶん困惑しているような顔つきで。「熱々のキャセロールを届けたほうがいいかしら?」

オリヴィアは母たちの皿を見て、自分がすでに母と継父の二倍も食べていることに気づいた。

「そう言われてみれば、最近食事を抜いてばかりだわ。店がすごく忙しくて。考えることもたくさんあるし」

エリーは娘のほうにベーコンとパンケーキとシロップをよこした。

「わたしたちで力になれることは?」

「お母さんから聞いてるよ。チェンバレン一族のビジネスのことでわたしの知恵を借りたいそうだね」アランはそう言うと、テーブルに身を乗り出して、オリヴィアのカップの縁までコーヒーを注いだ。「クラリスの死が事故だとは信じられないんだろう。わたしに言わせりゃ、いちばん起こりそうもないことだ。とくにああいった形では」

アランはたくましい腕をテーブルに置き、コーヒーポットに向かって眉をひそめた。

「クラリスとはもう何年も取り引きしてきたし、金額交渉もしてきた——数年まえに彼女がわたしの印刷会社を買い取ったときのことを覚えているかい? 会社を大きくしてすぐに不況になると、クラリスは買い取りを申し出た。わたしは印刷業に飽きてきたところだったから、どっちにしろ売却する心づもりはあった。だが銀行に多額の借金があった。クラリスは買いたたくこともできたはずだが、そうはしなかった。それ相当の金額を出して会社を手に入れた。タフでフェアだった。そして賢かった。あんなに賢かったら、大量の睡眠薬をワインに入れて、そのワインをまるまるひとびん飲んだりできるわけがない」

「何かにとても動揺していたとしても？」エリーがきいた。

「ないね」アランはきっぱりと首を振って言った。「クラリスにはハートがあったが、ひ弱な花なんかじゃなかった。何があろうと乗り越えたはずだ」

「保安官は自殺の可能性もあると思ってるみたい」オリヴィアが言った。

アランは手でぴしゃりとテーブルをたたいたので、皿がガタガタと音を立てた。

「それは絶対にありえない。わたしはクラリスを二十年まえから知っている。あの人は下を向いたりしないよ。マーティンをとても慕っていて、いつもいっしょだったが、彼が目のまえで亡くなったとき彼女は取り乱したか？　いいや、一日だって取り乱さなかった。そうする理由はいくらでもあったし、そうしたところでだれも彼女を見くだしたりしなかっただろう。だがとんでもない、クラリス・チェンバレンはちがった。彼女は九一一に電話して、心肺蘇生術を施した。そして葬儀のあと、すぐに仕事に戻った。勘違いしないでくれよ、彼女なりに悲しんではいたんだ。でも自分を憐れんだり、酒に逃げたり、そういうことはしなかった。自分の足で立って、歩きつづけたんだ」

アランは自分の皿から最後のベーコンを取り、半分に折ってひと口でがつがつ食べた。

「さてと」指に付いた脂《あぶら》をナプキンでぬぐいながら言った。「ほかに力になれることは？中古車でも売ってやろうか？」

エリーがテーブルを片づけはじめた。

アランは妻の背中に向かってにやりとした。

「テレビの中古車セールスマンみたいなしゃべり方だってよく言われるんだ。褒めことばでそんなことを言うやつはいない。エリーはそれを聞くといやがってね。でもわたしはちがう。人にそんなふうに見られてても、これっぽっちも気にしないよ。過小評価されたことになるからね」

オリヴィアは最初にアランに会ったとき、中古車セールスマンのようだと思ったことを思い出した。彼女はたしかに彼を過小評価していた。

「わかるかい、リヴィー。人を過小評価するやつらはガードを下げがちになる。ガードを下げると、力や弱点がまる見えになる」

「クラリスはだまされたことがある？」

「いいや、ビジネスに関してはないね。マーティンもだ」

「家族のことでは？」

「親は自分の子供を色眼鏡で見る。よくも悪くもね」

「チェンバレン家の兄弟のことはどう思う？」

「エドワードとヒューーか？」アランは頭をのけぞらせて笑った。「真逆だな。ヒューは人当たりがいいが決断力がない。エドワードは決断力はあるが人当たりが悪い。ふたりをミキサーにかければ最高に立派なビジネスマンができあがる」

エリーがすぐ近くを通りかかると、アランは彼女の腰に腕をまわして引き寄せた。エリーの頬がピンクに染まる。オリヴィアは母とアランのあいだの愛情を目《ま》の当たりにすると、いまだにいたたまれなくなるのを隠そうとした。きっと四十になるころには、そんな気持ちも消えるのだろうが、それまで息を止めているというわけにもいかない。

「正直なところ、独立してそれぞれのスタイルを生かしたほうが、エドワードとヒューにはよかったのにと思うよ。でもマーティンは家族が事業を継承するのを望んでいたし、クラリスはまあ、息子たちをそばに置いておきたかったんだろうな」アランは言った。

「もうすぐジェイソンが来るわよ」エリーが言った。「パンケーキはだいぶ減っちゃったから、もっとベーコンを焼きはじめたほうがいいわね」エリーはアランの腕を取ってウェストから離すと、こんろに向かった。

「いっけない、ごめん母さん、卵を忘れてた。ジェイソンはお腹がすいちゃうわね」

「ジェイソンは飢えやしないわ。ベーコンのトーストサンドイッチを食べればいいんだから」

「最後にもうひとつ質問があるの、アラン。これはルーカス・アシュフォードのことなんだけど」

エリーとアランはすばやく視線を交わした。「マディーのことが心配なの？」エリーがフライパンにベーコンを入れながらきいた。「ふたりは真剣なおつきあいをしてるのね」

「ううん、ルーカスとマディーのことじゃないの。でもわたしが知っておくべきことがあればすぐに話してよ」

エリーは軽く笑って言った。「もしルーカスがまさかり殺人鬼だとわかったら、かならず知らせるわ。でもわたしが見たところ、彼は申し分なくいい人よ。わたしの好みからするとちょっと無口だけど」

「そのぶんマディーがうるさいから」オリヴィアは言った。「不思議だったんだけど……アランなら知ってるでしょ、彼の金物店はうまくいってるの？」

「わたしの知るかぎり、ハンマーや釘の需要が急増することはないが、〈ハイツ・ハードウエア〉はそこそこうまくいっているようだよ。どうしてだい？　何かうわさがあるのか？」

彼の口調はさりげなかったが、オリヴィアは彼のなかのビジネスマンが飛びついたのを感じた。

「ううん、そういうわけじゃないんだけど」オリヴィアはこの話題を振らなければよかったと思った。

アランは肩をすくめたが、エリーはテーブルを見ながらジュージュー音を立てるベーコンを監視できるように体をはすにした。

「その質問なら答えられるわ、リヴィー。金物店はうまくいってるかもしれないけど、アシュフォード家にはつらい時期があったのよ」

「わたしはオフィスで請求書の支払いをしてるよ。ジェイソンが来たら呼んでくれ」

「アランはよその家族のトラブルの話ばかりで飽きちゃったのよ」エリーが批判をかけらもこめずに言った。「それで、アシュフォード家の話だけど、これはみんなあなたがボルティモアで忙しくしてたころに起こったことだから、聞いたことはないんじゃないかしら。もっといい母親だったら、定期的にEメールでチャタレーハイツのニュースを残らず知らせるところなんでしょうけど」

「もっといい母親にならないでくれてありがとう」

「どういたしまして」エリーは口をつぐむと、数枚のベーコンをフライパンから取り出して、キッチンカウンターに置いたペーパータオルの上に移した。焼いていないベーコンをまた何枚かフライパンに入れると、入れるたびにベーコンがジュージューと音をたてた。

「そもそものはじまりは四年まえだった。ルーカスのお父さんが結腸ガンと診断されたの。手術と化学療法で助かる見こみはあったけど、お父さんが病気になって、ルーカスのお母さんにはショックが大きかったのね。卒中の発作を起こしたの。重症だった」

「ルーカスはつらかったでしょうね」オリヴィアは言った。

「ほんとに気の毒だったわ。両親の介護をしながら、金物店を切り盛りしていくことになったんだから。お父さんは化学療法のために病院の送り迎えが必要だったし、その副作用に苦しんでた。お母さんは……彼女のことはあなたも覚えてるわよね」

「覚えてる。子供のころ、彼女のことが怖くて、父さんが金物店に用事があってわたしを連れていくときは、外で待ってたもの」

「でしょ、それが、卒中のせいでさらに暴君になってしまったみたいでね。わたしたちはみんな、ルーカスがお父さんの治療の送り迎えをするあいだ、彼女につきそうことで力になろうとしたの。でもだれも長つづきしなかった。シャーリーはわたしの忍耐力を試してたのよ。それはたしかだわ」

オリヴィアは皿の汚れをかき落としてから食器洗浄機に入れはじめた。

「わたしの記憶では、シャーリーはわがままな性格だっただけじゃなくて、体重が少なくとも二百五十ポンド(約百十三キロ)はあったはずよ。彼女をベッドに寝かせようとしたら、母さんはつぶされてたでしょう」

「病気のせいでかなり体重は減ったのよ。でもまだ二百ポンド(約九十キロ)ちょっとはあったわね」

「母さんは九十九ポンド(約四十五キロ)のおやせさんじゃないの」

「悲しいことに、中年にさしかかってから増えちゃって、百四ポンド(約四十七キロ)もあるの。三桁よ」

オリヴィアはくすくす笑った。「どうして世間にその体をさらせるのかしらね」

「ゆったりした服のおかげよ」エリーはベーコンを焼きおえ、マックスウェルハウスのコーヒー缶に脂を注いだ。錆の状態からして、オリヴィアとジェイソンが子供のころに母が使っていたのと同じものだろう。そう思うとほっとした気持ちになった。

「あなたの質問のことだけど、ルーカスはほぼ一日じゅう介護士を雇わなくちゃならなかったの。金物店の営業をつづけられるようにね。わたしの聞いたところでは、数年まえにローンを払いおえていた家を抵当に入れて、さらに店を担保に巨額の借金をしなくちゃならなかったそうよ。ご両親ともあなたがここに戻ってくる少しまえに亡くなったけど、残った借金が気の毒なルーカスを悩ませているの。だから彼とマディーがそんなにしょっちゅうふたりですごしていると聞いて驚いたのよ——彼は何年も仕事しかしてこなかったから」

「この町の銀行に借金してるの？」オリヴィアはきいた。

「銀行じゃないの。クラリス・チェンバレンが貸し付けたのよ」

「ねえ、みんないる？」リビングルームからジェイソンの声がした。

「あの子、いつもノックしないではいってくるの？」オリヴィアがきいた。

「だれが玄関のまえでうろうろしていたと思う？」アランが大声で言ったあと、すぐにジェイソンを従えてキッチンにはいってきた。

「やあ、オリーブオイル」ジェイソンはオリヴィアの肩を軽くたたき、姉の後頭部を指でかき上げたので、入念になでつけた髪から強情な巻き毛が飛び出した。

「ちょっと！」オリヴィアはまたやられるまえにジェイソンの手をつかんだ。オイルで汚れた弟の長い指を見ながら言う。「提案があるの。わたしの髪で手をふくんじゃなくて、せっけんで手を洗ったら？」

「何時間洗ったってこの汚れは落ちないよ」

ジェイソンの口調は誇らしげだったので、オリヴィアはつぎの文句をのみこんだ。弟が自動車修理工の仕事を大事に思っていることを知っていたからだ。もう二年もつづいていたし、いい仕事をすると評判だった。大学をやめていくつもの仕事を経たあとなので、この仕事ではいい感触をつかみたいのだろう。でも、姉の髪をくしゃくしゃにするのはやめてほしい――劇的に背が伸びて、細くて長い脚をしていた十代はじめのころのニックネームで、オリーブオイルと呼ぶのも。

「うまそうだね、母さん」ジェイソンはバターを塗ったトーストの上にベーコン数枚をのせ、ふたつに折って、三口で平らげた。「パンケーキとメープルシロップのにおいがするけど」

「それは売り切れ。トーストとベーコンならまだたっぷりあるわよ」エリーが言った。

ジェイソンのわびしげな顔つきは、自分がもう晩ごはんをもらったことをオリヴィアが忘れていてくれないかなと思っているときのスパンキーを思わせた。

エリーはため息をついた。「だめ、もう作れないわ。パンケーキミックスも卵もないし、仕事に戻るまえに食べる時間もないでしょ」と言って、ベーコンとトーストを息子のほうに押しやった。

ジェイソンはあきらめて、半分に折ったサンドイッチをもうひとつ作った。

「まあいいや」とぱくつきながら言う。「午後になるといつもボスがピザを注文してくれるんだ。みんな腹ぺこになると作業がのろくなるから」

「あなたが太らないなんて驚きだわ」オリヴィアは言った。

「姉さんが刑務所に入れられてないなんて驚きだよ」ジェイソンはそう言って、また半分に折ったサンドイッチを口に詰めこんだ。食べながらうっとりと目を閉じていたので、不意におりた沈黙の理由はわからずにいた。目を開けて食べ物の残りに手を伸ばしたときになって、ようやく家族の困惑の視線に気づいた。「なんだよ？　おれの鼻にベーコンでもついてる？」

エリーは彼に向かって眉をひそめた。めったにないことだ。

「あなたの姉さんについてあなたが言ったことは聞き捨てならないわ」

「何？　刑務所に入れられるって言ったこと？」ジェイソンは母親から継父に目を移し、最後にオリヴィアを見た。「ほんとに聞いてないんだ？」

「聞くって何をだ？」アランの口調はぶっきらぼうだが真剣だった。

ジェイソンはナプキンで口をふき、椅子をうしろに引いた。

「おれたちは事件のあとすぐに知ったんだ。救急車が到着するのを見た直後に車を取りにきたお客がいたから。サム・パーネルはすぐに病院に運ばれたよ。意識不明で。あんなふうにかぎまわってばかりいるから、とうとうだれかが殺そうとしたんだろうな」

あっけにとられてみんなが黙りこむなか、最初に沈黙を破ったのはオリヴィアだった。

「殺人未遂だったってどうしてわかるの？　それにもしそうだったとしても、どうしてわたしが関係してくるのよ？」

ジェイソンは笑いだしたが、オリヴィアの恐ろしげな顔つきを見て、すぐさま真顔になった。「内部情報があるわけじゃないんだ。知ってるのは町に流れてるうわさだけだよ」

「どんなうわさなの？」

「それは……ねえ、リヴィー。メッセンジャーを殺すのはなしだよ、いい？　町のうわさじゃ、サムはクッキーを食べてるときに倒れたんだ。のどを詰まらせたんでも、心臓発作でも、なんでもなく。姉さんの店の袋を持ってて、クッキーのかけらとアイシングのかけらがまだはいってたらしい」

「うちのクッキーとはかぎらないわ。いったいうちの店で売ってるのはなんだと思ってるの？　クッキーカッターよ。うちでそれを買って、そのクッキーを作ることができた人はたくさんいるわ」

ジェイソンは言った。「袋はどうなんだよ？」

エリーが言った。「ジェイソン、〈ジンジャーブレッドハウス〉の袋ならうちにもたくさんあるわよ」夫からの視線に気づいてさらに言う。「何よ？　わたしはあれが気に入ってるのよ」

「サムには今朝いくつかクッキーをふるまったけど、袋に入れて〝お持ち帰り〟にしたのはひとつもないわ。だれが彼を見つけたの？」オリヴィアはきいた。

「アイダだよ、〈ピートのダイナー〉のおばあちゃんウェイトレス。月曜日は休みらしい。とにかく、彼女が玄関のドアを開けて郵便箱の中身を出そうと手を伸ばしたら、ポーチでサムが意識を失ってたんだってさ。それで救急車を呼んだ」

「だからって別に――」

「姉貴、これってぶっちゃけまずいよ」

# 12

「いったいこの町はどうなっちゃってるの？」

オリヴィアは〈ジンジャーブレッドハウス〉の厨房を歩きまわりながら、これといった理由もなくいろいろなものをあちらからこちらへと移動させていた。

「あたしにきかないでよ」マディーはむっとしているようだった。「あたしだってあなたと同じくらい混乱してるんだから。当然怒ってもいるわ。なんだかあたしたちを悪者にするためにだれかがずいぶんやらかしてくれたみたいね。でも少なくともデル保安官はあたしたちを逮捕してないじゃない」

「彼の容疑者リストからはまだ消えてないわ。少なくともわたしはね。サムが糖尿病だったことを知らなかったとは、信じてもらえてないみたい。たしかにサムは今朝クッキーを詰めこんでたもの」

「あんまり言わないほうがいいわよ」マディーが言った。「でもサムが糖尿病だなんて笑えるわ。健康なことをすごく自慢してたのに。自分が糖尿病だなんて信じられないのよ。クッキーを大量に食べたあと、インシュリンを打ち忘れるなんてどうかしてるけど」

「もしインシュリンにおかしいところがあれば、彼の家にあるストックを調べたときにわかるわよ。それまでに考えをまとめなきゃ《ゲット・オーガナイズド》」オリヴィアは粉砂糖の容器を戸棚から出して棚に置いた。

「その砂糖を動かすのは三度目よ。今あたしたちに必要なのはその手の秩序《オーガニゼーション》じゃないわ。動くのはやめて、いらいらする」マディーが言った。

「そうね。いつもならじっとしていられないのはあなたで、わたしは冷静なほうだったのに。わたしたちをはめようとした人間を見つけたら、冷静にそいつの鼻を折ってやるわ」

「いいわね、それならあたしに手足を何本か残しておいてもらえるし」

ふたりは二十分まえにチャタレーハイツ警察署から戻ってきたところで、警察ではデル保安官にいつもの親しげなからかいなどまったくなしで事情聴取されたのだった。サムの容態は深刻で、糖尿病性昏睡として治療を受けている、とデルは言った。まだ意識は戻っていないという。クッキーのかけらは、サムの胃の内容物とともに分析にまわされるらしい。それ以外でオリヴィアとマディーが言われたのは、騒ぎ立てず、町から出ないようにということだけだった。

「あたしは十歳のときからデルロイ・ジェンキンズを知ってるのよ。あなたを知ってるのと同じくらい長く。それなのに容疑者みたいにあつかわれるなんて！」

「保安官ならそうするわ。それが仕事なんだから。あんなに尊大じゃなくてもよかったと思うけど」

「彼のこと、好きなんじゃないの？　リヴィー」

「まあね。ああいう彼は嫌いだけど」

ふたりは顔を見合わせてヒステリー気味に笑いだした。数分たって落ちつくと、オリヴィアが言った。「気分がましになったわ。じゃあ、はじめるわよ」

「あたしたちに何ができるっていうの？」

「知恵を合わせて考えるのよ。サムに起こったことは、あれが過失じゃなかったとしたらだけど、クラリスの死とつながりがあるはずよ」オリヴィアは厨房のデスクからノートパソコンを持ってきて、テーブルに置いた。「クラリスの死についてわかっていることすべてと、調べる必要があることすべてを記録しておくファイルを作りましょう」キーボードの上で飛ぶように両手を動かしながら言った。「あなたとわたしだけにわかるパスワードを考えて」

「Ｔｅａ１４２」マディーが言った。

「いいわね。まずは容疑者とアリバイね。もちろんエドワードとヒュー。おそらくふたりはクラリスの遺産の大部分を相続することになるし、わたしはたまたまそれが百万ドルはくだらないことを知っている」

マディーは口笛を吹いた。「彼女が話してくれたの？」

「クラリスはどんなことが可能かをわたしに示したかったのよ。彼女とマーティンは何もないところからスタートして、慎重に決断し、投資し、貯蓄した……リスクを計算し、損の少ないうちに手を引くことをよしとした。クラリスはわたしにそれを教えようとしていたの」

オリヴィアは悲しみに沈みこみそうになる自分を、現在に引き戻した。「ヒューとエドワードは母親が死んだ夜にアリバイがあると思われてる。それはたしかなのか？　今日サムに起こったことについては？」彼女は左側に容疑者の名前を書き出して表を作成した。

「なんだかすごく長い道のりになりそうね。頭が痛いけど、つづけましょ。クラリスが死んだとき、ヒューとエドワードはセミナーに出てたって、デルは言ってなかった？」

「ボルティモアでね。でもふたりと直接話したのか、メッセージを残しただけなのかは言ってなかった。たぶんわたしたちで調べられるわ。何のセミナーに出ていたかを調べるのはそんなにむずかしくないはずよ」

オリヴィアは最初の列のいちばん上に〝アリバイ〟と打ちこんだ。

「マーティンとクラリスは毎週月曜日に出張することにしていた。そしてヒューとエドワードがその習慣を引き継いでいたことをわたしは知っている」

「出張は別々に行くの、それともいっしょに？」

「別々よ。どちらかがサムの家にしのびこめたかもしれない。サムが昼食のために自宅に寄れるように配達ルートを決めてるのはみんな知ってるから」

「バーサは？」マディーがきいた。「彼女はクラリスから何か相続するの？　あんなにおいしいパイを焼く人が人殺しかもしれないとは考えたくないけど」

「おいしいクッキーを作るふたりの女性が毒を盛ったかもしれないとみんなに思われるほうがいいの？」

「そっか。例外はなしね」

オリヴィアはキーボードをたたきながら言った。「バーサには充分なものを遺すつもりだとクラリスは言ってたわ。殺人をするほどのものかはわからないけど。バーサの生活はもう保証されていたわけだから」キーボードの上で指が止まった。

「つぎの容疑者はタミー・ディーコンズなんてどう？」マディーがきいた。「あたしたちが立ち聞きしたことによると、彼女とヒューはだれにも知られたくないこと——何かクラリスを巻きこむようなことをした。クラリスが死んだ夜にタミーがどこにいたか知る必要があるわ」

オリヴィアは列にタミー・ディーコンズの名前を加えた。

「タミーの家にはクッキーがたくさんあった」マディーが言った。「婚約パーティで残ったやつが。でも、今日彼女が学校で教えてたとしたら、家にいて郵便を配達しにきた〝スヌーピー〟サムにクッキーをあげることはできないわね」

「そんなに残念そうに言わないでよ。彼女が今日学校にいたかどうかは調べられるんだし……」

「タミーにはどちらの時間帯にもアリバイがないほうに、クッキーを一ダース賭けるわ」マディーの携帯電話がグレゴリオ聖歌の重苦しい一節を奏でた。「ルーカスだわ」と言って、ジーンズのポケットに手を入れる。「ディナーの待ち合わせ時間のことで電話をくれることになってたの。〈ピートのダイナー〉にホタテを食べにいくのよ」

マディーが厨房を歩きながらルーカスと話しているあいだ、オリヴィアは肩を揺すってほぐした。コンピューターにおおいかぶさっていたことが、かつては柔軟だった腕に影響をおよぼしていた。容疑者はもうひとりいたが、リストに加えるのは気が進まなかった。

「オーケー、ホタテは六時ね」マディーはそう言って、携帯電話をカチッと閉じた。「チェンバレン邸での遺言開示ディナーのほうは何時？」

「シェリーを飲みながらの遺言書の開示は六時半、ディナーは七時よ」

「シェリー？　あらあら。英国推理小説の設定みたい。給仕娘のふりをしてショーを見られたらいいのに」

マディーはコーヒーカップをゆすいで、ジャケットに手を伸ばした。

「ディナーのまえにシャワーを浴びたいからもう行くわ」

「マディー、容疑者候補はもうひとりいるの」

「ほんと？　だれ？」マディーの旺盛な好奇心にオリヴィアの胃はよじれた。

「実は、母さんとアランから聞いたの……このことを話すのは心苦しいんだけど……マディー、ルーカスが金物店を担保にしてクラリスからお金を借りてたって知ってた？」

マディーの明るい表情が曇った。「もちろん知ってるわよ。ルーカスがずっとまえに話してくれたの。彼、とっても正直なのよ。でもまあ、お金は少しずつ返してるし、不況にもかかわらず店はそこそこ繁盛してるわ」

オリヴィアはスリープモードにするために――そして緊張感を和らげるためにノートパソ

コンを閉じた。

「思ったんだけど、クラリスはルーカスに圧力をかけてた？　〈ハイツ・ハードウェア〉と引き換えに借金を免除するという申し出はあった？」

マディーはふきんをカウンターの上に投げて腕を組んだ。オリヴィアは友人の目から発せられる火花を感じることができた。

オリヴィアは何度か深呼吸をしたあと、さらに二回した。心のどこかではマディーのためにルーカスを除外したがっていた。その一方で、クラリスの最期の様子を想像せずにはいられなかった。「うやむやにはできないわ、マディー。何があったか知る必要があるの」

「そうね。それはわかる」マディーは腕を組んだまま、キッチンカウンターにもたれた。

「友だち同士として話せない？」

沈黙がほんのわずかだけ軽くなった。

「探偵同士ならどう？」オリヴィアがきいた。

マディーは腕を組んだままだったが、肩は少しだけ下がった。

「クッキーとミルクをやりながらは？」オリヴィアは冷蔵庫の扉を開けて、ミルクの半ガロン容器を取り出した。「デルは本気でわたしたちを疑ってるのかしら」

マディーは戸棚からグラス二個と皿二枚を出した。

「あたしたちのアリバイはそんなに強固じゃないわ。クラリスが死んだ夜は部分的にお互いがアリバイになってるだけだし、サムが食べたクッキーはまちがいなくうちのものよ。ところで、非常用にとっておいたクッキーがあるの」彼女は冷蔵庫の上の缶をおろした。「どちらかがこれを食べるのを拒否したら、見栄えが悪いってことね」

ふたりはテーブルについた。オリヴィアは赤と黄色のストライプのビーチボール形クッキーをひとつ食べ、グラス半分のミルクを飲んでから、できるだけおだやかに言った。「ルーカスのことをどうしても知りたいのよ」

「わかってる」マディーは二個目のクッキーを選んだ。白い真珠が輪になっているクッキーだ。彼女はそれを皿に置いて、人差し指で固まったアイシングの粒をなぞった。

「ほんと言うと、クラリスはルーカスに金物店を売れと迫ってたの。ヒューがひとりでどれくらいできるか見るためにほしいようなことを言ってね。ヒューを試すためのビジネスがほしかっただけなのよ。ルーカスは悩んだわ。このままいけば、生涯借金を返済しつづけることになる。百歳まで生きるとしてもね。ええそうよ、クラリスが死んで圧力からは解放された。ヒューは金物店なんてほしくないのよ。本人がそう言ってた。だからルーカスはまえよりずっと幸せになった。あたしたち、お金の話は避けてるの。まだ恋愛初期のときめきが終わってないんだもの」

マディーはクッキーを半円の形にかじり、残りを皿に戻して押しやった。

「正直に言うと、ルーカスとわたしがやっとつきあえるようになったのはそのせいだと思うの。あなたもよく知ってるとおり、あたしはもう何年も彼に夢中だった。いっしょにいてすごく楽だし、あたしの妙ちくりんなところも全部受け入れてくれる。きみはぼくを笑わせてくれるって彼は言うの」彼女はテーブルの天板に向かって微笑んだ。「でも彼のお母さんやお父さんや多額の借金、それに家業をあきらめなくちゃならないかもしれないっていう心配もあって……だからそう、彼は売却を迫られることがなくなってほっとしてた。でも借金はこれからも返していくことになるから、クラリスを殺してもそれほど得るものはなかったでしょうね。ヒューとエドワードも消す計画だったんじゃないかとあなたが考えてるなら別だけど」

「それは考えてなかったわ」オリヴィアは言った。ルーカスを容疑者リストから消すわけにはいかないことは言わずにおいた。今はまだ。

オリヴィアは腕時計を見た。「チェンバレン邸に行くまであと二時間あるわ。もうちょっといられる？　やることがあるんだけど、ひとりじゃやりたくないの」コーディ保安官助手がクラリスの死んだ夜に撮影した写真のことをマディーに説明した。

「ばか言わないでよ。いるに決まってるでしょ。シャワーは今朝浴びたし。早くコンピューターを立ちあげなさいよ」

オリヴィアはノートパソコンのスリープモードを解除し、Ｅメールを呼び出した。

「いくわよ」未読メールは七通あった。六通は本件とは無関係なメールだ。七通目の、〝例のものです。デル保安官にはどうか内密に〟とだけ書いてあるコーディ保安官助手からのメールを開いた。

「心配いらないわよ、コーディ」とつぶやいて、最初の添付ファイルをクリックすると、写真が現れた。どんなに心の準備をしても、書斎の床の上でうつ伏せに倒れているクラリス・チェンバレンの死体を見るのは気が滅入った。全体像ではなく、できるだけ細部だけを見ることにした。

「テレビの刑事もののドラマで見るのとはちょっとちがうわね」マディーが言った。「なんかもの悲しいっていうか。彼女の腕のこと、コーディはなんて言ってた？」

「両腕が脇に沿ってまっすぐおろされてるでしょ？　コーディは、もし彼女に意識があったら、倒れまいとするだろうから、まっすぐおろされてるのはおかしいって。それなら腕は体の下になってたはずでしょ。あるいは頭の上とか」

　オリヴィアは二枚目の写真を開いた。少し離れたところから撮影したものだった。ここではカーペットのクラリスの肩の横にワインボトルが見えた。ボトルは横向きに倒れ、写真では隅だけが見えている書斎のドアのほうに注ぎ口を向けていた。注ぎ口の近くのカーペットに小さく黒ずんでいる部分があるのは、少量のワインがこぼれた跡だろう。拡大してみたところ、その部分はぼやけてしまったが、ワインのしみのように見えた。

「デルはクラリスがボトル一本ぶんのワインを飲んでいたと言ってたわ。睡眠薬を砕いて入れたワインを」オリヴィアは不意に動きたくてたまらなくなった。勢いよく椅子から立ちあがり、厨房を歩きまわりはじめた。「それを聞いたときは、睡眠薬入りのワインをボトル一本ぶん飲むあいだじゅう、クラリスの意識があったはずはないと思った。いつもグラス一杯程度しか飲まなかったんだから。この写真を見て、彼女の死が事故だとはますます思えなくなってきたわ。それに自殺でもない」

「説明して」マディーが言った。

「もしクラリスが大量の睡眠薬を砕いてボトルのワインに入れるような、彼女らしくない行動をとったとしても、意識を失わずに全部飲むことは絶対できなかったはずだからよ。三分の一でも無理だったでしょうね」

「わざとぐいぐい飲んだんだとしたら？　ほら、二十一歳になったばかりの若者みたいに」

オリヴィアはいらだたしげに手を振った。「でも体内からそれほど大量のアルコールは検出されなかった。クラリスがまえに話してくれたわ。睡眠薬を一錠水にとかして飲むだけで、十分以内にストンと眠れるって。クラリスは策士よ。もしほんとうに自殺するつもりなら、グラス一杯のワインに睡眠薬をたくさんとかして、早く体内に入れるようにするはずよ。薬をボトルに入れて、意識を失うまえに全部飲もうとなんてしないわ。クラリスはそんな非効率的なことをするような人じゃなかった」

「でも、もしかしたらほんとうに死ぬつもりはなかったのかもよ。助けを求める叫びだったとか」

「クラリス・チェンバレンは助けを求めて叫んだりしなかったわ」オリヴィアは言った。「これまでずっとね。でも、いちばん気になるのは、どうしてバーサにワインのフルボトルを開けさせたのかってことよ。お客さんが来ることになっていたとしか考えられない」

「それよ」マディーが言った。「そしてその人物が彼女を殺して、事故に見せかけたのよ」

「つぎの写真をクリックして」オリヴィアは言った。じっと座っていられず、椅子のうしろに立って、背もたれにおおいかぶさった。

写真はさらに遠くから撮ったもので、クラリスの散らかったデスクが半分写っていた。どっしりしたレザーの椅子はデスクに背を向けていた。困ったことになったと気づいたクラリスが、ワインボトルをつかんでくるりと椅子を回転させたかのように……クラリスの遺体の位置からすると、ドアに向かって半分進んだところだったように見える。

「マディー、ちょっと考えてみて——クラリスがワインボトルをつかんで持っていこうとするって、どういう状況？」

今度はマディーが厨房をうろついて、ぶつぶつ言いながらすでに乱れている髪に手をすべらす番だった。それからようやくコンピューターと向き合う位置にある作業台に体を押しあげて座った。オリヴィアは椅子の座部をまたいでうしろ向きに座り、背もたれの上で腕を組んだ。

「もしクラリスが自殺する決意を固めていたとすれば、自分の死を事故に見せかける理由として唯一思いつくのは——そう、相続人が保険金を受け取れるようにするためよ。ついうっかり薬を飲みすぎてしまったことを、急いでバーサに知らせたかったように見せかけたかったのかも」マディーが言った。

オリヴィアは首を振った。「複雑すぎるわ。どうしてもそうしなきゃならないわけじゃないし。眠くなったなら、デスクに向かったままでいるか、暖炉のそばのラブシートに横になっていることもできた。遺書がないんだから、彼女の死は事故に見える。それに彼女は健康体で、財政問題も抱えていなかったのよ」

「オーケー、自殺の線は消えたと。もし誤って毒を飲んでしまったのだとしたら、同じ理由でボトルをつかむかも――できるだけ早く助けを呼ぶために」マディーが言った。

「彼女はデスクのまえに座っていたのよ。どうして受話器を取らなかったの？　数字をひとつ押せば上階のバーサの部屋とつながるのよ。ずっと早く助けを呼べるわ」

「ぼけ役ばっかりで疲れちゃった。せっかくの演技力が台なしだわ。今度あなたが自分の質問に自分で答えたら、撃ち殺してやるから」

オリヴィアは写真に向き直った。「意識を失ったとき、クラリスが座っていたのか立っていたのかはわからないけど、自分でこの倒れている場所まで来たとは思えない。引きずられてきたのよ。ボトルをそばに置いたのも、彼女の体を移動させた人物だと思う。もしかしたらあなたが言ったとおり、たいへんなことになったとクラリスが急に気づいて、助けを呼びにいこうとしたと見せかけるために」

マディーは作業台からすべりおりて、コンピューターを見ているオリヴィアのそばに行った。スクリーンを長いことじっと見たあと、彼女は言った。

「あなたの言うとおりかもしれない。どうしてデル保安官はあなたが気づいたことに気づかなかったのかしら？　彼は頭の切れる人よ。何か隠してるんじゃない？」

「デルにはいらいらさせられるわ」オリヴィアは軽く笑って言った。「でも彼が町をあげての陰謀に加担していると考えるほどじゃない。デルはすべてすんなりと忘れ去られることを望んでいるんじゃないかしら。チェンバレン家はチャタレーハイツとこの近隣の大口雇用者よ。殺人事件の捜査になったら、ヒューもエドワードも、バーサまでが事情聴取を受け、マスコミに追いかけまわされ、もしかしたら逮捕されることになる。彼らの過去をみんなが知るようになる。容疑がすべて晴れたとしても、彼らに対する疑惑はきっと残る」

「もしあたしだったら事業を売却して、お金を持ってうんと遠くに引っ越すわ」マディーが言った。

「わたしも。ここで店をやろうと決めたのは、知っている町だし、財政基盤がしっかりしているからということもあったの。正直なところ、なんの取り柄もない落ち目の町で、クッキーカッターを専門に売る店なんかが長いことやっていけると思う？」

「生活費を稼ぐためなら泣き言なんか言ってられないわ」マディーは言った。「でも、デルにあたしたちが思いついたことを話して、彼に捜査をまかせることを考えるべきなんじゃない？」

オリヴィアは子育て中のハイイログマなみの目つきでマディーをにらみつけた。

「言ってみただけよ」マディーはめずらしく従順さを見せて言った。

オリヴィアはスクリーンに身を寄せた。「それにしても、クラリスのデスクのこの散らかりようはどういうこと？」デスクの上を拡大しようとしたが、画像が不鮮明すぎた。調整しようとしながらオリヴィアは言った。「クラリスは異常なほどきれい好きだった。何かがまちがった場所に置かれているといらいらするから、どんなものでも置き場所を決めて、かならずそこに戻すようにしてるんだって言ってたわ。ひとつ残らずね」ズームキーを最後にもう一度試した。「もう、うまくいかないわ。写真はもうひとつある。見てみましょう」

画像が開くと、ふたりの女性は困惑しながらそれを見つめた。ようやくマディーが言った。

「クッキーカッターだわ。予想してなかった」

「わたしも。家族の記録とか、新しい遺言のための覚え書きみたいな手がかりがほしかったのに。そういうものは彼女を殺した男が持ち去ってるだろうけど」

「あるいは女がね。あたしのなかではタミーはまだ容疑者だから」マディーが言った。

「クラリスは自分のクッキーカッターのコレクションを何度も見せてくれたわ。あらゆる種類のものがあって、もちろん貴重なものばかりだった。うちの店がオープンするまえから、何ダースものすばらしいアンティークのクッキーカッターを集めていたの。ホールマーク社のヴィンテージもののクッキーカッターなんて、ほとんどがそろってた」オリヴィアはごくりとつばをのみこんで言った。「わたし、それを手に入れるためにだれを殺したんですかってクラリスにきいたの。彼女は笑ってた」

マディーが写真に目をすがめた。「見てもよくわからないわ。ヒューとエドワードは彼女のコレクションに詳しかったの？」

「あんまり知らないと思う。息子たちは話を聞いてくれるほど興味を持ってないってクラリスは言ってた。この写真でわたしはあることを確信したわ。証明はできないけど。クラリスはクッキーカッターでリラックスするのが好きだった。温かくて心地よい気分になれたからだと思う。わたしたちが友だちになった理由のひとつはそれよ——クッキーカッターへの思い入れと、それがもたらすいい思い出。もしクラリスが死んだとき自分のコレクションを見ていたなら、彼女は困ったことになっていたのかもしれないけど、自殺は考えていなかったはずよ。自分を元気づけようとしていたんだから」

# 13

オリヴィアとマディーがコーディ保安官助手の事件現場写真からようやく離れたのは、そろそろ六時になるころだった。クラリスの遺言書の開示は六時半に予定されている。オリヴィアは急いでシャワーを浴びると、クロゼットのなかから最初に見つけた清潔な服を選んだ――黒いウールのパンツと、明るいグレーのアンゴラセーターだ。道路表示板の上限スピードをゆるめに解釈して、六時三十五分になんとかチェンバレン邸に到着した。五分遅れただけだ。

玄関ベルに応えてバーサが姿を現した。

「やっと来ましたね、ミズ・オリヴィア」と言って、オリヴィアのコートを受け取る。玄関ホールのクロゼットを開けて、あいているハンガーをさがしはじめた。

若くもスリムでもないバーサの息がぜいぜいいいはじめると、罪悪感がちくりとオリヴィアの胸をさした。「古いコートだから、どこにでも投げ出しておいていいわよ」

目的を果たそうとするバーサの決意は揺らぐことなく、片腕をうしろに伸ばして、いいからとばかりにオリヴィアの手を払った。すぐに「あった」と言って、あいているハンガーを引っぱり出した。「もう長いこと、この家に来るお客さんはあんたさんしかいなかったからね。だんなさまが亡くなってからは。彼の魂が安らかならんことを。だんなさまはディナーパーティがお好きだった」

オリヴィアはバーサの前腕に軽く触れた。「大丈夫?」

「あたしのことは心配しなさんな。ちょっとぜんそくが出ただけですよ。こんなふうになる原因は猫だけで、あたしは猫には近づかないんだけどね。さあ、こっちですよ。弁護士さん以外みなさんおそろいだ。応接間に集まってるんですよ、お芝居みたいにね。あんたさんとあたし、ヒュー、エドワード、そしてすばらしくきれいなミズ・タミー。奥さまがなんで急に彼女を嫌いになったのか、あたしはちっとも理解できませんでしたよ」

チェンバレン邸は家の正面側に応接間がある昔風の造りで、かつて家族はその部屋に客人たちを迎えていた。オリヴィアからすると、黒っぽいマホガニー製の家具があるその部屋は、いかめしい感じがした。唯一の明るい色の家具はグレーの大理石のサイドテーブルで、そこにはカナッペが並んだまるい銀のトレーが置かれていた。遺言開示の舞台設定は完璧だ。

オリヴィアとクラリスが会うときにはもっとくつろいだ舞台設定が選ばれた。温かい季節にはフロントポーチとか、じめじめした寒い冬のあいだはクラリスの書斎の暖炉のまえとか。暖かく迎えてくれる暖炉の火が恋しかったが、シェリーでがまんしなければならないだろう。気づくとオリヴィアは、すきっ腹を抱えた人間にしては速すぎるペースでシェリーを飲んでいた。頭ははっきりさせておかなければならない。カナッペににじり寄った。スモークサーモンのやつがおいしそうだ。クリームソースをかけたマッシュルームのも。オリヴィアはそれぞれひとつずつ取ったあと、マッシュルームのカナッペをもうひとつ皿に置いた。クリームソースはシェリーで酔いが回るのを抑えてくれるかもしれない。

ちびちびと食べながら、小人数のグループを見わたした。エドワード・チェンバレンがウィングバックチェアにひとりで座り、口をつけていないシェリーのグラスをかたわらの小さなテーブルに置いて、雑誌をぱらぱらめくっていた。右手に持った煙草から煙が立ちのぼっている。オリヴィアは彼があまりにも母親に似ていながら、あまりにもちがうことにびっくりした。クラリスに似たブロンドの髪は、日光に当たると——この場合は明るい白熱灯に当たると——赤い光沢を帯びて見えた。普通ならだれかをこんなにまじまじと見たりしないのだが、エドワードは気づいていないようだった。いきなりタミーの笑い声が響いても、無意識にまぶたがぴくりとすることもなかった。

タミーはヒューとバーサに向かって楽しげにぺちゃくちゃしゃべっていた。また新しいドレスを着ていて、オリヴィアはそれを〈レディ・チャタレー・ブティック〉のウィンドウのマネキンが着ているのを最近見た記憶があった。タミーのスリムな体の線を引き立たせるぴったりしたシースドレスで、淡いグリーンは、いとおしげにヒューを見つめる彼女の目と同じ色だ。ストレートヘアをカールさせて頭の上に結いあげていた。すでにチェンバレン邸の女主人のように見えた。

ヒューのほうは父親似だった。少なくとも見た目は。オリヴィアが高校一年生のとき、彼はもう卒業していたので、三十五歳にはなっているはずだ。ウェーブした黒っぽい髪は豊富で、マーティン・チェンバレン似のハンサムな顔を、のんびりした性格がやわらげていた。タミーがオードブルのトレーを取りにいくためにグループを離れると、ヒューの目は一瞬彼女を追った。

オリヴィアがグラスにシェリーのお代わりを注いでいると、玄関ベルが鳴った。もうひとつスモークサーモンのカナッペを取ってから、全員がいちばんよく見える椅子を選んだ。

バーサがアロイシャス・スマイスをともなってふたたび現れた。グレーの髪が薄くなりつつある、肩をすぼめた小柄なやせた男性だ。オリヴィアはマディーに店をまかせてときどき遅いランチをとりにいく〈チャタレーカフェ〉で彼を見かけていた。彼はいつもふくらんだブリーフケースを持って、カフェの客足が途絶える二時ごろやってきた。四人掛けのテーブルに陣取って、テーブルいっぱいに書類を広げ、午後じゅう居座るつもりのような印象を与えていた。

ぼんやりした老人というオリヴィアの第一印象は、彼が部屋を見まわしたとたんに変わった。よく動く黒っぽい目がオリヴィアの顔に向けられたときは、心を読まれているような気がした。クラリスが彼を高く買っていたのもうなずける。彼が小さなデスクを聴衆たちのほうに押しはじめると、ヒューが急いで手伝いに立った。ヒューが舞台の小道具のようにデスクを運ぶのを、タミーが笑顔で見守った。

オリヴィアがエドワードを盗み見ると、ヒューのほうに向かって顔をしかめていた。椅子の縁に腰掛けていて、手伝いに飛び出すつもりだったのに、出遅れたかのように見えた。

弁護士はデスクの自分のまえに小さな書類の山を築いて咳払いをした。

「こんばんは、みなさん。ご存じのとおり、みなさんに集まっていただいたのは、クラリス・チェンバレンの遺言を聞いていただくためです。わたしは四十年以上、彼女とそのご主人の弁護士を務めてまいりました。彼女のために最後の職業的役割を果たすことは、個人的に大きな苦痛をともなうものであります」

彼はまっすぐにオリヴィアを見て言った。「ミズ・グレイソン、ここにいる方がたのなかで、わたしが正式に自己紹介をしていないのはあなただけですね。あなたやあなたのお店のことは、クラリスの話に何度も出てきたのでよく存じていますが。彼女はいつも多大なる賞賛と愛情をこめてあなたのことを話していました。それで三カ月まえ、遺言補足書を作成し、あなたを遺産受取人に加えたのです」

悲しみの弾丸がみぞおちを直撃し、オリヴィアはごくりとつばをのみこんだ。

「ところで、わたしのフルネームはいささか発音しにくく、言うまでもなく仰々しいので、たいていミドルネームのウィラードを変形させた形で呼ばれています。ミスター・ウィラードと呼ぶ方もいます——あるいはただのウィルと、おそらくは皮肉でしょうが。みなさんもそうしていただければ幸いです」

一瞬なんのことかと思ったが、すぐにオリヴィアはわかった。ウィル……弁護士は遺言《ウィル》を作成する。ミスター・ウィラードと呼ぶことにしよう。そのほうがくすくす笑ってしまわなくてすむ。

「さて、さっそく本題にはいりましょう」ミスター・ウィラードはそう言って、自分のまえの書類に目を落とした。「わたしはクラリスの遺産の大半について手短に述べることになっていますが、ある箇所については声に出して読むように彼女から指示されています」

カサカサという音が静寂を破ると、クラリス・チェンバレンの家族と友人たちは椅子の上で居住まいを正し、彼女が自分たちをどう思っていたか聞こうと身がまえた。オリヴィアのグラスにはまだシェリーが半分残っていたが、ひと口では飲み干せないので椅子の横にあるサイドテーブルに置いた。

ミスター・ウィラードは一枚の書類を取りあげて、もう一度咳払いをすると、読みはじめた。

「クラリス・チェンバレンの個人的資産の大部分は、ふたりの息子ヒューとエドワードに残し、ふたりのあいだで均等に分けるものとする」

オリヴィアは安堵のようなため息を聞いたが、どこから聞こえてきたのかはわからなかった。ヒューとエドワードにちらりと目をやったところ、ふたりとも冷静な表情をしていた。タミーの手がヒューの組んだ指に伸びた。

ミスター・ウィラードは二枚目の書類に目を通してからつづけた。

「これには屋敷と敷地、預金、運用資産なども含まれ、別の受取人に遺贈するぶんを差し引くと、総額百万ドル以上になる。ただし、兄弟両方、あるいはどちらかが先に他界することがあればその相続人が同意した場合においてのみ、土地は売ってもよいし、運用資産は整理してもよいものとする」

弁護士の目は、無言のメッセージを伝えているように、兄弟それぞれに向けられた。

「チェンバレン家の事業については、ヒューとエドワード、きみたちふたりがこれまでどおりチームとして働きつづけることを、お母さまは望んでおられました。利益も損失も均等に分けられることになります。合意があればどちらかが一方の権利を買い取ってもいいが、その場合は、現行の事業を買い入れるときと同様の手つづきが必要です。共同経営者であるうちに片方が先立った場合、彼の割り当ては相続人のものになりますが、彼自身の遺言で別の取り決めをしている場合はそのかぎりではありません。もし相続人がいない場合は、残った兄弟、またはその相続人のものになります」

興味深いわ、とオリヴィアは思った。兄弟は母親の遺言の中身を知っていたようだ。ヒューにもエドワードにも、どうしてもクラリスを殺さなければならない理由があったわけではないらしい。亡くなるまえに彼女が遺言を書き換えるつもりだとほのめかしていたのでなければ。

オリヴィアはヒューとエドワードをあえてできるだけ長く、それぞれ十五秒ものあいだ観察した。どちらもとくに感情を表してはいなかった。エドワードは脚を伸ばして足首で交差させていた。ヒューは彼の耳元で何やらささやいているタミーにおおいかぶさるようにしていた。うなずいているが、ことばは何も返していない。遺言を聞くのを放棄して退屈しているように見えた。まあ、亡き母によって生涯互いに縛りつけられることになった、ほとんど共通点のない兄弟なのだから、こんなものだろう。

「クラリスは多くの遺贈もしています。いくつかの動物保護団体、貧困者援助のための国営団体、〈チャタレーハイツ・フードシェルフ〉、ジョンズ・ホプキンズ大学医学部の心臓病関係の研究などに」

なんてクラリスらしいのかしら、とオリヴィアは思った。クラリスは成功を手にしたうえ、健康で御影石よりもたくましかったが、ほかの人たちがそれほど幸運でないことも知っていた。

「もうちょっとで終わりです。みなさんはどうだか知りませんが、わたしはもう飢え死にしそうですよ」この突然のくだけたもの言いは、しのび笑いに迎えられた。ミスター・ウィラードは借りたデスクから最後の一枚である三枚目の書類を取った。

「クラリスは家族以外のふたりの個人にそれぞれ遺贈をしています。まずバーサ・ビンクマンに、物価上昇に合わせた終身の収入と、彼女がとどまることを望むなら、死ぬまでここに住む権利を。バーサは六十歳の誕生日をすぎたらいつでも、病気の場合はそのまえでも、引退することができ、その際は、引退後の生活費、必要に応じて補助的医療補償がついた長期介護保険を含む給付金が支給されます。引退する場合、この家に残るか、ゲスト用コテージを死ぬまで利用するかを選ぶことができます」

バーサは騒々しく泣きだした。エドワードは腕時計を見て立ちあがり、ぶらぶら歩きはじめた。応接間の戸口の近くにあるテーブルに積まれた雑誌から一冊を選び、壁にもたれてぱらぱらとめくった。ヒューとタミーは頭をくっつけ合い、ひそひそと話しこんでいた。

バーサの嗚咽《おえつ》が収まると、ミスター・ウィラードはまた咳払いをした。彼はオリヴィアを見て言った。

「さて、ここからは補足です。短くて簡略なものです。それを朗読してほしいとクラリスから言われています」

ミスター・ウィラードはそこで間をおいたが、オリヴィア以外はだれも注意を向けていなかった。バーサだけはちゃんとした理由があった。大泣きしたせいでぜんそくの発作を起こしたのだ。ミスター・ウィラードはあきらめて、オリヴィアに向かって直接話した。

「あなたもご存じだと思いますが、クラリスはあなたをことのほか気に入り、大切に思っていました。彼女はこう書いています。〝何時間にもおよぶわたしたちの会話に深い賞賛と感謝をこめて、オリヴィア・グレイソンに十五万ドルを遺贈します。使い道は彼女にまかせますが、わたしに多くの楽しい時間を与えてくれた、彼女の事業にそのいくらかを投資してもらえることを願っています。また、クッキーカッターコレクションはすべて彼女に遺します。これを書いている時点での評価総額は約三万ドルです〟」

雑誌が応接間の床にばさっと落ち、ミスター・ウィラードが補足を読んだあとの沈黙を破った。オリヴィアはだれのことも見る気になれず、自分のシェリーグラスを取って、琥珀《こはく》色の液体を見つめた。そしてそれを飲み干した。

# 14

「クラリスはあなたにいくら遺したって？」キンキンしたマディーの声が聞こえてきた。携帯電話に向かって叫んでいるからだ。

「だから言ったでしょ」オリヴィアはひそひそ声で言った。一同がダイニングルームに向かって移動しはじめたので、バーサに断ってチェンバレン邸の階上にあるバスルームに来て電話しているのだ。

「クッキーカッターの全コレクションも入れると、十八万ドル以上も遺してくれた。マディー、ほんとにだれにも聞かれてないでしょうね？　いま完全にひとりきり？」

そばにルーカスがひそんでいて、この情報を聞いているのではないかと気が気ではなかった。ルーカスはべらべらしゃべるタイプではないが、オリヴィアにしてみれば、彼はまだ五番目の容疑者だ。自分自身も入れるとすれば六番目かもしれないが。十五万ドルプラス、すばらしいクッキーカッターコレクションとなると、殺しをするほど価値があると思われるかもしれない。

「ワオ。じゃあ、みんなに恨まれてる？」

「こうしてるあいだも、みんなわたしを殺そうとたくらんでるわよ」オリヴィアはスイッチを入れて頭上の換気扇を回し、トイレの水を流した。

「これってなんの音？」マディーがきいた。

「気にしないで。あんまり時間がないの。今どこにいる？」

「短くてすてきなルーカスとのディナーを終えて、今は〈ジンジャーブレッドハウス〉に戻って厨房の在庫調べをしてる。どうして？」

「あなたにやってもらいたいことがあるの。明日は朝から通常業務だから、今夜を有効に使わなくちゃ。インターネットの調べものはあなたのほうがうまいでしょ。わたしのノートパソコンを使って、ヒューとエドワードについてなんでもいいから調べて。チェンバレン家の事業についてもね。できたら財務情報を入手して。もしあればタミーのことも」

「まずはタミーからやるわ」マディーが言った。

「そうくると思った」


オリヴィアはみんながまだダイニングルームで席についていないことを願いながら、急いで階下に向かった。階段の最後の段から飛びおりると、胸のまえできっちり腕を組んで、応接間の戸口にもたれているタミーに出くわした。

驚いて息を切らしながらオリヴィアは言った。「ディナーに遅れちゃったかしら。わたし、ちょっと……」身振りで階上を示した。

「リヴィー・グレイソン、あなたとは友だちだと思ってたわ」タミーはこれでもかというほど怒りをこめて言いながら近づいてきた。目はアイスグリーンの裂け目ほどにまですがめられ、髪に指をつっこんだらしく、エレガントに束ねたカールがほつれている。

「タミー、もちろんわたしたちは友だちよ。どうやって出会ったかも覚えていないほど昔からの。どうかしたの？」どういうことなのかは重々承知していたが、タミーの解釈を聞きたかった。

タミーは腕を胸から引きはがしてオリヴィアの腕をつかみ、応接間に引き入れた。そしてドアを閉めた。

「ダイニングルームに行ったほうがいいんじゃない？」オリヴィアはきいた。

「あなたが消えたことは、みんなとっくに気づいてるわよ」タミーはそう言うと、オリヴィアの腕を放してにらんだ。「どうしてそんなことができるの？」

「そんなことってなんのこと？　タミー、なんでそんなに怒ってるの？　クラリスの遺言のことなら――」

「遺言のことに決まってるでしょ。あなたにあんな大金を遺すなんて、クラリスは頭がおかしくなってたんだわ。あなたと知り合ってまだ一年しかたってないのに」タミーは腰の両側にこぶしを当てた。「そうじゃなかったら……どうやってあんな捕足を書かせることができたっていうのよ？」

「そう、じゃあ言わせてもらうけど」いくらおだやかな気性のオリヴィアでも限界だった。

「クラリスがそんな大金をわたしに遺すつもりだったなんて、わたしは知らなかった。もし気づいてたら、そんなことはやめるように説得しようとしたでしょうね。信じてもらえないなら残念だけど、ほんとうのことよ」

　オリヴィアの予想とちがってタミーは爆発せず、下唇を震わせはじめた。オリヴィアは反射的に手を差し伸べた。タミーはその動作に気づき、目に涙を浮かべた。

「ああ、リヴィー、ごめんなさい。あなたのせいじゃないのよ。お金のことでもないの。でもせめてクッキーカッターのコレクションはヒューに譲るべきよ。なんといっても彼のお母さんのものなんだから」

「エドワードのお母さんでもあるわ」オリヴィアはそう付け加えてから、すぐに後悔した。急いでつづける。「どういう意味？　何がわたしのせいじゃないの？」

　タミーは肩をすくめた。「だって、わかるでしょ、クラリスがあなたを娘のように愛してたことに、わたしはがまんならなかったのよ」彼女はチェストの上の壁にかかっている装飾鏡のほうに歩いていった。「彼女はわたしを毛嫌いしてた。はっきりとそう言ったのよ」タミーは鏡に身を乗り出して、髪からボビーピンを取り、カールの形を整えるとつぎのカールに取りかかった。

「どうして彼女はあなたを毛嫌いしてたの？」

　タミーは直したカールを見て顔をしかめた。

「ジャスミンのせいよ」納得のいかないカールからピンを引き抜き、またやり直しはじめる。

「クラリスはわたしがジャスミンを町から追い出して、二度と戻れないようにしたんだと思ってた。わたしだってできるならそうしたかったけど、ジャスミンはタフだった。好きになりそうなくらいだったわ」ピンをぐいと押し戻して付け加える。「ヒューを横取りされて、あれほど憎んでなかったらね。やがて彼女は出ていった。いきなり消えちゃったのよ。するとクラリスはわたしを責めた。彼女はね、どうしても結婚すると言うなら、遺言からヒューの名前をはずすとおどしたのよ。信じられる？　ほんとうなんだから。わたしに面と向かってそう言ったのよ」

二本の指に髪の一房をからませながら、タミーはくるりとオリヴィアのほうを向いた。

「お気に入りのジャスミンがいなくなると、クラリスはヒューをあなたと結婚させたがった」

「エドワードじゃなくて、ヒューと？」

「なんであなたをエドワードと結婚させたがるのよ？　エドワードのことはそんなに心配していないみたいだったわ。ヒューは長男でしょ。クラリスは頭が古いから、そういうことにこだわってたのよ」

オリヴィアはそれはどうかと思ったが、胸にしまっておいた。

「とにかく、ヒューはクラリスにマーティンを思い出させた。だから彼に弱かったの」

それはオリヴィアにも信じられた。

タミーは髪を直しおえ、金縁の鏡に向かって満足げにうなずいた。

「でも今はそんなことどうでもいいわ。ヒューとわたしの仲を裂こうにも、クラリスにできることはもう何もないんだから」

オリヴィアとタミーがダイニングルームにはいっていくと、そこは閑散としていた。ということは、ふたりがいないことにだれも気づいていなかったのだ。ぜんそくの発作を起こしたせいで、バーサはコーンチャウダーを火にかけたまま、吸入器を取りにいっていた。エドワードはクラリスの書斎にはいってドアを閉め、電話をかけてきたチェンバレン家の会社のひとつのマネージャーと携帯で話していた。ミスター・ウィラードとヒューはダイニングルームのテーブルの一角に陣取り、ふたりのあいだにはシングルモルト・スコッチのザ・グレンリベットのボトルが開いていた。元夫が羽振りがよくなってから飲むようになったお酒なので、オリヴィアにはその銘柄がわかった。彼はいつもボトルをとっておいて飾っていた。

タミーはまっすぐヒューのところに歩いていくと、彼の膝に乗って頬にキスをした。ミスター・ウィラードの歓迎するような笑みが翳《かげ》った。ひどく居心地が悪そうなので、オリヴィアは彼を助けるのが自分の義務のような気がした。きっとありがたく思っていくつか質問に答えてくれるだろう。彼の視線をとらえ、うなずいてあいさつした。ミスター・ウィラードはすぐさまそれに応え、できるだけさりげなく椅子から離れると、オリヴィアのいるサイドボードまで来た。

「若い恋人たちは目の毒ですね」オリヴィアは自分がタミーと同じ歳ではないかのように言

った。

ミスター・ウィラードは眉を上げてため息をついた。

「さっきのおいしいオードブルの残りがありますね」オリヴィアはサイドボードに目を奪われながら言った。赤と白の両方のワインのボトルが何本か、栓を抜かれて注がれるのを待っていた。「あなたはどうかわかりませんが、わたし、お腹がぺこぺこなんです。ワインをグラスに一杯いただきたいけど、そのまえに何かお腹に入れておかないと、まっすぐ立っていられなくなりそう」彼女は卵とクレソンの小さなサンドイッチを選んだ。

罠にかかった動物のようだったミスター・ウィラードの態度がリラックスした。彼はスコッチのグラスを置いて、オリーブ入りチーズボールをふたつ取った。両手にひとつずつ持ちながら言う。

「わたしは昔ながらのものが好きでね。幼いころ、両親がカクテルパーティを開くと、客の皿からよくこのおいしいお気に入りを盗んだものです」お気に入りのひとつが彼の口のなかに消えた。

オリヴィアはミスター・ウィラードが好きになってきた。もし弁護士が必要になったときは、真っ先に彼にお願いしよう。

ミスター・ウィラードがふたつ目のオリーブ入りチーズボールを楽しんでいるあいだ、オリヴィアはタミーとヒューのほうをうかがった。まだお互いに夢中のようだ。よし。オリヴィアは声を低くして尋ねた。

「ひとつ質問に答えていただけるかしら。クラリスのわたしへの遺贈のことなんですけど」ミスター・ウィラードの細い顔が法律の専門家らしくなったが、口の隅にわずかにチーズのかけらがついていた。オリヴィアはそれから目をそらすことができず、そのせいで彼はペーパーナプキンで汚れをふくことになった。

「質問を受けるのではないかと思っていましたよ」彼は言った。

「クラリスは遺言のことをわたしに話してくれませんでした」

「遺言についてはできるだけ話さないほうがいいということで、クラリスとわたしは合意していたのです。残された人たちの関係を複雑にしますから」

「ほんとうにクラリスはそう言ったんですか？　それならなぜ……」オリヴィアはもう一度恋するカップルのほうを見た。ヒューとタミーは額と額をくっつけてささやき合っている。

「何が疑問なのですか？」ミスター・ウィラードがきいた。「もちろん、こういう仕事をしていますと秘密にしなければならないこともありますが、あなたに興味を惹かれたもので」

「さっきタミーと話していたんですけど、もしタミーとヒューが結婚するなら、遺言からヒューの名前をはずすとクラリスに言われたそうなんです」

ミスター・ウィラードの薄い眉が寄った。彼はオリーブ入りチーズボールをもうふたつ取り、ふたつとも一度に口に入れた。どうしてこの人はこんなにやせこけたままなのかしら？　きっと家では食べないのね。オリヴィアは結婚指輪を見たような気がしていたが、たしかめたいとは思わなかった。おそらく、食べられるときに食べておこうとしているのだろう。

「その情報は気になりますね」ミスター・ウィラードはようやく言った。スモークサーモンのカナッペの最後のひとつの上で手を止めたが、何も取らずに引っこめた。「あなたもご存じだと思いますが、クラリスはとても自制心の強い人でした」

オリヴィアは同意してうなずいた。

「ほんとうにそんなおどしをしたのなら、そうとうなストレスにさらされていたにちがいありません。これはあなたにお話ししてもいいと思いますが、最近彼女は遺言書を書き換えると言っていました。家業を分割してふたりの息子さんに分けるつもりだったのです。彼女はいつも、ふたりがそれぞれの力を合わせていっしょに働くことを望んでいましたが、ヒューとエドワードは……」ウィラードはため息をついて首を振った。「あのふたりは水と油だ。水と油」

チェンバレン邸のフォーマルなダイニングテーブルは、長さをできるかぎり縮めてあったが、それでも十二人が座れるほど長かった。この夜は六人だけなので、バーサは一方の隅にかためて席を作っていた。

だがタミーには別の計画があった。「ちょっと待って」彼女は口紅を塗ったばかりの唇に指を当てて言った。「バーサ、あなたはキッチンに近いつきあたりに座って。料理を出したり下げたりできるように」

オリヴィアは下を向いて、ぐるりと目をまわしたのがばれないようにした。バーサも遺産の受取人のひとりなので、みんなと同じ立場なのに。しかもスープのはいった大きな容器を持って現れた彼女は明らかに呼吸が苦しそうだった。ウィラードが彼女からスープ容器を受け取り、テーブルに運んだ。

タミーはひとりぶんのテーブルセッティングをかき集めた。

「わたしは反対側のつきあたりに座るわ」そう言って皿と銀器を並べた。「ヒューはもちろんわたしの右側ね。ミスター・ウィラード、あなたはここ、その向かい側にはエドワードとオリヴィアが座って」彼女は一方のサイドのまんなかに、ウィラードのためにぽつんと淋しい席を作った。向かい側のエドワードとオリヴィアの席はひどく離れていて、ペーパーナプキンで飛行機を折って飛ばさなければ話ができないほどだった。

一同はタミーが自分の決めた配置を試し、満足する様子を黙って見ていた。

「さてと、ちょっとお化粧室に行ってくるわね。戻ってきたら食事にしましょう」

彼女が見えなくなった瞬間、ミスター・ウィラードが自分の皿と銀器類をもとの位置であるバーサの斜め向かいに戻したので、バーサの丸顔が明るくなった。同時にオリヴィアとエドワードも、自分たちの食器類を持って、バーサの近く、ミスター・ウィラードの向かいに移動させた。

四組の目が、テーブルの反対側のつきあたりに立っているヒューに向けられた。彼は肩を意味ありげにすくめ、当惑気味とも魅惑的ともとれる笑みを浮かべた。

「彼女、いつもはこんなじゃないんだよ。たしかに仕切り屋だけど、今の彼女は……」ヒューは急いで肩越しにうしろを見た。「このところつらい思いをしていてね。タミーは母と仲が悪かった。それでこんなことになって……彼女は悲しいふりができるような人じゃないから、落ちつかないんだ。落ちつかないと、仕切り屋になる」彼は完璧な歯を見せてにっこりと微笑んだ。「教室いっぱいの小学一年生を束ねるにはもってこいだろ」

ヒューがタミーをそこまで理解していることに、オリヴィアはことばを失うほど驚いた。タミー自身でさえヒューほど自分のことをわかっていないだろう。しかも彼の説明は実に的確だった。人を見抜く能力はビジネスの世界では利点になる。とくに他人を使って仕事をする場合は。

ヒューはたしかにテーブルを囲む人たちを魅了していたが、彼の弟だけはちがった。ヒューの話を聞いていたときのエドワードの顔は、無表情ということばがぴったりだった。

タミーがヒューのそばに戻ってきて、テーブルセッティングがもとどおりになっているのを目にした。オリヴィアはみんなが息をのむ音が聞こえるような気がした。ヒューはタミーのウェストに腕をまわして言った。

「スウィーティ、今夜はぼくたち全員にとってつらい夜だから、お互いもっとそばに座りたいと思ってね。だってほら、友だちと家族なんだから。どうだろう？　ぼくらもそうしないか？」

タミーはヒューの顔をじっと見あげて言った。

「いいわ。それでもっとみんなの居心地がよくなるなら」

「よかった、じゃあそうしよう」ヒューは言った。タミーといっしょにオリヴィアの向かいに二脚の椅子を運びながらさらに言う。「おいしそうなスープだね、バーサ。きみはがんばり屋だな。時間がかかるだろうに」

バーサが全員のボウルにスープをよそって静かにさがると、聞こえるのは賞賛のつぶやきと、ときおりスープをすする音だけになった。オリヴィアは平和なそのひとときをせいぜい楽しんだ。長くはつづかないという気がしていたからだ。

スープが終わると、バーサはメイン料理とサイドディッシュを取りにいった。ミスター・ウィラードがスープボウルを集め、ほとんど空になったスープの大型容器とともにバーサのあとからキッチンに運んだ。オリヴィアは彼の背中を見送りながら、いま自分は敵の陣地にいるのだという居心地の悪さを感じた。

「オリヴィア、ぼくはきみのことをほとんど知らない気がする」オリヴィアが驚いて首をまわすと、話しかけてきたのはエドワードだった。「こうして今、きみがこの一年母の親友だったことがわかったわけだが」

「それについてはわたしも知りませんでした。それと、わたしのことはリヴィーと呼んでください。みんなにそう呼ばれているので」

「自分が親友だとは知らなかったにしては、ずいぶんと気前のいい遺産をもらったものだ」

「弟はぶっきらぼうな口のきき方をするやつでね」ヒューがさりげなく割ってはいった。

「無礼なことをしていると、自分ではわかっていないいんだよ。エドワードが言いたかったのは、母のきみへの遺贈に、ぼくらみんなが驚かされたということだ」

「ぼくが言いたかったのは、きみはそのことを知っていたはずだということだ。それで、きみがどれだけ母に影響力を持っていたのか、遺贈を決めたとき母はほんとうに冷静な状態だったのか、気になってね」エドワードは心のなかをさぐるような目つきでオリヴィアを見据えた。熱くなっている――それって、みんながエドワードのことを説明しようとするときによく使うことばじゃなかった？

「よせ、エドワード、そんなことを言う必要は――」

「いや、ヒュー、これは必要なことだ。母さんがまるめこまれていなかったとどうしてわかる？　あんなことをしたんだから、母さんは明らかに頭がどうかしていたんだ」

「エドワード！」

「きみもわかっていたんじゃないのかい？　リヴィー」

「もうやめて、エドワード」今度の声はタミーだった。愛の奴隷ではない、仕切り屋のタミーだ。「リヴィーはお客さまなのよ。それにわたしはほとんど生まれたときから彼女を知ってるわ。絶対にそんなことをする人じゃありません」さっきはまったく同じ罪状でオリヴィアを非難していたあのタミーが。でも、まああのときはクラリスの精神状態に疑問を投げかけていただけで、オリヴィアが何かたくらんでいたと非難したわけではなかった。気分としては同じだが。

口をはさもうとするタミーを無視して、エドワードはカミソリのような鋭い目つきでオリヴィアを見つめつづけた。そろそろ攻撃を開始しよう、とオリヴィアは思った。なんとしてもうまくやらなければ。

「もしクラリスの精神状態がよくなかったのだとすれば、彼女が亡くなるまえにご家族のだれかが気づいていたはずだと思いますけど。彼女はビジネスのことをたくさんわたしに教えてくれました。彼女の頭が冴えて明瞭だったことはわたしが保証します」そして、よく考えもせずに付け加えた。「でも、亡くなる数日前の彼女は悩んでいました。どこか様子がおかしかったのも、何かが深く気にかかっているからのようでした。それがなんだったか、わかりますか？」

「リヴィー」ヒューが言った。「ほんとうのところ、母が何に悩んでいたのかぼくたちにはわからない。もっと気をつけて見ていればよかったんだが――」

「母が動揺していると思ったのはきみだけのようだが」エドワードが言った。

「いいえ、バーサもそう思っていました」オリヴィアは言った。

「あたしが何を思っていたって？」バーサがでっぷりしたお尻でキッチンのドアを押し開け、ジャガイモとニンジンに囲まれた大きなロースト肉の大皿を持ったミスター・ウィラードを通した。バーサはグレービーソースのはいった舟形の容器と、パン一斤を持って彼につづいた。

「亡くなるまえの、母の先週の精神状態について話し合っていたんだ」

たしかにエドワードはびっくりするくらいぶっきらぼうね、とオリヴィアは思った。

「ああ、その話はやめましょう」バーサは言った。「今夜のところは」

バーサの提案に従って、夕食時の会話は最小限の単調なものになった。食事そのものはすばらしく、オリヴィアはいつになく料理の勉強がしたくなった。お菓子作りならほとんど何でもござれだが、体にいい料理を作ることにはどうしてもこれまで興味がわかなかった。料理を習うのもいいかもしれない。それか、手っ取り早くバーサを引き取るか。

舌は満足できたかもしれないが、もっと情報がほしかった。少なくとも、チェンバレン家の家庭内の状況についてはいくらか収穫があった。ヒューとエドワードの性格のちがいとか。だが、クラリスが死に至った状況を的確に知るにはもっと情報が必要だ。

グラスに何杯かのワインと、料理に対するたくさんの褒めことばをちょうだいすると、バーサは満足そうに顔を輝かせた。「デザートの時間だね。いやいや、あたしが自分で持ってきますよ」そう言うと、手伝おうとしたミスター・ウィラードを椅子に押し戻した。「昨日一日がかりで作ったんですよ。奥さまへの特別な感謝をこめてね。だからみなさんにも最低ひとつは食べてもらいますよ」

バーサが話の聞こえないところに行ってしまうと、タミーはうめいて言った。

「ひとつは食べなきゃいけないって言われても、食べたら新しいドレスがきつくなるわ」

「ひと口だけでもバーサはよろこんでくれるよ。きみが小食だってことは彼女もわかってるんだから」ヒューがなだめながらも家父長的態度をにおわせながら言った。

バーサがまたお尻でドアを開けながらキッチンから戻ってきた。「ジャーン」と歌うように言いながらくるりと振り向く。うれしそうににっこり笑いながら彼女が見せたのは、大皿に危なっかしく盛られたデコレーションクッキーのピラミッドだった。

オリヴィアは唖然とするあまりことばも出なかった。一同は黙りこみ、ほんの一瞬だけタミーの声と思われるくすくす笑いが沈黙を破った。ミスター・ウィラードはダイニングルームの天井に向かって顔をしかめ、細い指先でテーブルの縁を静かなリズムでたたいた。彼はサム・パーネルに起こったことを知っているのだ、とオリヴィアは思った。でもこんなことになるとは予想していなかったんだわ。

テーブルの向かい側では、ヒューが鷹揚《おうよう》に微笑もうとしていたが、椅子の上で体を動かさずにはいられないようだった。クッキーを見たタミーは目をまるくし、すぐさま下を向いて、ピンクの指先でテーブルクロスに小さな円を描きはじめた。バーサがデザートを持って出てきたとき、みんなキッチンのほうを向いていたので、オリヴィアはエドワードに背を向けることになり、彼の顔は見えなかった。彼はバーサが現れてからひと言も発していなかった。

バーサは重い大皿をテーブルに置いた。「伝統的なデザートじゃないのはわかってますけど、奥さまはクッキーカッターをそりゃあ愛しておられたから、それをいくつか借りたんですよ。もちろんどれも高価なやつじゃありませんけどね。あんたさんにもらったものらしいレシピを見つけてね、リヴィー。生地にすりおろしたオレンジの皮を入れるやつを作ってみたんですよ。子供のころに返ったような気分になりましたよ」

バーサがサム・パーネルのことを何も聞いていないのは明らかだった。その一方で、ヒューとエドワードとタミーが知っているのも明らかで、クッキーの登場にみんなとんでもなく居心地の悪い思いをしていた。彼らがもじもじしているのは、今はオリヴィアのものになったクッキーカッターを使って作られたクッキーだからなのか、そのクッキーがクラリスの死はもちろんのこと、サムがどうなったかを思い出させるからなのか、オリヴィアにはわからなかった。だが、もしこのテーブルを囲む人びとのなかのひとりが——あるいはふたりが、ことによると三人が——クラリスを殺したのだとしたら、クッキーとクッキーカッターは殺人者をつかまえるためのいい道具になるかもしれない、とオリヴィアは思いはじめた。

# 15

オリヴィアがチェンバレン邸での晩餐から戻るころには午後十時になっており、ベッドにはいったときのひんやりとやわらかいシーツの感触のことしか考えられなくなっていた。でももちろんスパンキーがいた。錠に鍵を差しこむまえから、スパンキーは外に出たがってくんくん鳴いていた。だがもし走りたかったのなら、彼はついていなかった。

オリヴィアが玄関のドアを開けると、ロビーに明かりがついていた。マディーが帰るときに消し忘れたのだろう。また光熱費の請求書のことでお説教をしなければならない。明かりのスイッチに手を伸ばしたとき、〈ジンジャーブレッドハウス〉のドアの下から一枚の紙の端が突き出ているのに気づいた。しゃがんで爪で引き出すと、上部にジンジャーブレッドハウスの文字と、大きなスプーンを持ったジンジャーブレッドウーマンのカラーイラストがついた、十センチ×十五センチのレシピカードだった。レシピを書くスペースに、殴り書きでこう書かれていた。〝もしこのメモがここにあるならあたしもいます。なかで話しましょう。M〟

マディーには自分のためのちょっとした覚え書きを含め、なんにでもレシピカードを使うといういらだたしい癖があった。それで週に一パックのカードを使ってしまうのだ。これまた無駄遣い。そこでオリヴィアは思い出した。これからはもうお金のことをそれほど心配しなくていいんだわ。なんだか変な気分。

ベッドはもう少し待ってくれる。だがスパンキーは待ってくれない。階段を半分ものぼらないうちに、くんくん鳴く声と引っかく音が聞こえてきた。二階の自宅のドアを開け、スパンキーが階下に走りおりるのを食い止めるために急いでしゃがむ。もがく犬を脇に抱えて、ドアの近くに置いてある綱をつかんだ。スパンキーの首輪に綱をつなぎ、犬が粗相《そそう》をしないうちに外へと急いだ。

スパンキーはささやかな用事を終えると、うーっとうなって綱を引っぱった。

「ごめんね、ちびちゃん。きみとちがって、わたしは夕方ずっと寝てたわけじゃないのよ。あれだけのことがあったあとであなたと走るのは、火事でも起きないかぎり無理」

スパンキーは哀れな子犬よろしく懇願しはじめた。抱きあげようとオリヴィアが手を伸ばすと、彼は敷地の端の、ニオイヒバが三本かたまって生えているあたりをじっと見た。小さな体がこわばり、耳がぴんと立って、鼻をひくひくさせている。

オリヴィアはこの状態を知っていた。スパンキーは気になる音を聞いたのだ。おそらくただの大胆なウサギだろう。そうでなければ……オリヴィアの耳はスパンキーほど敏感ではないが、息を詰めるとたしかに何か聞こえた。ぽきっという音、あるいはかちっという音が。なんの音でもありうる。リスは自分たちのテリトリーを守ろうとしているとき、よくその手の音をたてる。

スパンキーは相手を脅威と判断した。もっとずっと体の大きな生き物のような獰猛さで吠えたて、首が折れるのではとオリヴィアが心配するくらい強く綱を引っぱった。彼女は犬の胴を抱えてもがく体を自分のお腹に押しつけ、町なかの明かりの多い地域を住まいに選んだことを神に感謝しながら、玄関ドアを手さぐりした。

玄関ドアを開けてなかにはいった。デッドボルトをかけて向きを変え、ドアにもたれて息を整えた。スパンキーはすぐに吠えるのをやめ、きつく締めつける飼い主の腕から逃れようと身をよじった。

すると、〈ジンジャーブレッドハウス〉のドアが開いた。

「言わなくていいわ」マディーが皮肉っぽい声で言った。「ドアの外にゾンビがいて、やっとの思いで逃げてきたんでしょ」


三十分後、ホットココアを一杯飲んだあと、オリヴィアはディナーの席でのことを詳しくマディーに語った。現実にしろ想像上にしろ、勇敢にも危険に立ち向かったスパンキーは、ふたりとともに店の厨房に残ることを許された。最初の二十分はあらゆるところをくんくんかいで、砂糖の容器や床やシンクのなかのレモンせっけんの味見をしようとしていた。そしてようやくオリヴィアが敷いてやったタオルの上に落ちつくと、すぐに眠りこんだ。

「オーケー、今度はあたしの番よ」マディーは言った。オリヴィアのノートパソコンがある小さなデスクに置いてあったメモ類――もちろんレシピカードに書かれている――を集めて束にする。「あたしの夜はそれほど人間ドラマに満ちてはいなかったけど、気になる情報をいくつか見つけたわ。私立探偵ならもっとたくさん見つけ出したかもしれないけど。年次報告書のサイトはすぐに見つかった。〈チェンバレン・エンタープライズ〉が株主に財務報告をしてなかったら驚きよね」

「クラリスは業績をオープンにし、公明正大にすることにこだわってたの。健康に関わるものをあつかっているんだから、信頼が大事だといつも言ってたわ。でも報告書を見ても企業秘密は見つからないわよ」オリヴィアは言った。

「今回は企業秘密が重要でないことを願いましょ。で、まず、これがチェンバレン家の所有する事業のリスト。あなたにはなじみがあると思うけど、あたしは何をやってる会社なのか見当がつかない」マディーは一枚のレシピカードをオリヴィアのまえに置き、オリヴィアはリストを読んでうなずいた。

「そのリストで何か気づいたことは？」マディーがきいた。

オリヴィアはもう一度目を通して気づいたことを言った。

「ほとんどはヘルスケア関連ね。チェンバレン家が最初に興《おこ》した〈チェンバレン・メディカル・サプライ〉は、これまでのところいちばん大きな会社なの。ヒューとエドワードが十代になると、マーティンはふたりを在庫係としてその会社で働かせはじめたそうよ。ふたりは倉庫で働き、注文の品を補充したり、顧客との問題を処理したりしながら、あらゆることを学んだの」

マディーはオリヴィアの手からリストをひったくった。

「都合のいいことに、チェンバレン家にはチャタレーハイツに傘下のクリニックが一軒あって、さらにドラッグストアをここに数軒、近隣の町にもたくさん持ってる。寝たきりの人に医療品を届ける調剤薬局も一軒。ヒューとエドワードは自分たちの仕事を熟知しているはずよ。たとえば、クラリスにいつも飲んでいるよりも効き目の強い睡眠薬を飲ませることも簡単にできた。あるいは、味のしない種類の毒をクッキーに注入して、サムが食べるように置いておくことも。それとも、インシュリンに影響をおよぼすものをクッキーに入れたのかしら？」

マディーはいつものようにドラマチックに間をおいた。

「これから話すのがほんとうにすごい発見、クーデターよ」

「それを言うなら　白　眉《ピエス・ドウ・レジスタンス》でしょ。クーデターは政府を転覆させること」

「ことばオタクめ」マディーはレシピカードをめくって一枚を選ぶと、胸のまえに掲げた。

「ねえ、タミー・ディーコンズとヒュー・チェンバレンはどうやって知り合ったんだと思う？　ヒューはわたしたちより五歳年上だから、タミーが高校にはいる一年まえに卒業してるのよ。それにふたりの家族は別々のサークルに属していた」

「どうやってヒューと出会ったか、タミーから聞いた覚えがないわ。知ってるのは、わたしが町を出たあとだってことだけよ」

オリヴィアはレシピーカードに手を伸ばしたが、マディーは身をよじってよけた。

「これから説明してあげるから。知ってるかもしれないけど、タミーはワシントンＤＣのだれも聞いたことがないような小さな大学に進学して、小学校教師の資格を取ったの。大学時代は夏になるとチャタレーハイツに戻ってきて、〈チェンバレン・ドラッグ〉で働いてた。最初の夏は、ほかでもないヒュー・チェンバレンが彼女の監督役だった。きっと彼が直接指導にあたったんだと思う」

「だからといって、彼女が薬物や毒物について学んでいたとは言えないわ。ただの店員だったんでしょうから」オリヴィアが言った。

「待って！　それだけじゃないんだから！」マディーのエメラルド色の目がきらめいた。髪はらせん状にからまっている。

「医薬品といえば、気をしずめる薬でも飲んだほうがいいんじゃないの」オリヴィアが言った。

「嫉妬しなさんなって。タミー・ディーコンズは町にとどまりたがった。おそらく生涯の恋人に出会ったからだろうけど、教師の職はすぐには見つからなかった。それで彼女は薬局アシスタントの研修を受け、〈チェンバレン・ドラッグ〉で働きつづけることになったってわけ。どう？　これでも彼女は薬物のことを何も知らなかったって言うつもり？」

マディーの情報について熟考するうちに、オリヴィアはますますわからなくなった。

「マディー、すごい発見だし、今夜言った嫌みなコメントは全部撤回するけど、いったいどうやってこんな短い時間でこれほど個人的な経歴についての情報をさぐりあてたの?」

マディーはおどおどした顔でオリヴィアを見た。

「ソーシャルネットワークって面倒だけど、便利でもあるのよね。タミーはフェイスブックをやってるかもしれないと思って、調べてみたの。みんながどれだけ個人情報を公開してるか知ったら驚くわよ。で、タミーもそのひとりだったわけ」

「ちょっと待って」オリヴィアは言った。「フェイスブックはタミーの友達のグループにはいってないと見られないはずよ。どうやって彼女のページにアクセスしたの?」

マディーは軽く笑って——オリヴィアには緊張気味に聞こえた——言った。

「それが傑作なの。そうよ、たしかに何万年たってもタミーがあたしを〝友達〟とみなすことはないし、その逆もないわ。でも、あなたのことは友達として招いてるかもしれないと思ったの。幼なじみの仲よしさんだから」

「彼女から招待状が来ていた記憶はないけど」

「ああ、リヴィー、あなたがEメールをどうあつかってるかは知ってるわ。仕事かクッキーカッター関係じゃないものは、目から後頭部へと抜けちゃうのよね。だから過去にさかのぼって調べたの。そしたら来てたのよ。六カ月以上まえに、あなたを友達としてフェイスブックに招待するタミーからのメールが」

「あなた……わたしのEメールを調べたの? わたしのEメールをハッキングしたの? どうしてそんなことができるのよ?」

「すごく簡単だったわよ。参考までに言っておくと、愛称をパスワードにしちゃだめよ」

オリヴィアは自分ののどからむせるような音を聞いた。深く息を吸ってから言った。

「わたしが言いたいのは、どういうつもりでわたしにそんなことをするのかってことよ！」

「しかたないでしょ、リヴィー、緊急事態だったんだから。どれだけ収穫があったかわかったでしょ」マディーは下唇をかんだ。「あたしって、親友失格？」

オリヴィアは大きなため息をついた。「今後こういうことをしたら――」

「しないってば、約束する」

「せめて断ってからにしてよね。さてと、少し眠らせてもらうわよ。さもないと明日はあなたひとりで店をやってもらうことになるから」

「わかった。でも……」マディーの歯がまた唇をとらえた。

「何？」

「意識を失うまえにEメールをチェックしたほうがいいかも。デルが明日あなたと話をしたがってる。携帯電話と家の電話、両方にメッセージを残したそうよ。店に来てもいいってことだけど、あなたに大事な話があるみたい」

「こうしましょう」オリヴィアはしぶる体を無理やり椅子から持ちあげながら言った。「罪滅ぼしとして、あなたがわたしのアドレスから彼にメールして、午前の半ばくらいに来るように伝えて。それならランチタイムの買い物客が現れるまえに追い返せるかもしれないから」

「了解」マディーが言った。

オリヴィアはスパンキーを抱きあげた。犬は腕のなかでぐんにゃりとした。

「今夜じゅうにやってよ。朝いちばんでパスワードを変えるから。プルーストのあんまり知られてないフレーズかなんかにするわ。原文のフランス語のままでね。せいぜいがんばって」

# 16

定休日明けの火曜日は静かな一日になってほしかったのに、オリヴィアが午前九時に〈ジンジャーブレッドハウス〉を開けたとたん、その希望はついえた。地元常連客の小人数のグループが、早くも店のまえの芝生の上に集まっており、正面の駐車スペースは、アンティークディーラーや町外のコレクターのものらしい車に占領されていた。オリヴィアは入口のドアを開けて押さえながら、歓迎の笑みを無理やり浮かべた。

ディーラーとコレクターたちが入口にたどり着くまえに、オリヴィアは目を合わせないようにしながらお客たちのあいだをすり抜け、厨房に逃げこんだ。作業台ではマディーが大皿にデコレーションクッキーを積みあげていた。彼女の背後でコーヒーメーカーがこの朝ふたつ目のポットにコーヒーを吐き出している。オリヴィアが厨房にはいってバタンとドアを閉めると、マディーが顔を上げた。オリヴィアの顔を見たとたん、あいさつの笑みが消えた。

「ルーカスに話したでしょ？　マディー、どうしてそんなことしたのよ？」オリヴィアは厨房のなかを行ったり来たりしはじめた。「店はディーラーやコレクターやいつものゴシップ好きたちでいっぱいよ」髪を指で梳《す》きながら歩いているうちに、バランスをくずしてテーブルにぶつかった。

「リヴィー、深呼吸して少しじっとして。あざができちゃうし、もっとやばいことに髪型が台なしになるわよ」マディーは大皿からクッキーをひとつ取って、まえを通りすぎようとしたオリヴィアに差し出した。オリヴィアが手を振って断ると、マディーは言った。「ねえ、あたしがルーカスにあなたが相続するもののことを何か話したと思ってるなら、まちがってるよ。夕べはあなたのことなんてひと言も話さなかったから。実際、あの短い夕食以来、ルーカスと話してもいないのよ。振りきるのだって楽じゃなかったんだから。ルーカスは家でいっしょにDVDを見たがったの。フットボールの珍プレー集か何かで、おもしろそうだったけど、あなたから連絡があると思ったから断って、連絡をもらったあとは、たのまれた作業をしながらあなたの帰りを待ってた。彼の誘いに興味がないんだと思われないように、処理しなきゃならない送り状がたまってるなんて、理由をでっちあげることまでしたんだから。仕事のことだって言えばわかってくれると思って」

オリヴィアはマディーが傷ついているのが声でわかった。

「じゃあどうして……？」

「どうしてだと思う？」マディーは眉を吊りあげた。嫌悪感もあらわな表情がすべてを語っていた。

「……タミーだって言うの？」

マディーはうなずいた。「そう。タミーだって言ってるの。考えてみてよ、たしかに夕べあの場にいた人ならだれだってありうるわけだけど、彼女ほど条件にぴったりな人がほかにいる？　タミーは大量の個人情報をネットでぶちまけちゃうような人なのよ。きっと毎朝起きるとすぐに自分のフェイスブックをチェックして、夜寝るまえにもチェックしてるはず。たぶん昨日帰ってすぐに、例の話をすっかり流したのよ。あの家に泊まったんじゃなければね。泊まったんならヒューのパソコンを使ったのかもしれないし」

厨房のドアの向こうの騒ぎは、かなりのレベルにまで高まっていた。

「店に出なきゃ」オリヴィアは売り場のほうにあごをしゃくって言った。「これはわたしたちの仕事なんだから」

「たしかにそうだけど、しばらくはあたしにまかせて」マディーが言った。エプロンをむしり取ってクッキーの大皿を手にする。「あなたはこれからされる質問にどう答えるか考えないといけないでしょ。それに、あなたがいると、みんな話ばっかり聞きたがって、何も売れなくなっちゃう。タミーのフェイスブックのページを見て、彼女がいったいどんな個人的考えをネットの親友たちに明かしているか、たしかめてみたら」

「どうすれば……？」

「あたしが設定してあげる」マディーは大皿を厨房のテーブルに置いた。「こっちに来て見てて」座ってノートパソコンを開けた。指がキーボードの上を飛ぶように動く。オリヴィアは困惑するばかりだった。「ときどき遊ばせてもらってるの」とマディーは言った。「じゃあ、あとはよろしく」

パソコンのまえに座ったオリヴィアは、一瞬憤りにかられた。以前の生活を取り戻したかった。クッキーカッターとデコレーションクッキーがある、温かなジンジャーブレッドの世界にこもって、親友と静かに仕事をしたかった。それなのにこうして、お客から身を隠し、自分のプライバシーを侵害しているフェイスブックのページを前にかがみこんでいるなんて。

タミーの最新の書きこみは、今日の午前一時に更新されたものだった。

**遺言開示で信じられないことがあったの。大部分は予想したとおりで、ヒューとエドワードが母親の財産のほとんどを半分ずつ相続するとか、そういうことだったわ。でも、あの母親は補足をつけていたの——オリヴィア・グレイソン——わたしの親友のリヴィーに十五万ドルと、さらにあの膨大なアンティークのクッキーカッターコレクションのすべてを遺すと！　お金はこの町にある彼女のクッキーカッターの店、〈ジンジャーブレッドハウス〉のために使うようにとのことでした（あなたのお店にとってはちょっとした宣伝になるわね、リヴィー）。**

もちろんこの書きこみは、オリヴィアがタミーからのフェイスブックの招待状を承認したあとに書かれたものだろう。それでこれほどあけすけなのだ。

夜から朝にかけて、数えきれないほどのコメントが寄せられていた。オリヴィアはそれを読みはじめた。

運のいい女性ね。友だちの選び方をよく知ってるわ。

ほんと、もうすぐ死ぬ金持ちなんて。

おかしいと思わない?

郵便集配人のことは? 彼女がクッキーに毒を入れたんじゃないの?

だいたい、彼女のことをほんとに知ってるの? 連続殺人鬼かもしれないじゃない。

そこまで読んで、オリヴィアはログオフし、ノートパソコンをパタンと閉じた。パソコンがひとりでに開いて、さらなる非難のことばを吐き出すかもしれないとでもいうように、上から強く押さえつける。そんなことをしても無駄だった。ダメージを受けてしまったからには。

この窮地を乗り切る道はひとつしかない。クラリスを殺した人物とサムに危害を加えた人物の——それは同一人物だとオリヴィアは確信していた——正体をつきとめ、できるだけ早く警察に逮捕してもらうのだ。なんとかしてデル保安官にそれをわかってもらわなければ。

もしそれが無理なら、マディーとふたりで殺人犯を見つけなければならないが、デルが協力してくれたほうがずっと簡単だ。よけいなことはするなと言われるのはまずまちがいないが、何もせずにいるわけにもいかない。

こっそり裏口から小路に出てしまいたいところだったが、そうはせずに売り場に足を踏み入れた。そろそろ〈ジンジャーブレッドハウス〉のことをいちばんに考えなくてはならないし、マディーには助けが必要だ。売り場はお客でいっぱいだった。別の理由でそこにいるのかもしれないが、宣伝というのはときとして妙な形をとることもある。

マディーはカウンターに立ち、目にも留まらぬ速さでレジを打ちながら商品を袋に入れていた。オリヴィアが売り場にはいっていくと、おしゃべりのボリュームが低くなるのがわかり、お客たちがわれ先にと彼女のところに殺到した。チャタレーハイツの住人が何人かと、数人のアンティークディーラーとクッキーカッターのコレクターがいるのがわかった。

最初にオリヴィアのところにやってきたのは、ぴったりしたセーターとスキニージーンズにコンバットブーツを履いた、細身で背の高い三十歳ぐらいの女性だった。彼女は手を差し出して言った。

「ミズ・グレイソンですね？　アニタ・ランバートです。〈ランバート・アンティークモール〉を経営しています。お会いするのは初めてだけど、わたしのことはご存じですよね？」

マディーから名前は聞いていた。〈ジンジャーブレッドハウス〉をオープンするとき、マディーはアンティークモールめぐりをしたのだ。アニタ・ランバートはどんな機会も逃さず虎視眈々《こしたんたん》とクッキーカッターをねらう、容赦ない略奪者《バラクーダ》(バラクーダはオニカマスの英名。肉食の獰猛な魚)だという話だった。彼女に微笑みかけられて、オリヴィアは彼女の門歯がとがっていることに気づいた。

「単刀直入にお話しします。チェンバレン・コレクションを適正価格で買い取りたいんです。現金で。もちろん、そのまえに全カッターのリストを見せていただいて、本物であるか確認させていただきますが」ミズ・ランバートは言った。

「興味深いお申し出ですが、今の段階ではまだ考えて――」

「これ以上いい話は絶対にありませんよ。わたしはクッキーカッター業界の競合他社をすべて知っていますが、チェンバレン・コレクションを買えるだけの現金が手元にあるのはうちだけです。わたしが聞いたところでは」

ミズ・ランバートの目は、うなじでまとめたつややかなブルーブラックの髪と同じ色で、見通すことができなかった。異国風美人の要素をすべて備えていたが、どういうわけかそれらは近寄りがたさを生んでいた。

オリヴィアはほぼ同じ身長のミズ・ランバートの目をまっすぐ見つめてきいた。

「コレクションのことをどこで聞いたんですか?」

ミズ・ランバートは眉を上げ、びっくりした表情になった。

「もちろんネットでです。コレクションについての情報を秘密にしておくのはむずかしいですからね。コレクターが完全な隠遁者でないかぎり。一部のアートコレクターとちがって、クッキーカッターのコレクターは情報を公開するのが好きですから。そんなことはもうご存じかと思ってましたよ、ミズ・グレイソン」

「リヴィーと呼んでください」オリヴィアは顔に笑みを貼りつけて言った。

ミズ・ランバートの肩越しにマディーが手招きをしているのが見えた。目が合うと、マディーは未包装のプロ仕様の高級ミキサーをふたりのお客に見せながら、「助けて」と口を動かし、レジを指し示した。買おうとしているものを腕いっぱいに抱えた六人のお客が、だれか手を貸してくれないかとそわそわ店内を見まわしていた。オリヴィアはミズ・ランバートに断りを入れて、会計カウンターに急いだ。

大学を出てチャタレーハイツ公立図書館の司書になったばかりのヘザー・アーウィンが、小さな手にクッキーカッターを十二個持って、列の先頭に立っていた。彼女は明らかにほっとした様子で、それをカウンターに置いた。オリヴィアがクッキーカッターのタグをはずし、金額をレジに打ちこんでいると、ヘザーが身を乗り出して言った。

「ミズ・チェンバレンのクッキーカッターを全部あなたが相続したなんて、ほんとにわくわくするわ。それってすごいことなんでしょ。図書館に展示させてもらえないかしら？〈ジンジャーブレッドハウス〉のいい宣伝にもなるし、図書館への支援を考えてくれる人が増えるかもしれないわ」図書館への支援のことになると、ヘザーの若くてかわいい声がいらだってきた。

「どうかしら。正直なところ、まだこれがどういうことなのかちゃんと理解する時間がなくて」オリヴィアは言った。

「ほんとに？　知らなかったってこと？　ミズ・チェンバレンがあなたに――」

どんどん長くなる列の最後尾から男性の声が聞こえた。

「おしゃべりはあとにしてくれないか？　仕事に戻らなくちゃならない人間もいるんだぞ」

きっとディーラーね、とオリヴィアは思った。彼がアニタ・ランバートと同じ理由――クラリスのコレクションを買い取ること――のために来ているとしても驚かないだろう。

あらたなクッキーカッターの山がカウンターに置かれた。動物シリーズだ。正確には、魚の骨、猫、犬、ウサギがそれぞれ複数個、そしてフェレットがひとつ。

「ポニーはやめとくわ」丸顔の若い女性が言った。「郊外に土地を買って、施設をもっと広くするまではね」

「グウェン」オリヴィアは心からうれしくなって言った。グウェン・タッカーと夫のハービーは、地元で動物保護シェルター〈チャタレー・ポウズ〉を経営していた。ふたりがヨークシャーテリア保護施設のホームページを教えてくれて、オリヴィアはそこでスパンキーを見つけたのだ。「あなたがクッキーカッターに興味を持ってるなんて知らなかったわ」

「わたしもよ」グウェンは言った。「動物用のおやつと、人間用のデコレーションクッキーを作ろうと急に思いついたの。動物を見にいこうとみんなに思わせるためにね。彼らの子供たちがいっしょなら、なおけっこう。子供たちが動物におやつをあげるのを見たあとで、どれだけの親が猫や犬を連れて帰ってはいけませんと言えると思う？」

「親たち自身がデコレーションクッキーを食べていたら、なおさら言えないわね」クッキーカッターをティッシュペーパーで包み、袋に入れながらオリヴィアは言った。

「そうなのよ！　今は町じゅうの人たちがクッキーやクッキーカッターのことを話してるから、そのアイディアを試すのにちょうどいい機会だと思って。ミズ・チェンバレンのコレクションを相続するなんて、ほんとうにすごい幸運が訪れたものね。もしそのなかに動物の形のものがあったら、シェルターの近くに貼れるように、ハービーとわたしに写真を撮らせてくれないかしら？　クッキーカッターはすごく家庭的なものでしょ？　写真とクッキーと動物用おやつがあれば、みんなペットの一匹も連れかえって、家庭を完全なものにしたいという気分になるんじゃないかと思うの」

グウェンの申し出は、逆にオリヴィアの気分を落ちこませた。だれもがクラリスの死をお金に換えようとしているように見えた。オリヴィア自身の〝幸運の訪れ〟も同じ理由からもたらされているのだ。オリヴィアは不意に、シャワーを浴びて車に荷物を詰めこみ、スパンキーといっしょにだれも知らない場所に引っ越したい気分にかられた。

オリヴィアはお客と目を合わせないようにしながら、無言でお客の列に対応した。質問をしてくる人がいても、聞こえないふりをした。二時になるころには、ボルティモアとワシントンDCのラッシュアワーの最悪の時間帯を避けようと、乗用車やヴァンが一度に四、五人を運んでいき、〈ジンジャーブレッドハウス〉のお客はまばらになりはじめた。

店に残っているお客が数人ほどになると、オリヴィアは売り上げレシートの束を持って厨房に行くからとマディーに身振りで伝えた。厨房にはいってドアを閉め、テーブルにレシートの山を置くと、椅子に座りこんで、組んだ腕の上につっぷした。

クラリスの死、それが殺人だというオリヴィアの高まる確信、孫についてのサムのほのめかし、サムが毒を盛られた可能性、クラリスから相続したもの――あまりにもいろいろなことが、あまりにも短期間に起きた。そして今、彼女は混乱のまっただなかにいて、容疑者リストに加えられつつあるのだ。


オリヴィアは〈ジンジャーブレッドハウス〉の裏の小路でスパンキーに急いで散歩をさせ、すばやく売り上げの集計をした。悪くない数字だ。しかも一日はまだ終わっていない。仕事を終えると、チェンバレン家のクッキーカッターコレクションについて書かれている記事をさがすためにネットで検索をはじめた。

厨房のドアが開いて閉じる音がしたので、オリヴィアは肩越しに声をかけた。

「マディー、ここに来て、わたしが見つけたものを見てよ」

「リヴィー、話がある」その声はマディーのものではなかった。

「デル！」オリヴィアは見つけたページを反射的に閉じ、パソコンをとじて、椅子の上で体をひねった。「驚かさないでよ。わたしはてっきり……」

デルはいつものおだやかな調子ではなく、オリヴィアは思わず緊張した。

「どうしたの？」軽くて何気ない声になるように心がけた。デルがキッチンテーブルをまわってきたとき、彼がまるめた新聞を持っていることに気づいた。「スパンキーは押しこみ強盗罪がどういうものか、だいたいのところわかってるわよ。そのために新聞を持ってきたのなら」オーケー、今のはひどかった。閉じているようにと口に命じた。

デルは新聞を広げて彼女に見えるように掲げた。「このことを知っていたかい？」

地元新聞〈ザ・ウィークリー・チャタ一〉の一面だとわかった。毎週水曜日発行の新聞だ。

「どこでこれを手に入れたの？　まだ火曜日なのに」

「もう火曜日の午後だし、ぼくは保安官だ。ビニーがいつも早版を届けてくれる」

「大事なネタもとだものね。新聞記者にしてみれば」オリヴィアは言った。

デルは肩をすくめて戸棚に視線を移した。

「ビニーはぼくが小さいころ、ベビーシッターをしてくれてたんだ」

オリヴィアは思わず笑いそうになったが、〝チェンバレン疑惑の死〟という大見出しを見ると、愉快な気分は消えた。デルの手から新聞をひったくった。記事に添えられた写真には、黒いパンツにグレーのセーター姿のオリヴィアが写っていた。遺言開示のときの服装だ。愛車のヴァリアントの隣に立ち、カメラに背を向けた男性と話している。写真のキャプションは、〝自分の弁護士と相談する巨額の相続人オリヴィア・グレイソン〟。

「何よ、これ……？」オリヴィアはつぶやいた。「わたしの弁護士？　巨額の相続人？」

デルは何も言わなかった。オリヴィアのそばの椅子を引いて座り、足首をもう片方の膝にのせるという、くだけたスタイルで脚を組んだ。オリヴィアの視線は、すごい速さで小刻みに揺れる彼の左足に釘づけになった。

署名を見ると、記事を書いたのはビニー・スローンで、写真のクレジットはネドラ・スローンとなっていた。恐怖のあまり、水に浸かったテニスボール大の重たいしこりを胃のあたりに感じながら、オリヴィアは無理やり記事を読んだ。ビニーが彼女の思いがけない相続を知ったのは、いくつかの〝信頼できる情報源〟からのコメントによるらしく、それはつぎのように引用されていた。

ミズ・チェンバレンは健康な女性実業家で、うなるほどお金があり、成人したふたりの息子は彼女の言いなりでした。

年配の女性が口のうまい若い女に取り入られて、うっかり大金を遺してしまうのはよくある話ですが、老婦人がなかなか死にそうにないとなると、取り入った女はあせりはじめるものです。

そのグレイソンという女は、小さなクッキーカッターの店を営んでいます。そんな女が突然五百万ドルの金と、百万ドル相当のアンティークのクッキーカッターを相続したですって？　わたしに言えるのは、火のないところに煙は立たない、ということだけです。

甲高い抗議の声が聞こえ、それが自分ののどから発せられていることにオリヴィアは気づいた。新聞を膝に落とした。デルのほうを見ると、彼は考えこむような顔つきで彼女を見ていた。彼女の反応の意味がわからないかのように。

「デル、わたしは留守番電話もEメールもちゃんとチェックしたけど、ビニーがわたしにインタビューしようとしたことはないわ」

「そこだけじゃないんだ。五面を見てくれ」デルが言った。

オリヴィアは低くうめいて、言われたとおりにした。もう二枚写真があった。一枚目は彼女とスパンキーが店の横庭にいるところ。それで昨日ぽきっという気になる音がしたのだ。〝ひと休みする女相続人オリヴィア・グレイソン〟というキャプションがついていた。

二枚目の写真は、正面から撮ったバーサの顔で、瞳孔のまわりに白目が見えるほど目を見開いている。記事にはバーサのコメントが紹介されていた。〝ミズ・オリヴィアが奥さまを傷つけるなんて信じられません。奥さまは彼女を娘のように思っていたんですから〟オリヴィアはまたもうめいた。バーサがなんの邪心もなしにそう言っているのが聞こえるようだったが、記事になるとショックがそう言わせているように読めた。

当然ながら弁護士のミスター・ウィラードは、ヒューやエドワード・チェンバレン同様、コメントを拒否していた。タミー・ディーコンズについては言及されていなかった。ほんとうにあったのかどうかわからないインタビューのときその場にいなかったか、〝信頼できる情報源〟のひとりが彼女なのだろう。

オリヴィアは勢いよく椅子から立ちあがり、デルのまえに新聞をたたきつけた。バシッと気持ちのいい音がしたが、デルはまばたきもしなかった。

「ここに飛びこんできたとき、あなたはわたしに〝このこと〟を知っていたかときいたわね。こんなでたらめの記事でわたしが何か得をすると思ってるなら、あなたはどうかしてるわ」

オリヴィアは彼を見おろせるように、体を持ちあげてテーブルに腰掛けた。

デルは組んでいた脚を戻して背筋を伸ばした。「〝このこと〟というのは、クラリスがきみに遺贈をしていたことだ。ところで、五百万ドルと、百万ドル相当のアンティークのクッキーカッターというのがまちがいなのはわかっている」

「どうして知ってるの？」

「チェンバレン邸に電話してきいたんだ。明らかにぼくのほうが〈ザ・ウィークリー・チャター〉よりも影響力があったよ。エドワードが電話に出て、きみが受け取るのは十五万ドルと、三万ドル相当のコレクションだけだと請け合ってくれたんだから」

「彼やヒューが相続する額に比べたらたいしたことないわ。でもわたしにとってはたいした額だし、充分殺人の動機になると思われるかもしれない」

「そうだな」

「いずれにしても、あなたの質問に対する答えはまちがいなくノーよ。クラリスがわたしに何か遺すつもりだったなんてまったく知らなかった。彼女からの遺贈があるとミスター・ウィラードから電話をもらったときは、お気に入りのクッキーカッターをいくつか遺してくれたんだろうと思った。個人的な思い入れのあるものを。遺言の補足が読まれたときはびっくりしたわ。だからあのあと、外でミスター・ウィラードと話をしていたの。そのとき写真を撮られたのね。クラリスは遺贈を秘密にしておきたがったそうよ。信じられないなら、ミスター・ウィラードにきくといいわ」

「もうきいたよ」デルはかすかではあるが、まちがいなく笑みを浮かべて言った。「でも、きみが別の情報源からそれを聞いていたかどうかは彼にもわからなかった。だからきみから話を聞く必要があったんだ」

デルはオリヴィアの話を信じたとは言わなかった。彼女も問い質さなかった。

シンクの上の時計を見ると五時だった。マディーは群れをなして出ていったお客たちが残した混乱の後片づけをしているだろう。マディーといっしょに自分たちの調査に戻れるように、デルに帰ってもらいたかった。だが、このひどい新聞記事のおかげで、デルも少しは考えを変えたかもしれない。

「デル、クラリスが亡くなったあと、カフェでふたりで話したことを覚えてる?」

デルはうなずいた。

「あなたは事故だと確信してるみたいだった。自殺の可能性についてほのめかしさえした。わたしはどちらも信じられなかった。そのときは殺人の可能性には気づいてなかったから。でも今はちがうわ。だんだんクラリスは殺されたのかもしれないと思うようになって、今では殺されたんだと確信してる。ひとつだけわからないのはだれに殺されたかよ」

デルは膝に肘をついて前のめりになり、オリヴィアには一時間にも思えるあいだ、厨房の床を見つめていた。それは、彼女の気持ちが強い不安から好奇心へ、そして一週間も床を掃除していないことによる気まずさへと、移り変わるほど長いあいだだった。

ようやく彼は顔を上げてきいた。「その確信の根拠はなんなんだ？」

そうきかれるのは予測できたはずだった。どうすればだれも巻きこむことなくわかってもらえるだろう？

「そのまえに言っておくが、コーディがきみに犯罪現場写真とやらを見せたことはもう知っている。そのことで真剣な話し合いをした」

「あらそう」オリヴィアは身をすくませて言った。「彼をトラブルに巻きこみたくはなかったんだけど、あなたがあんなに殺人じゃないって言い張るんだもの。彼を責めることはできないわ。そうしたければコーディじゃなくわたしを責めて。彼は職務に熱心なだけで、わたしは彼が何かに気づいていると思ったの」

「ぼくもだ」デルが言った。

「ほんとに？　気づいてたの？　いつ……どうやって……？」

「少しはぼくを信用してくれよ、リヴィー。道化者やいばり屋の保安官が出てくるテレビの推理ドラマがあるのは知ってるが、ぼくたちの大半はちゃんとした文章をしゃべれるし、自分たちの仕事にプライドを持っている」

「えっと、わたしは――」

「さらに言わせてもらえば、ある事件で知り得たことや疑っていることについては、いついかなるときも話すわけにはいかないんだ。だから自分のほうが頭がいいと思っている市民が個人的に危険な質問をしたり、危険な場所に出向いたりすると、仕事がえらくやりにくくなる」

「ちょっと待って。わたしは自分のほうが頭がいいなんて一度も考えたことは――」

「まだ終わってないよ、リヴィー。きみのことが心配だから言ってるんだ」

「あら、それってずいぶん妙な――」

デルは跳ねるように椅子から立ちあがり、オリヴィアの肩をつかんだ。思わず知らず震えが走るほどの激しさで彼女の目を見つめた。

厨房のドアが開いて、デルが手を放した。

「閉店作業はすんだわ」マディーがデルからオリヴィアへと視線を転じながら静かに言った。「じゃあ、あたしはもう帰るわね」そしてドアをかちりと閉めた。

デルはさっと椅子に戻った。「言いたいことはそれだけだが、最後にもうひとつ。きみは知性的で、洞察力がある。きみと、そしておそらくはマディーが発見したことをすべて話してほしい」

一時間後、オリヴィアはマディーが集めた財務情報と、ふたりが調べたウェブサイトと、タミーの悪名高いフェイスブックのページをデルに見せていた。サム・パーネルが私立探偵からのものと思われる手紙をクラリスに届けたことも話し、サムが倒れたこととその手紙との関係をつきとめるよう説得した。

だが、フェイスからの手紙とクラリスのことを話そうとしたとき、デルの電話が鳴った。彼はオリヴィアに背を向けて電話に出た。彼女に聞こえたのは、〝すぐに行く〟だけだった。彼はオリヴィアに向き直って言った。「ちょっと用事ができた」

デルは制服のジャケットに袖を通した。「現場の写真は消去しておいてくれ」オリヴィアが抗議しようと口を開けると、彼はさらに言った。「保安官として、きみがあの写真を持っていると困るから言ってるんじゃないよ。でも持っているのはよくない。あれを持っているのは危険だ」

デルは帽子をつかんで裏口のドアノブに手を伸ばした。さっきより明るい調子で言う。「きみがミス・マープルみたいにならないでいてくれることを、個人的にお願いしたいね」

「その心配はないわ」オリヴィアは言った。

デルはうなずいてドアを開けた。

「わたしはどっちかといえば、タペンス・ベレスフォードのタイプだから」

「そうなんだ？　若いころのタペンス、それとも歳とってからのほう？」

オリヴィアが言い返してやろうと息を吸いこむまえに、デルは消えていた。

# 17

水曜日の朝が晴れて、ライラックの甘い香りとともにはじまっていたとしても、オリヴィア・グレイソンは気づかなかった。スパンキーがしつこく綱を引っぱって、走りたいのだと伝えていることにもほとんど気づかなかった。考え事に没頭しながら、自動制御モードで〈ジンジャーブレッドハウス〉の裏の小路を行ったり来たりしていたからだ。店のおもて側に顔をさらしたくはなかった。今のところはまだ。

「戻るわよ、スパンキー」もがく犬を脇に抱えて言った。「そのうち埋め合わせをするわ、約束する。こうしましょう、昨日はとてもいい子だったから、今日はマディーとわたしといっしょに厨房にいていいわよ。あなたの予備のベッドとえさ用のボウルを下に持ってきてあげる。でも、ずっと厨房のなかにいると約束しなきゃだめよ」

おそらくそうなるだろう。彼が店のなかに逃げ出したら、お客たちが大騒ぎをして、すぐにはつかまえられないだろうから。

オリヴィアと綱につながれたスパンキーが、犬用ベッドと水とえさのボウル、おやつ、いくつかのおもちゃを持って〈ジンジャーブレッドハウス〉にはいったのは、午前七時半だった。犬の身の回りのものを持っていない二本の指でドアを開けた。スパンキーは悲しげに鳴くと、彼女のもう片方の手から綱をむしり取るようにして、店に駆けこんだ。

「スパンキー！」

「大丈夫よ、リヴィー。来るのは聞こえてたから。小さな悪漢はつかまえたわ」

「マディー？」オリヴィアは急いでなかにはいり、お尻でドアを閉めた。

「お見事」マディーが言った。

「こんなに早くからここで何してるの？　文句を言ってるんじゃないのよ。やることならあるから」オリヴィアはドッグフードとおやつを厨房に置いた。どちらのドアからも遠い隅を選んで、スパンキーの第二の家を設置する。

「眠れなかったの」マディーは言った。放されたスパンキーは一心不乱に厨房のなかをぐるぐると駆けまわり、あちこちで立ち止まってはすばやくにおいをかいだ。「昨日あなたから電話をもらって、デルと話したことを聞いたあとはね。ところで、あのときはほんとに火花が見えたわよ。とにかく、なんだか頭が冴えてあんまり眠れなかったの。だからここにいるってわけ、あたしの技術と自前のノートパソコンをあなたの役に立てようと思ってね」彼女は作業台の上のパソコンを指さした。

「わたしのマックブックじゃ役に立たないの？」

マディーは肩をすくめた。「パスワードを全部変えたんでしょ。あたしはフランス語を読めないし、英訳でもプルーストが読めるとは思えないもの。プリンターも持ってきたから、時間をくれればあなたのマックブックとつなげることもできるわよ」

「いいわね。店を開けるまえにふたりでもう少し調べものをして、店が暇なときは交代で調べられるわ」オリヴィアが言った。

マディーは椅子の脚に自分の足を引っかけてテーブルのほうに引いた。コンピューターを起動させせながら言う。

「ところで、事務的決定事項を伝えるわ。昨日店はすばらしく繁盛したし、この成功に水をさすつもりはさらさらないけど、現在のところチェンバレン家のクッキーカッターコレクションは売り物じゃないって、メーリングリストのお客さんたちに伝えたからね。追って知らせるまで、問い合わせは控えてくださいってたのんどいた」

「無駄かもしれないけど、やっておいて損はないわね」オリヴィアは自分のノートパソコンを開いて、スタートボタンを押した。「わたしの最初の業務は、〈ザ・ウィークリー・チャタ―〉の記者、ビニー・スローンについての経歴を調べること。あの女性《ひと》と有意義なおしゃべりをするつもりなの。情報源を知りたいのよ、たとえ――」

「言わないで。宣誓証言をさせられるかもしれないんだから」マディーが言った。

オリヴィアがビニー・スローンと話す機会は、思ったより早く、あっけなく訪れた。〈ジンジャーブレッドハウス〉が開店して二十分後、マディーが厨房に頭を突き出して言ったのだ。

「ビニー・スローンが来てるわよ。あなたと話したいんだって。なんて言えばいい？」

「すぐに行くって伝えて」

「了解」

オリヴィアは記者の経歴と、〈ザ・ウィークリー・チャター〉の最近の記事のいくつかにざっと目を通してあった。どれも新聞のサイトから見ることができたが、いくら調べてもビニー本人については謎のままだった。公式写真の彼女はぽっちゃりした中年の女性で、大きなまるい眼鏡をかけ、隙間のある前歯を見せて親しみのある笑みを浮かべていた。グレーのストレートのショートヘアは無造作で、公式写真なのにフランネルシャツ姿だった。

彼女の新聞記事には、町の創立者の像についた鳥のふんの清掃から、最近のPTAのベイクセールでのチョコレートの表示不備まで、町の問題についてすべてくだけた調子で書かれていた。ビニー・スローンは論争を呼ぶような話題に目をつけるタイプではないようだ。もしかしたらオリヴィアの困った状況が、ビニーに攻撃的な記事を書く最初の機会を提供したのかもしれない。

オリヴィアはこの一年、かなりの時間を〈ジンジャーブレッドハウス〉での仕事やそれにまつわる仕事に費やし、クラリス・チェンバレンにビジネスの相談をし、マディーとともにすごしてきたことに気づいた。ボルティモアにいたあいだに親友が主催したベイクセールについてはすべて知っているし、今も大好きなことをやりながら収支を合わせるためにマディーがどんなにがんばっているかも知っている。だが、故郷の町のことにはノータッチだった。

これからはチャタレーハイツのことにもっと目を向けるようにしなければ。

だが、まずはやるべきことを片づけよう。店にはいっていき、接客をしているマディーを見つけた。マディーは頭を傾けて、アンティーク用キャビネットのほうを示した。ビニーはガラス入りのディスプレーのまえに立って、ゆっくりと頭を動かしながら並んでいるクッキーカッターを順に見ていた。オリヴィアは彼女のそばに行った。

「ミズ・スローンですね？　オリヴィア・グレイソンです。リヴィーと呼ばれているので、ぜひそう呼んでください」

温かみがありながら自信に満ちた、とっておきの笑みを浮かべようとしたが、歯を食いしばったままでは無理だった。ぱっと見たところ、ビニー・スローンはみんなのおばあちゃんという感じだったが、彼女の記事を読むととてもそうは思えない。

「すてきなお店ね。不覚だったわ。これまで来たことがなかったなんてうそみたい――もっと早くに来ていればよかった。こういう古いクッキーカッターが大好きなのよ。祖母のことをあれこれ思い出すわ。それはすばらしいクッキーを焼いてくれたのよ。ところで、わたしはビニーと呼ばれているの」彼女は薄いブルーの目をオリヴィアの顔に据えた。

「ミズ・スロー――ビニー。あなたの記事のことなんですけど、正直言って、あまり感心しませんでした」かなり控えめな言い方だが、撤回を要求したりすれば、かんしゃくを抑えていられるかわからない。

「あら、いやな気分にさせたならごめんなさい。このあたりの人たちはたいていい自分の名前が新聞に載るとよろこぶけど、もちろんあなたは長いあいだ都会で暮らしていたわけだし」

ビニーは店内に視線をさまよわせた。

「あなたはわたしに取材して事実を知ろうともしなかった。そんなの……そんなのプロにあるまじきことだわ」

ビニーは否定するように手を振りながら言った。

「うちは〈ニューヨーク・タイムズ〉になろうとしてるわけじゃないから」

「あなたは事実上わたしを殺人罪で訴えたんですよ。わたしの話も聞かずに。そんなことをされたら、ほとんどの人が動揺すると思いますけど」

ビニーは歯のあいだの隙間を見せて大きく微笑んだ。「あら、そうかしら？　リアリティー番組が人気なくらいだから、みんな注目されたいと思ってるにちがいないわ。たとえ人前で恥をかくことになってもね」肩をすくめる。「でも、評判が落ちるなんてことはないわよ。だって、昨日この店をのぞいたけど、お客さんでいっぱいだったじゃない！　わたしの記事がさらにいい宣伝になるわ」

ビニーは自分にひどく満足しているようだった。どうやらオリヴィアから感謝のことばが聞けると思っていたらしい。評判がが落ちになり、プライバシーがおびやかされたと文句を言われるのではなく。

オリヴィアは反論しようと口を開けたが、思いとどまった。ビニー・スローンと議論したところでなんになる？　彼女はやたらと調子がよくて、やたらと自信たっぷりで、まるで別世界の人間だ。

いらだちのため息をこらえ、オリヴィアは言った。

「あの、ビニー、あなたが自分の仕事をしているだけなのはわかりますけど、ふたつお願いがあります。重要なことには思えないかもしれませんけど、ぜひあなたの協力が必要なんです。第一に、来週の新聞に訂正記事を載せて、わたしについてあなたが引用したことは不正確で、信頼できる筋からの情報でないことをはっきりさせてください。第二に、許可なくわたしの写真を撮るのはやめてください。とくにうちの敷地内では」

ビニーは驚いて眉を上げた。「あら、ネッドはおたくの敷地にはいってないはずよ、それがそんなに気になるのなら。ニオイヒバの向こうには出ないようにちゃんと指示しましたから。あれはお隣の敷地にある木ですからね」

「ネッドって？」

「ほんとはネドラだけど、ネッドと呼ばれるのが好きなの。実は姪なんだけど、わたしの新しいアシスタントでもあるのよ。ジャーナリスト学校を出たばかりで、元気いっぱいなの。学校っていっても、ネットの通信コースだけど、学校はじまって以来の優秀な生徒だって言われたのよ」

「あの――」

「問題が片づいてよかったわ。実は、ここに来たのは来週号のためにいくつか質問するためなの。あなたがこの静かで小さな町でどれだけの人の興味をかきたてたか知ったら驚くわよ。

みんなあなたのすべてを知りたがってるけど、もちろん紙面にはかぎりがあるから、いちばん大事な問題だけにするわ。まず、相続した五百万ドルと、クラリス・チェンバレンの百万ドルのアンティークのクッキーカッターコレクションをどうするつもり？」ビニーはサファリジャケットのいくつもあるポケットのひとつに手を入れて、プラスティックのカバーにひびがはいった小型テープレコーダーを取り出した。「これに向かって話してね」とあのぞっとするほどやさしい声で言う。

オリヴィアの声帯は凍りつき、血も凍りついた。来店するお客に愛想よくかけていた声は、昨日使いすぎて出なくなったにちがいない。オリヴィアはコメントを口にしようとした。

「ほんとにね、リヴィー、そんなにむずかしいことじゃないのよ」ビニーは言った。「お金の使い道を思い描いたりしてるでしょう？　店を売って世界じゅうを旅するとか？　イタリアに別荘を買うとか？」

オリヴィアの右側でかすかにかちりと音がし、きしむような音がつづいた。振り向くと、厨房のドアがわずかに開いて、毛皮におおわれた小さな頭がのぞいた。オリヴィアを見つけると、スパンキーはうれしそうに吠えた。そしてマディーが両腕を伸ばしてつかまえるまえにドアを通りぬけた。

ばたばたと本が床に落ちる音のあとで、金属製の鍋や調理器具類がカチャカチャと鳴る音がしたところからすると、スパンキーは料理本コーナーに逃げたらしい。オリヴィアがそこに急ぐと、スパンキーが飛び出してきて、店のメインフロアに戻った。

ビニーはおだやかな笑みを浮かべたまま、まだアンティーク用キャビネットの近くに立っていた。破壊の音を録音するため、テープレコーダーをメインフロアのほうに向けている。スパンキーはビニーを見て立ち止まった。好奇心旺盛な小型犬らしく、テープレコーダーに向かって首をかしげる。ビニーが自分におやつかおもちゃを差し出していると思ったのだ。

「ビニー、それをおろして」オリヴィアは叫んだ。ビニーは彼女にウィンクした。気取ったウィンクを。

スパンキーはビニーに突進し、オリヴィアとマディーがあとを追った。オリヴィアは手を伸ばしてしっぽの先をつかんだが、それは指のあいだをすりぬけた。

スパンキーはつかまるまいとテーブルに跳びのり、農場の動物形クッキーカッターの凝ったディスプレーのまんなかに着地した。クッキーカッターがあちこちに飛び散り、いくつかはビニーのほうに飛んでいった。彼女はがっくりとうなだれ、ついでテープレコーダーも落ちて、床に当たって開いた。

スパンキーはつるつるするテーブルの上でふんばることができず、縁に向かってすべっていき、待ち受けていたオリヴィアの腕のなかに収まった。彼女はスパンキーをしっかりと抱きしめて、落ちつかせるために首の毛をなでた。耳元で安心させることばをささやいてやると、手のなかのスパンキーが力を抜いた。一週間はおやつを余分にあげてもいいほどの働きだった。

午後の半ばまでに〈ジンジャーブレッドハウス〉を訪れたお客は六人だけだった。〈ザ・ウィークリー・チャター〉の悪影響が出はじめたのかと、オリヴィアは心配になった。

「やきもきするのはやめなさいよ」マディーが売り場にいるオリヴィアと話そうと厨房から出てきて言った。「昨日はたまたま大入りだっただけなんだから。下火になるのは当然のことよ」

「そうね」

「とにかく、今はお客さんがいないから、調べたことを報告するわね」マディーは丈夫なディスプレー用の張り出しにひょいと腰かけた。「まず友だちのケイトに電話してみた――彼女、クラークスヴィルにある総合病院の看護師なの。サム・パーネルが入院してるところよ。彼のカルテをこっそり見て、休憩時間に車から電話してもらったの」

「あなたのためにそんなことまでしてくれたなんて信じられない」オリヴィアは言った。

「なんて言うか、あたしはだれにでも愛されてるからね」マディーはあごを上げてジーンズの脚を組み、赤い巻き毛をうしろからふんわりと押しあげた。「実を言うと」気取ったポーズをやめて言った。「ルーカスのいとこに会わせるって約束したのよ。彼、ルーカスと同じくらい魅力的でおいしそうなの。ていうか、口をはさむのはやめてよ。スクープがあるんだから。サムの血中ブドウ糖値はかなり高かったけど、体内から毒物は検出されなかった。ケイトの話では、体内のインシュリン量は測定できないみたい。袋にはいっていたクッキーくずの検査については、カルテにはなんの記録もなかったそうよ。ハッキングすれば――」

「ハッキングはやめて、お願いだから。サムの体から毒物が検出されなかったということは、おそらくクッキーからも出なかったのよ。でも事故ではなかったはず。だれかがわたしたちをはめるためにクッキーの袋を置いたのよ」オリヴィアは言った。

「どうして？」

「警告するためじゃない？　それか、サムにうわさを広めるのをやめさせるため？　クラリスが受け取った手紙のことで、サムをあんなに問いつめるんじゃなかったわ。彼は自分がすごく重要なことをにぎってると確信して、行く先々でそれをほのめかしたんじゃないかしら」

「われらがスヌーピーらしいわ」マディーが言った。

オリヴィアは店の時計を見た。『ヘンゼルとグレーテル』のお菓子の家風にデザインされた時計で、時間を知るのは簡単ではないが、オリヴィアの母が開店祝いにくれたものだ。時間は二時と二時十五分のあいだのどこかで、閉店まで少なくとも三時間近くある。

「クラリスが死んだ夜のヒューとエドワードのアリバイについては何かわかった？」オリヴィアはきいた。

「スパンキーの騒動のおかげでじゃまされたけど、ふたりが出ていたっていうセミナーはつきとめたわ。その週にボルティモアでおこなわれた国内ビジネスセミナーはひとつだけだったから、そんなにむずかしくなかった。〈ロックウェル・ホテル〉でおこなわれたの。まだ新しいホテルで、セミナー市場の独占をねらってるみたい」

オリヴィアはそのセミナーについて読んだ記憶があった。出席してみたいと思ったが、マディーひとりに店をまかせられないのでやめたのだ。

「ホテルの電話番号は、パソコンの横にあるレシピカードに書いておいた」マディーは言った。張り出しからすべりおりて伸びをする。「ところで、レシピカードを追加注文しなくちゃ」

「ミズ・クラークといいます、チャタレーハイツにある〈チェンバレン・エンタープライズ〉の秘書です」オリヴィアはうその話を思いつき、クラリスが死んだ夜のヒューとエドワードの所在についての情報が引き出せることを願って、ホテルに電話した。「ミスター・ヒューと、ミスター・エドワード・チェンバレンに代わってお電話しています。先週そちらのホテルでおこなわれておふたりが出席した、中小企業経営者セミナーのことで」

電話を非通知にすることを思い出してよかった。

「おふたりから、四月二十三日木曜日の夜に出席したセミナーのことで問い合わせをするよう言いつかりまして。実は、出席者のひとりにあるものをお借りしたので、お返ししたいとのことです。残念ながらその方の名刺をなくしてしまったようで、名前も思い出せないそうです。ミスター・ヒューはたしかロビンソンだったと言うし、ミスター・エドワードはトムリンソンだと言い張っています。そちらのホテルでどなたか、正しい名前と会社の住所を教えてくださるのではないかと思いまして」

　オリヴィアはセミナーのウェブサイトを見つけ、水曜日のセミナーの出席者名簿からひとつ名前を選び、土曜日の朝のセミナーの出席者名簿からもうひとつ似たような名前を選んでおいた。ウェブサイトには、このセミナーはとても人気があり、会場のスペースがかぎられているうえ、参加希望者が定員人数を超えることが予想されるので、かならず事前に予約のこと、とも書かれていた。オリヴィアはホテルがほかとはちがうことをアピールしようと、進んで骨を折ってくれることをあてにしていた。

「少しお待ちいただけますか、ミズ・クラーク。イベントの責任者にきいてまいります」

「ありがとうございます」オリヴィアは言った。電話口からケニー・G（アメリカのサックス奏者）の曲が流れてくると、厨房のシンクに水を出し、大きなグラスに水を注いでごくごく飲んだ。お代わりを注いで電話に戻ると、音楽が途中でやんだ。

　ホテルのコンシェルジュの声はためらいがちだった。オリヴィアを怒らせたくないかのように。

「ミズ・クラーク、イベントコーディネーターと話したのですが、彼女はいささか戸惑っております。うかがったお二方のお名前は、別の日におこなわれたセミナーの出席者名簿にはありますが、木曜日の夜のセミナーにはお二方とも参加なさっていません。調べたところ、ヒューさまとエドワードさまはどちらもその夜のセミナーに予約なさっていましたが、出席されなかったこともわかりました。少なくとも、おふたりの名前に出席の印はついていません。チェンバレンさまは別のセミナーのことを記憶しておられるのではないかと、わたしどものイベントコーディネーターは考えております」

「どちらかにきいてみますので、少し待っていただけますか？」

「もちろんです」コンシェルジュのため息が聞こえるようだった。

ありがたいことに、マディーに説得されて、店の電話には保留機能をつけていた。時計を見て一分待ち、コンシェルジュには十分に感じられることを願った。何度か水を飲んでから、保留を解除しようとしたとき、マディーが厨房のドアを開けて顔を出した。「やけに静かだけど、大丈夫――？」

「ちょっと待って、もうすぐ終わるから」オリヴィアは点滅している赤い保留ボタンを示した。

マディーは売り場の様子を見ながら話が聞けるように、ドアと柱のあいだに体をはさんだ。

オリヴィアは受話器を取って保留ボタンを押した。

「もしもし？　ええ、ミズ・クラークです。時間を取らせてしまってほんとうに申し訳ありません」より親しみのこもった、申し訳なさそうな口調で言った。「別のセミナーではないかとミスター・チェンバレンに申しあげたところ、出席されていたセミナー名を突然思い出されました。出席者の名前も。辛抱強く力になってくださってありがとうございます。〈チェンバレン・エンタープライズ〉は今後おたくさまのホテルを心に留めておきます」

ふー。オリヴィアは満足げなコンシェルジュとの電話を切った。

「ワオ」マディーが言った。「あなたにそんな特技があるなんて知らなかった」

「あら、わたしは高校の演劇発表会で役をもらったのよ、忘れたの？」

「覚えてるけど、あれはチャタレーハイツ高校劇場でしょ。役がほしい人はみんなもらえたわ。でも、いま聞いたのはなかなか堂に入ってた。それで、何がわかったの？」

オリヴィアは教えた。「確証はないわ。ヒューとエドワードは別のセミナーに出ていたのかもしれないし、ホテル側が勘違いしているのかもしれない。でも少なくとも、現時点でふたりにたしかなアリバイはないみたい」

「あたしたちが刑事ならもっとずっと簡単なのにね。でも、そうするとクッキーカッターが恋しくなるわ」マディーは売り場をのぞいた。「行かなくちゃ。お客さんが来たみたい」

「もう一本電話をかけたら交代するわ」

マディーが行ってしまうと、オリヴィアはまた受話器を取った。少なくとも今度の電話はもっと簡単なはずだ。これでようやく古い友人に電話ができる。呼び出し音が二回鳴ったあと、なじみのある明るくてきぱきした声が聞こえた。「ステイシー？」

「リヴィー？　わたしの心を読んだのね。ずっとあなたのことを考えてたのよ、あれから……わざわざ思い出させることないわよね」電話に口を近づけてささやいているように、小さくていくぶんひずんだ声になる。「いま大部屋にいて、生徒や教師がひしめいてるの。ちょと待って」少しすると、ステイシーの声は通常に戻った。「ここのほうがいいわ。わたしの部屋よ。調子はどう？」

ステイシー・ハラルドもオリヴィアの幼稚園時代からの友だちだが、高校卒業後ふたりの進路は分かれた。ステイシーは十九歳で高校時代からの恋人と結婚し、夫とのあいだにふたりの子供がいる。町に戻ってきたオリヴィアは、ステイシーが夫と離婚したことを知った。夏のあいだ、オリヴィアとステイシーは何度かランチをする時間を作り、お互いの離婚話をすることでふたたびつながりができた。ステイシーは心ないゴシップに負けたりしなかった。しかも都合のいいことに、秘書技能に磨きをかけたおかげで、チャタレーハイツ小学校の事務主任にまでのぼりつめた。彼女はタミーをよく知っているが、とくに好きというわけではない。

「なんとかやってる。状況を考えると」

「わたしから見れば、かなりひどい状況だわ」

オリヴィアは淋しげに笑って言った。「それって……」

「ぶちまけちゃいなさいよ、リヴィー」

オリヴィアは思わず微笑んだ。ステイシーの率直さはチャタレーハイツじゅうの伝説だった。遠回しに言っても彼女をいらいらさせるだけだ。

「オーケー、ここだけの話よ。わたしは自分を危機から救おうとしてるの。デル保安官は店のなかにいてクッキーを焼いてろって言うけど、ここで何が起きてるのか知る必要があるのよ。言いたいこと、わかるわよね」電話であまりあからさまなことは言いたくなかった。

「わかるわ」

「マディーが手伝ってくれてるけど、わたしが話を聞きたいのはもっと……」

「もっと日常的に接触してる人についてでしょ？　重要な役回りのひとり」

「鋭いわね。怖いくらいだわ」オリヴィアは厨房の時計を見あげた。三時半。〈ジンジャーブレッドハウス〉は五時に閉店する。「ディナーに出てこられる？」

「ちょうどよかった。タイラーはバスケットボールの練習があって、レイチェルは友だちの家で勉強することになってるの。ていうか、本人はそう言ってる」

「六時半でどう？　うちで。そのほうがじゃまがはいらないでしょ」〈ピートのダイナー〉はテーブル同士がすごく近いので、三つ向こうのテーブルの会話もはっきり聞き取れた。

「あなた、料理はしないんでしょ？　わたしが聞いた話だと……」

「傷つくことを言ってくれるわね。ええ、わたしが好んでするのはお菓子作りだけよ。〈チャタレーカフェ〉の最高においしいピザを買っておく。残ったら持ってかえっていいわよ」

「決まり。ねえリヴィー、デルにあんまり意地悪しちゃだめよ。わたし、名前も思い出したくないやつと結婚するまえに、短期間だけ彼とつきあってたことがあるの。良識があって正直な人よ。別れるんじゃなかったってずっと思ってた」

電話を切ったとき、胸がちくりとするのがわかった。

「危ない危ない。これってなんだか嫉妬みたいじゃない」オリヴィアはつぶやいた。

# 18

食料品をいくらかとピザを二枚買って戻ってくると、もうあと五分しか残っていなかった。六時半きっかりに玄関のベルが鳴った。ストッキングのまま、キャンキャン鳴くスパンキーを抱えて階段を駆けおりた。

「息を切らしてるみたいだけど」玄関ロビーにはいりながらステイシーが言った。「わたし、早すぎた？　お客が早めに来るのっていやよね。元夫はデートのときいつも時間より早めに来てたわ。車でひとまわりしてまた来るように言ったものよ」

「ちょっと太り気味なだけよ」オリヴィアは言った。

ステイシーは砂色の髪をまえにたらしてかがみこみ、スパンキーの耳をマッサージした。「なんてうるちゃいかわいこちゃんなんでしょうねえ」スパンキーはうっとりと身をくねらせた。「わたし犬って大好き。猫もだけど。男よりずっといっしょに暮らしやすいもの」彼女は最後に犬の頭をなでて言った。「つづきはピザで力を蓄えてからね」

「赤ワインもあるわよ」オリヴィアは先にたって階上に向かいながら言った。

「最高の組み合わせだわ」

二階に着くと、ステイシーはピザをオーブンでさっと温めてテーブルの準備をした。オリヴィアはワインを注いで、買ってきた食料品を出した。そのなかにはパルメザンチーズのかたまりと、袋入りサラダ、〈チャタレーカフェ〉特製のシーザードレッシングもあった。サラダ用にオリーブをいくつか刻み、まだしなびていないプチトマトを見つけ出した。

いざ食べようとテーブルにつくころには、ふたりのワイングラスにお代わりを注ぐ必要があった。ステイシーは野菜とチーズのピザからひと切れ取り、オリヴィアはモッツァレラチーズ増量のスリーミートピザに直行した。

「これだからわたしは太り気味なんだわ」オリヴィアが言った。

「ちがうって、わたしと同じで忙しすぎるだけよ」

「それか、ものぐさすぎる」

最初のひと口を堪能したあと、ステイシーが言った。

「わいろは受け取ったわ。何が知りたいの？」

オリヴィアはワインをひと口飲んで、考えをまとめた。「ここだけの話にしてくれる？」

「もちろん」

オリヴィアはふた切れ目のピサを選んだ。今度は肉が少なめでオリーブ多めのやつを。

「クラリス・チェンバレンは殺されたんだと思うの」

「わたしもそんな気がしてた。クラリスのことなら知ってる。彼女はうっかり薬を多く飲んじゃうようなぼんやりした人じゃなかった」

「それを証明したいのよ。デルもクラリスは殺されたのかもしれないと思ってるみたいだけど、わたしを関わらせたくないらしいの」

「でもあなたは首を突っこまずにいられない」ステイシーはミートピザのオリーブがいちばん少なめのひと切れに手を伸ばした。

「わたしがクラリスから相続したっていうものについてのビニーの記事は読んだ？　わたしを殺人の容疑者扱いしてたのよ。ほとんどが作り話だけど、やっぱり自分の評判は守らなきゃ」オリヴィアは自分のピザからカラマタオリーブのかけらをつまんで口に放りこみ、ワインをひと口飲んで流しこんだ。

「ヒステリー気味の記事だったわね」ステイシーは組んだ指の上にあごをのせ、じっとオリヴィアを見た。「さてと。ふたつ質問があるの。まず、わたしはどんな手助けをすればいいの？　もうひとつは、ワインのボトルを取ってくれる？」

オリヴィアは笑った。気分がなごむ。ステイシーのグラスにお代わりを注いで言った。

「疑わしい人たちのアリバイをたしかめようとしてるの――ヒューとエドワード・チェンバレン、タミー・ディーコンズ、家政婦のバーサ、そしてもしかするとルーカス・アシュフォードも」

「ルーカス？　うそでしょ？　でもおとなしい人だからってわからないものね。彼、ここ数年ストレスたまってるし。お父さんが亡くなって、お母さんの具合が悪くなって、医療費の支払いもあって、あれやこれやで。だれだって限界はあるわよ」

「ルーカスのことをどれくらい知ってる?」

「彼、学校でボランティアをしてるの。定期的に暖房炉を直したり、部品を寄付したり、だれも届かない蛍光灯の電球まで取り替えてくれる。いい人よ。いい人すぎるかも。借金だってあるのに、ただで働きすぎよ」

ステイシーはサラダのトマトを突き刺した。「まあ、財政状態はたしかによくなったけどね」と言うと、トマトは口のなかに消えた。

「よくなった? どうして?」

ステイシーはフォークを上げてタイムを要求し、口のなかのものを食べおえた。

「あのね、これはまた聞きなんだけど、四年生の担任のひとりが高校の職業訓練課程の先生と結婚して、その彼がルーカスの親友なの。ふたりでいろんなものを直してるみたいよ。それはいいんだけど、わたしが聞いた話では、クラリスが亡くなって、彼女がルーカスと交わしていたローン契約の条件を、彼女の息子さんたちが再検討したんですって。それで、利息が半分になって、お父さんがガン治療をしていたあいだの利息分が免除になったって話よ」

「そうなんだ」もしほんとうなら、クラリスが亡くなってから急にルーカスの様子が明るくなったことの説明になる。「でも、どうしてヒューとエドワードはそんなことをするの?」

「下々の者に対してそんな寛大な措置をとるなんて、らしくないってこと? さあ、さっぱりわからないわ。デザートは何?」

「ん?」

オリヴィアの頭のなかは、ヒューとエドワードの気前のいい行動の理由として考えられるのは何かをめぐってじりじりしていた。兄弟が共謀して母親を殺し、たまたまルーカスがそれを知って恐喝したのかもしれない。あるいはルーカスがふたりと共謀してクラリスを殺す計画を立て、実行したのも彼で、ローンの再検討が報酬だったのかもしれない。ルーカスにそんなことはできそうもないけど、ほんとうの彼を知っている人なんて――。

「戻ってきて、リヴィー」ステイシーが言った。「ねえ、デザートは？　ディナーのあとのおいしいお楽しみは？」

「デザートね。あるわよ。もちろん、デコレーションクッキーが」オリヴィアは椅子をうしろに押して、テーブルを片づけはじめた。

「やったー、それをあてにしてたのよ」ステイシーはピザの箱のふたを閉じ、冷蔵庫にしまった。「どこにあるの？」

「冷蔵庫の上」オリヴィアはコーヒーメーカーをセットしてスタートボタンを押した。

ステイシーはふたつきのケーキ型をおろして、ふたを開けた。

「最高。お皿はいらないわね」テーブルのまんなかにケーキ型を置き、ゆったりと椅子に座った。クッキーの上で手を止めて言う。「タミー・ディーコンズのこともききたいんでしょ？」

オリヴィアはコーヒーカップとクリームと砂糖をテーブルに運び、ステイシーに合流した。

「もちろんよ」

「それなら正しい人間を買収したわね」

「四月二十三日の昼と夜にタミーがどこにいたか、正確に知りたいの。全部の時間帯について知ってるわけじゃないと思うけど――」

「全部知ってるわよ。それにしても、こんなおいしいクッキーを作れるあなたが、なんでゆで卵も作れないのかしらねえ」ステイシーはふたつ目のクッキーを選んだ。乳母車の形の、ピンクと白のアイシングでデコレーションしたクッキーだ。「でもその話は別の夜のためにとっておくわ。タミーのことだったわね。二十三日の木曜日と二十四日の金曜日は、教職員会議で授業がなかったの。タミーも会議に出ることになってたんだけど、病欠の連絡をしてきた。事務室の留守番電話にメッセージを残してね。自分のクラスについての報告でも残してくれればいいのに、それはなし。彼女の自宅に何度も電話したけど出ないのよ。それで教頭に、彼女の家に行って、クラスについての報告を聞いてきてくれってたのまれたの。わたしは言われたとおり、彼女の家に行ったけど、だれも玄関に出てこなかった。家はしっかりと戸締まりされてて、彼女の車はなかった」

ステイシーは乳母車の車輪をかじり、目を閉じて味わった。オリヴィアにはその気持ちがわかった。クリーム入りの甘いコーヒーをひと口飲んで、ステイシーはつづけた。

「ずる休みならまだわかる。でも病気だとうそをついて町を出るなんて理解を超えてるわ」

「彼女が町を出てたのはたしかなの?」

オリヴィアの決意はくずれ、あざやかな紫色の、背中をまるめた猫の形をしたクッキーを選んだ。

「チャタレーハイツでだれにも見られずにどこに行くっていうのよ？　すべての情報源に電話したわ。なんていうか、興味があったし、それに彼女はわたしが世界でいちばん好きな人ってわけじゃないしね。〈レディ・チャタレー・ブティック〉でドレスを試着してる彼女を見たって人がいたから、ヒューとの秘密の休暇か何かを計画してるんだろうと思った。とにかく、金曜日じゃ彼女のクラスの報告が手に入っても遅すぎるから、もう一度彼女の家をあたることはしなかった」

金曜日の朝、タミーが劇的に〈ジンジャーブレッドハウス〉に現れたことを思い出して、オリヴィアはうなずいた。ヒューと夜をすごして、彼はセミナーに向かい、自分はチャタレーハイツに戻ってきたところだったのだろう。つまりタミーとヒューは、お互いが木曜日の夜のアリバイになっているか、ふたりともクラリスの死に関わっていたかだ。

「でね」ステイシーはつづけた。「教頭には言わなかったけど、木曜日の午後にチェンバレン邸にも電話したのよ。出たのはタミーじゃなくてバーサだった。バーサはヒューとエドワードが泊まってるボルティモアのホテルの電話番号を教えてくれた。で、電話したわけ。タミーはいなかった。ヒューもいなかった。コンシェルジュの話では、ヒューと婚約者はレンタカーの手配をして、翌日まで戻らないってことだった。エドワードはいたけど、どのセミナーにも出てなかった」

「いったいどうやってコンシェルジュからそれだけのことを聞き出したの？」

「この魅力でよ」ステイシーはいつの間にか乳母車を食べおえ、赤と紫のストライプのウサギの耳をかじっていた。「ずる賢さもね。わたしはチェンバレン家の家政婦で、ヒューからできるだけ早くある情報をもらうようクラリスにたのまれているけど、彼の携帯電話の電源が切られてるって言ったの」

「やるわね」オリヴィアは言った。クッキーのはいったケーキ型をステイシーのほうに押しやる。「ふたりがどこに行ったかはわかった？」

「コンシェルジュは知らなかった。ヒューがタミーを自分の婚約者だと言ってたことからすると、ふたりでこっそり夜をすごすつもりだったんだと思ったわ。でも別の可能性も出てきたわね」

「たしかに」オリヴィアは言った。「このことはまだわたしたちだけのささやかな秘密にしておいてくれる？」

「わたしの口は食べ物を入れるときしか開かないわよ。それもあなたのクッキーを食べるときしか」ステイシーは腕時計を見た。「あと三十分で娘が帰ってくるわ。時間どおりに帰ってくるかたしかめるために家にいないと」

「あともうひとつだけ教えてくれたら、このケーキ型のなかのクッキー全部と、ピザの残りをあげる」

「あなたは女神だわ」ステイシーはクッキーのはいったケーキ型を胸に抱いた。「何が知りたいの？」

「ヒューとエドワードについてよく知っている人ってだれ？」

「たとえばどんなことを？」

オリヴィアは椅子に寄りかかって、キッチンの天井のしみを見つめた。頭のなかではある計画ができていた。うまくいかないかもしれないし、それどころか状況はさらに悪化するかもしれない。だが、証拠はほとんどないのだから、このアイディアで犯人をあぶり出すしかない。

「ふたりの私生活を、ふたりの過去をもっと知りたいのよ。ビジネスマンじゃないときのヒューとエドワードがどんな人か、理解するのを助けてくれる人と話がしたいの」

「ああ、本物のスクープがほしいのね。そうねえ、いちばんに思い浮かぶ名前はふたつ、ひとりはあなたの容疑者リストに載ってる人よ。チェンバレン家の家政婦のバーサ。彼女はあのふたりを育てる手助けをした。子育てほどその子の強みと弱みがわかるものはないわ」

ステイシーは立ちあがって伸びをした。

「ふたりめの名前を教えるのはすごく気が進まないんだけど」ケーキ型にふたをして、急いで抱えた。その名前を聞いたら、オリヴィアがクッキーを取り返そうとするのではないかと恐れているかのように。

「申し分のない情報提供者がいるわ。残念ながら、彼はわたしの元夫でもあるけど。ウェイドはチェンバレン邸の近くで育って、ヒューとエドワードとはよく遊んでたの。ときどきヒューとダブルデートもしてた」

「ウェイドが話してくれることは信じられる？」オリヴィアはステイシーが持ったケーキ型の上にピザの箱をのせた。

「微妙ね」ステイシーはキッチンの時計を見て言った。「オーケー、話してあげるけど、大急ぎでやるわよ」オリヴィアがコートを取りにいっているあいだに、ステイシーは言った。「当時三人は未成年のくせによくいっしょにお酒を飲んでたの。ある晩車を乗りまわしてて、木に激突した。ヒューとエドワードはウェイドが運転していたと言い張ったけど、ウェイドはいまだにそれを否定してる。チェンバレン家が裏で手をまわしたらしくて、取り調べはおこなわれなかった。で、ウェイドは罰を受け、チェンバレン兄弟は被害者ということでおとがめなし」

「ウェイドはまだ怒ってる？」

「かなりね。でも、木曜日から土曜日にかけて彼にアリバイがあることはわたしが断言できる。子供たちといっしょにいたのよ。木曜日の夜、宿題もやらずにモンスタートラックのショーを観にいったの。やれやれって感じ」

# 19

オリヴィアはリビングルームのソファに脚を組んで座り、ノートパソコンの小さなスクリーンを見つめていた。かれこれ一時間もクラリス・チェンバレンの書斎の写真を眺め、スパンキーは隣でまるくなって、肌寒い早朝にたっぷり走ったせいでうたた寝をしていた。オリヴィアは目を閉じて、ソファの背に頭をもたせかけた。まぶたの奥でクッキーカッターの画像がちかちかする。

腰のあたりで携帯電話が鳴った。スパンキーが耳を立てたが、眠くて頭を上げるにはいたらなかった。パーカーのポケットから電話を引っぱり出して発信者を見た。

「母さんからよ」

スパンキーはわかったのだろう。耳をリラックスさせ、またいびきをかきはじめた。

「おはよう、リヴィー」エリーは言った。「朝のジョギングから戻ったところ。メッセージを聞いたわ。今日お店を手伝うのはかまわないわよ。でも四時にヨガのクラスがあるの。時間になったら抜けていいかしら?」

「いいわよ」

「楽しみだわ」エリーは朝の八時にしてはエネルギーに満ち満ちた声で言った。「娘と長い時間すごせるなんて」

「そのことなんだけど、母さん……わたしはかなり長い時間店を空けることになるの」

「あらそう、それならマディーと長い時間をすごすことになるのね。彼女を養女にしちゃうかも」

「それはちょっと。あのね、複雑すぎて今は説明できないんだけど、詳しいことは話せるときに話すから。とにかく、今日は店が忙しくなりそうなの。ワシントンDCのクッキーコレクターはたいていまとまって来るんだけど、来るとしたらいつも木曜日なのよ。恩に着るわ、母さん」

「わかってるわよ。九時に行くわ。適切かつエキゾチックな恰好でね」

電話を切ってパソコンで時間を確認した。八時十五分。まだシャワーも浴びていないし、開店は九時だ。マディーはもう来ているだろう。オリヴィアは携帯電話の呼び出し音をお気に入りの曲――メイナード・ファーガソンのトランペットが叙情的なフレーズを奏でる〈アン・オファーリング・オブ・ラブ、パート1〉――に設定しなおし、コーヒーテーブルのパソコンの横に置いた。いびきをかきながら眠っているスパンキーをソファに残し、浴室に向かった。

開店時間には、すでにワシントンDCからの車やヴァンが到着しはじめていた。はじまりはいつもの木曜日と同じように見える。収益が火曜日に少しでも近づけば御《おん》の字だ。町外のお客の何人かにチェンバレン家のクッキーカッターコレクションのことをきかれはしたが、明らかにマディーがEメールで表明したことが功を奏していた。

十時半ごろ、ひとりのお客がドアを開けたまま押さえ、つらそうにぜーぜー息をしているバーサをなかに入れた。オリヴィアは飛んでいった。

「ミズ・オリヴィア、あの……ぜーぜー……あたしのことなら……ぜーぜー……心配しないで。あたしは……ぜーぜー――」

「バーサ、しゃべらなくていいから。お水を飲んだら楽になる？　うなずくか首を振るかで答えて」

「ぜーぜー」バーサは首を縦に振って、オリヴィアに大きなハンドバッグをわたした。オリヴィアはバーサの背中をたたこうかと思ったが、そうすることがいいのか悪いのか思い出せなかった。まったくもう、外科医と結婚してたっていうのに、何をすればいいかわからないなんて。

「ぜーぜー」バーサの顔は不安になるほどのスピードで赤くなっている。

オリヴィアのかたわらにエリーが突然現れた。

「リヴィー、バーサのハンドバッグに吸入器がはいっているはずよ。さがさせてくれない？」

母がハンドバッグを取ろうとしたとき、オリヴィアはあまりにもきつくバッグをつかんでいたために、硬いエナメル革に手が貼りついていることに気づいた。エリーは冷静で、すぐに吸入器を見つけ出し、バーサの指ににぎらせた。オリヴィアは応急処置講座を見つけて受講し、資格を取ろうと心に誓った。

「ありがとう、母さん。驚くほど落ちついていたわね。どうしてそんなふうにできるの？」

「瞑想のおかげよ。週に三回クラスがあって、家でも毎日やってるから」

オリヴィアは瞑想クラスも頭のなかのリストに加えた。

「ああ、ミズ・オリヴィア、あんたさんのお店はすてきだねえ」バーサはテーブルのディスプレーから厨房のほうまで目をさまよわせてしゃべりたてた。視線を上げてクッキーカッターのモビールを見て、うれしそうに小さく息をのむ。「なんとまあ。あれをごらんよ。乳母車のクッキーカッターが何種類も」

オリヴィアは空気の流れにかすかに音をたてている、クッキーカッターの連なりを見あげた。乳母車はどれも似たようなデザインだったが、木のハンドルがついたアンティークのものもあれば、合金のものやハンドルのないものもあり、それ以外はプラスティックだった。ぴかぴかのブリキのカッターが光にきらめき、オリヴィアは赤ちゃん関係のカッターのディスプレーを見ていたクラリスの悲しげな様子を思い出した。それであることを思いついた。バーサならジャスミン・デュボイスのことを知っているかもしれない。

オリヴィアは腕を伸ばしてバーサの肩にまわした。

「ここに来るのは初めてよね？　店の奥の厨房をお見せしたいわ。コーヒーを飲む時間はある？」

「ああ、ミズ・オリヴィア。あんたさんがすごく忙しいのはわかってるけど、時間を割いてもらえるなら、コーヒーをごちそうになりたいですね。あの月曜日の晩餐以来、とてもいやな気分なんですよ。ほら、あのクッキーのこと」バーサは言った。

「クッキー？」オリヴィアはバーサのふくよかな肘を支えて、厨房のほうに誘導した。

「サムがあんな目にあってたなんて、ほんとうに知らなかったんですよ」

ああ、あのクッキーね。一瞬でもあの出来事を忘れていたとはわれながら驚きだった。

「バーサ、あなたがわざとそうしたなんて少しも思わなかったわ。ほんとよ。あなたはそんな人じゃないもの」いくらかでもプライバシーが確保できればとドアを閉めた。

「座って。新しいコーヒーを淹れるわね」オリヴィアはグラスに水を満たしてバーサにわたした。カチャカチャと音をたててカップとスプーンを用意しながら言う。「寄ってくれてうれしいわ。あなたと話す機会がほしかったの」

コーヒーメーカーが最後のしずくを落とすまでのあいだに、クリームと砂糖をテーブルに運んだ。

「クラリスは遺言でわたしに何か遺すなんてほのめかしたこともなかったの。カッターコレクション全部というのもちろんだけど、あの金額を聞いたときは信じられなかった。ミスター・ウィラードの読みまちがいだと思ったわ」

「言いたいことはわかりますよ。奥さまはあたしの面倒はみるからといつも言ってくださってたけど、老後の面倒を一切合切みてもらえるとは夢にも思わなかった。医療費までねえ。

こっちまでおっ死んじまいそうになりましたよ」バーサはくすくす笑い、最後に咳をした。「もちろん、あたしがショックで死んだら、坊ちゃんたちに遺されるぶんはもっと多くなったけどね」

そうね、たしかに。オリヴィアがカップにコーヒーを注いでいると、バーサはぽっちゃりした顔をぎゅっとしかめて洟をすすりはじめた。大きなハンドバッグのなかをかきまわす。「うちの母はいつも袖にハンカチをしのばせていましたよ」涙が頬を伝い落ちる。「いま思うといい考えだね」

オリヴィアは泣いている人にどんなことばをかけたらいいか、わかった試しがなかった。〝ほらほら〟とか〝大丈夫よ〟だと思慮に欠けるというか、上から目線に聞こえるし、〝どうしたの〟ときくのは地雷を踏むような気がする。そこで気をきかせて黙っていることに決め、立ちあがってティッシュペーパーの箱をさがした。カウンターの上にそれを見つけ、バーサのところに持っていった。

「ありがとう。いつもはこんなじゃないんですよ、でも奥さまはあたしにとって妹みたいなもんだったから」バーサはティッシュペーパー三枚を鼻に当て、力いっぱいかんだ。「何不自由ない暮らしができるようにしてもらって感謝してますよ。そうじゃないなんて思わないでおくれね。でも奥さまが戻ってきてくれるほうがいいよ。屋敷はすっかり変わってしまった。なんだかおかしいんですよ」バーサは箱からもう一枚ティッシュを取った。「奥さまが亡くなったせいなのはもちろんだけど、それだけじゃない」幅広の力づよい手をテーブルの上で広げた。甲の関節は赤くなり、関節炎のせいで盛りあがっていた。

「あのクッキーのせいですよ、きっと。あのデコレーションクッキーを作るのは楽しかった。奥さまのお気に入りのクッキーカッターをいくつか使ってね。今にも奥さまがはいってきて、微笑んでくれるんじゃないかという気がしましたよ」バーサの唇がぎゅっとすぼまった。「でも坊ちゃんたちとミズ・タミーはすっかり落ちつきを失って、あの夜からあたしに対する態度が変わってきたんですよ。あたしは坊ちゃんたちを育てる手伝いをしたし、ミズ・タミーのことも好きだったのに」バーサは肩を落とし、両手を膝の上に置いた。「それなのに、あの人たちは人が変わったみたいにふるまってる。奥さまが生きていらしたら、こんなことは何ひとつ起こらなかったのに」

クラリスの死を嘆くバーサの話を聞いて、オリヴィアは彼女を容疑者リストからはずそう――そして情報提供者リストに加えようと決めた。とはいえ、いくら傷ついているからといって、自分が育てた坊ちゃんたちについての人聞きの悪い話を、バーサがよろこんで提供してくれるだろうか？　だがこんなチャンスはもうないだろう。マディーと母はオリヴィアが手を貸さなくても店でちゃんとやっているようだ。今をおいてほかにない。

オリヴィアは残りのコーヒーをふたりのカップに注いだ。軽く笑って言う。

「いま急に何が頭に浮かんだと思う？　クラリスが書斎にあるあのマーティンの肖像画と口論してるところを想像しちゃったの。あなたがそのことを話してくれたでしょ、覚えてる？」

バーサの顔が明るくなった。「ええ、覚えてますとも。奥さまは夢中であの絵に向かって話しかけてた。絵が返事をしてるんじゃないかと思うところですよ」

「マーティンが生きているときはそうやって口論していたの？　わたしは彼のことを知らないけど」

「ええ、そうです。とっても仲がよかったんですよ、あのふたりはね。でも意見が合わないこともあった。あたしはキッチンに閉じこもって、屋敷が崩れ落ちるんじゃないかと思ったものです」バーサは持ちまえの陽気さを取り戻したようだ。

「そのひどい口論の原因はなんだったの？　覚えてる？」

バーサは両手を打ち合わせた。「覚えてますとも！　だんなさまが亡くなる一年ほどまえでした」笑顔が消える。「でも亡くなったのは煙草のせいで、口論のせいじゃありませんよ、絶対に」と言うと、また元気になった。「だんなさまは口論好きだった。でも仕事のことでけんかはしなかった。いつだって坊ちゃんたちのことでしたね」バーサはため息をついて黙りこんだ。

「息子たちをどう育てるかで意見が合わなかったの？」オリヴィアはさぐりを入れた。

「坊ちゃんたちのこととなると、何もかも意見が合わなかったんですよ。ディナーのとき正装させるべきか、いつどうやって罰を与えるか、決まりごとはどれだけ必要か、だれとデートさせるか……」

「だれと結婚すべきか？」

「そのとおり。あたしが聞いた奥さまとだんなさまの口論でいちばんひどかったのは、坊ちゃんたちふたりともが好意を持ってた若い娘さんに関してのことでした。とてもきれいな娘さんで、すてきな黒い髪をしてた。威勢のいい子でもあったね。たしか花と同じ名前だったけど、なんだったかねえ？　ヴァイオレット？　カメリア？　いや、たしか〝T〟ではじまる名前だったと思うけど、もしかしたら〝J〟だったかね……釣船草《ジュエルウイード》じゃないことはたしかですよ」バーサはしわがれた笑い声をあげた。「あたしはいつもあれを庭で抜いてるんだから」

　オリヴィアは唇を引き結んで、うっかりその名前を言うまいとしていた。そんなことをしたら熱心すぎると思われてしまう。

　バーサがやけにすばやく背筋を伸ばし、体が揺れた。「ジャスミンだ。あの子の名前はジャスミン・デュボイスです。〈ピートのダイナー〉でウェイトレスをしてたから知るようになったんですよ。家族のみなさんが出かけてしまうと、あたしはよくあそこで食事をしたもんです。あたしはあの子が好きだった。意思のしっかりした子でした。どこに行ってしまったものやら」

「どういう意味？」オリヴィアは興奮のあまり、息をすることも忘れそうになった。

「それが、ある日急にいなくなってたんですよ。そのことで奥さまとだんなさまは口論をしていたんです。奥さまはジャスミンを気に入っていて、ヒューかエドワードと結婚してくれればいいと思っていたようです。彼女は頭がいいと奥さまは言っていました。頭がよくて正直だ、それが強みになるだろうと。でもだんなさまは、ジャスミンが息子たちのどちらにもふさわしくないと思った。下賤な労働者と呼んだ。それを聞いて奥さまの怒ったこと。奥さまは貧しい生まれでしょう。ふたつの仕事をかけもちして、看護学校を出たんですからね。だんなさまは生まれながらのお金持ちだった。だから理解できなかったんですよ」

「マーティンはほんとうにヒューとエドワードが好きな人と結婚するのを止めたの？」

バーサはしばらく考えこんでから言った。

「だんなさまが坊ちゃんたちの望みを絶つようなことをしたなんて、あたしは信じませんよ。それはたしかです。でもジャスミンがいなくなったとき、奥さまは、彼女を始末したんだろうと言ってだんなさまを責めたんです」バーサは小さく息をのんで、口に手を当てた。「だんなさまがジャスミンを殺したとか、そういう意味じゃありませんよ。奥さまはそうは言いませんでした。でも、お金をわたして町から出ていかせたんじゃないかと。だんなさまは、自分はそんなばかなことはしない、そんなことでお金を無駄にしたりしないと言いました」

「マーティンがそう言ったの？」

「昨日のことのように覚えてますよ」バーサは大げさにうなずいて言った。「奥さまもそれを信じたと思いますね。だんなさまは一ペニーだって無駄にしない方でしたから」

# 20

バーサが〈ジンジャーブレッドハウス〉をあとにすると、オリヴィアとマディーは料理本コーナーのアルコーブに集まって書きとめた情報を検証し、つぎにやるべきことの計画を立てた。アルコーブには、お客が座って料理本を眺められるように、二脚の小振りな肘掛け椅子があって、オリヴィアとマディーはそこから店内に目を配ることができた。エリーに手助けが必要なときは、どちらかひとり、あるいはふたりともがたちまち販売モードにはいることができる。

「つまり、こういうことね」膝の上でノートを調べながらマディーが言った。「図書館に行って、ボルティモアの新聞の死亡記事のさがし方をヘザーから聞き出せと？」

「それか、ジャスミン・デュボイスが出てくる記事ならなんでも。時間はかかるけど、これまでにわかったこと——私立探偵事務所からの手紙、フェイスからの手紙にあった電話番号——からすると、ジャスミンはチャタレーハイツを出たあと、ボルティモアに行ったとしか思えないのよ」

「フェイスのラストネームがわかればいいのにね」マディーが言った。

「ジャスミンに何があったのかがはっきりすれば、フェイスのこともわかる気がするの」

オリヴィアは麻のスラックスのポケットに手を入れて、携帯電話を取り出した。

「今は十一時半よ。もうすぐお昼で店が混みはじめるわ。一時十五分にミスター・ウィラードと約束があるけど、会うのは彼のオフィスだから、遅くとも二時半には戻れると思う。そのあとで図書館に行けばいいわ。でも四時までには戻ってきて。母さんはヨガのクラスがあるから」

「でしょうね」

アルコーブの入口にエリー・グレイソン＝マイヤーズの小柄な体が現れた。

「お客さんよ。おもてにヴァンが停まって、女性が五人降りてきたわ。仕事がらみみたいね。ああ、それと、デル保安官から電話があったわよ。あなたに話があるからここに来るって」

「あらら」エリーが去るとマディーが言った。「今度は何をやったの？」

「にやにやしてるとかわいくないわよ」

「でもそれがあたしのいいところよ」

ほつれたウェーブが目にかかり、オリヴィアはそれを耳のうしろにかけた。

「わたしのノートを厨房に隠しておいてくれる？」

「いいわよ」マディーはぴったりしたブラックジーンズのしわを伸ばした。「わかってると思うけど、あなたがききこみをしていることはいずれデルにばれるわよ。チャタレーハイツはうわさ発生地なんだから。それもかなり手ごわい」

「あなたの地元民としての誇りはよく覚えておくわ」

「あたしが言ってるのは、デルはあなたがプロのまねごとをするのをよく思わないかもしれないってこと」

オリヴィアは無関心なふりをして肩をすくめた。

「わたしは質問してまわるのをやめると約束したわけじゃないわ。デルは好きなだけ怒ればいいのよ。だれがクラリスを殺したのかつきとめるまでやめるつもりはないから」


デル保安官は制服姿で現れ、クッキーカッター店の商売に水をさした。マディーとエリーを含め、〈ジンジャーブレッドハウス〉にいるだれもが、オリヴィアが彼を料理本コーナーのアルコーブに連れていくのを興味津々で見守った。彼はディスプレーのミキサーに帽子を引っかけ、口を引き結んで、アルコーブのなかを歩きまわった。

「デル、お願いだから歩きまわるのはやめて座って」オリヴィアはさっきまでマディーが座っていた椅子を指し示した。「このところ興味本位で来店するお客さまが多いし、これ以上うわさがたつと困るのよ」

「もっと人目のないところで話せると思っていたんだが」デルは言った。

「言ったでしょ、店内にいて目を光らせてなきゃいけないのよ。万が一――」

「マディーとエリーに助けが必要になったときのためにだろう。わかっているよ」

デルは歩きながら足を止め、ふたつの色調のグレーが渦巻く、ぴかぴかの大理石でできた大きな麺棒をにらみつけた。オリヴィアが気に入っている商品のひとつだ。彼女はそれを、料理本を読むためのテーブルに近い、低い陳列棚に置いていた。デルがしかめ面をしているのは、商品に対する彼女の誇りとよろこびが気に入らないせいではないだろう。目にはいっているかどうかさえあやしいのだから。

「手短に言うよ」デルは肘掛け椅子に座って言った。「サムが入院している病院に行ってきた」ひどく静かに話しているので、彼の話を聞くために、オリヴィアは身を乗り出さなければならなかった。「彼は昏睡から覚めたよ」

「いい知らせね。よくなるの？」

「そのようだ」

「サムは何か思い出すことができた？」

デルは座り直してオリヴィアと向き合った。「昼食のために帰宅したとき、フロントポーチでクッキーの袋を見つけた記憶があるらしい。袋に〈ジンジャーブレッドハウス〉と書かれていたことも覚えている。だが、あとのことは何も覚えていないんだ。〈フードシェルフ〉のポリーに確認したところ、きみが持ってきたクッキーがなくなっていたかどうかはわからないが、袋はなくなっていないそうだ。彼女が家に持ち帰ったから」

「あの袋をためてる人は多いわ。うちの母なんかかなりためこんでる」

「きみを責めてるわけじゃないんだよ、リヴィー。でもきかなきゃならない。きみはサムのスケジュールを知っていたのか？」

笑顔になろうと努力しながらオリヴィアは言った。

「知らなかったって言ったら、信じてくれる？」

「きみの言いたいことはわかる。いくら信じたくても、ぼくは保安官としての仕事をしなくちゃならないんだよ」

「たまたまなんだけど、わたしはサムのスケジュールを知ってたわ。ある程度はね。町じゅうの人が知ってるんじゃないかしら。でも彼が糖尿病だとは知らなかった」

デルの苦笑いはほんのわずかしかつづかなかった。

「それは問題だ。サムの家は四軒しか家のない通りのつきあたりにある。午前中ずっとその四軒に人はいなかったから、目撃者もいない」

オリヴィアは肘掛け椅子のベルベット張りの背に寄りかかった。

「わたしはほんとに無関係なんだってば。あなたなら信じてくれるでしょ」

デルは膝に肘をついて身を乗り出した。金色の斑がある茶色の目が、きびしさを帯びている。

「きみがサムに危害を加えたとは思っていない。だが、何かやっているはずだ」

激しい怒りで顔が赤くなるのがわかり、オリヴィアは勢いよく立ちあがった。椅子に座ったデルを見おろすように立ち、腕を組んできつくにぎりしめたこぶしを隠す。

彼女の反応をものともせずに、デルは言った。

「サムが配達したっていう、クラリス宛の手紙のことを話してくれただろう？　私立探偵事務所からの」デルは目をすがめた。「手紙の中身についてサムが何か知っていたことを、きみは話してくれなかったね」

オリヴィアは体を硬くした。

「サム・パーネルは自分に都合のいいことは秘密にしたがるのよ」

「月曜日の朝、彼の配達スケジュールは遅れていた。彼はきみと話しこんでいたからだとほのめかした。ある重要な手紙についてきみに話したことも示唆している。そのお返しとしてクッキーをもらったことも」

オリヴィアの脚がぐらぐらした。いつも母に勧められているように、大きく息を吸ってゆっくりと吐き出した。

「サムが実際にそう言ったの？　それともだれかほかの人？　その情報提供者が信用できるってどうしてわかるの？」

「情報提供者はきみの近しい友人、タミー・ディーコンズだ。彼女に郵便物を届けたとき、サムが話したんだ」

じゃあタミーは月曜日に家にいたのね。

オリヴィアは椅子に座りこんだ。

「覚えてるでしょ、クラリス宛の手紙の話をしているときに、あなたは電話で呼び戻されたのよ」

「あとで電話して話すこともできたはずだ」

「忙しかったのよ。あなたは気づいてないかもしれないけど」自分でも頑固だと思ったが、デルの高圧的なやり方にむかっ腹が立っていた。元夫を思い出させるから。

デルは立ちあがり、帽子を取った。「これ以上きみをお客さんから引き離すつもりはないよ。きみのことはまだそれほど知らないが、今はいやな気分だ。きみは何か隠しているような気がする。クラリスの死について何かわかったら——それを言うならサムが倒れた件についてもだが——すぐぼくのところに来ると約束してくれ」

デルはじっと彼女を見つめた。うっとりするほどの正確さで、左手の親指と人差し指でそっとつまんだ帽子の縁を、右手でくるりとまわした。

「はっきりしたことがわかったら、もちろんあなたに知らせるわ」

それも本心だった。たしかに疑いは持ったし、観察もしたし、認めてしまえば〝フェイス〟からの手紙とクラリスからの手紙も手元にあるけど、はっきりしたことは何も明らかになっていないのだ。多少は罪悪感を覚えたが、それより怒りのほうが強かった。

アルコーブの入口に向かうデルに、オリヴィアは言った。

「あなたにききたいことがあるの」

デルは振り向き、用心深い顔で彼女を見た。「どんなことかな?」

オリヴィアはアルコーブの外に聞こえないように、少し声を低くした。

「ルーカス・アシュフォードを容疑者と考えているのか教えて」

「リヴィー——」

「マディーとルーカスはつきあっているの。親友でビジネスパートナーのマディーが、殺人犯かもしれない人に本気になりつつあるのかどうか知りたいのよ。マディーの安全に確信が持てなければ、わたしが彼を調査するわ。あなたが話してくれてもいいけど」

デルは大きなため息をつき、帽子を頭にのせた。

「わかったよ。ルーカスがクラリス殺害事件の容疑者とは思っていない。彼はあの日の午後と夜は友だちの家にいて、手間のかかる配管の修理をしていたんだ。友だちとその妻が証言してくれた。作業が終わったのは真夜中すぎで、夫婦は客用寝室に泊まってくれとルーカスに勧めた。きかれるまえに言っておくと、証人はどちらも夜中にトイレに起きたが、ふたりともルーカスのいびきを聞いたそうだ。満足したかい、それとも証人を嘘発見機にかけたほうがいいかな?」

「その必要はないわ。どっちみち、その手のテストは法廷では認められないから。ありがとう、デル」

「どういたしまして。いつでもどうぞ」

オリヴィアは店のメインフロアに消えていくデルの背中を見送った。ルーカスのアリバイはかなり信頼できそうだ。容疑者リストからはずしてもいいかもしれない。でも、どうしてヒューとエドワードは、ルーカスがクラリスから借りていたローンの利率を下げたのかという問題がある。ルーカスがクラリスを殺したのではないとしても、恐喝した疑いは残る。

ミスター・ウィラードの法律事務所は、タウンスクエアの東側の、間口のせまいジョージ王朝様式の二階建ての建物の上階にあった。建物の一階にはいっているのは、オリヴィアが〈ジンジャーブレッドハウス〉のつぎに気に入っている店、書店の〈ブック・チャット〉だ。ミスター・ウィラードの事務所につづく階段まで行くには、料理本とミステリのコーナーを通りぬけることになる。歩調をゆるめて本のタイトルに目を走らせないようにするには、意志の力を総動員しなければならなかった。自分の店を持つことのマイナス面のひとつは、勤務時間中にほかの店をゆっくり見られないということだ。手の切れるような新しい本の紙のにおいを吸いこむことで自分をなぐさめた。

新しそうなエレベーターに乗るのはやめて、まんなかがすりへった木の階段を選んだ。階段をのぼると、ミスター・ウィラードの法律事務所のすりガラスのドアが、少しだけ開いた状態になっていた。ちょうつがいをきしませながら、そろそろとドアを内側に押した。

「どうぞ」

ミスター・ウィラードのオフィスの奥の部屋から声が聞こえてきた。はいってすぐのオフィスにはかつて秘書がいたのだろうが、今日、木製デスクのうしろの椅子にはだれも座っていなかった。コンセントを抜かれてわびしげな古い電動タイプライターが、この部屋がもう長いこと本来の目的に使われていないことを物語っていた。

オリヴィアはミスター・ウィラードの声のするほうに向かいながら、法律書でいっぱいの天井まである本棚を通りすぎた。考えもなしに、いくつかの本の背に指をすべらせて何層ものほこりを集めてしまい、くしゃみが出そうになった。

奥のオフィスのドアが開いて、ミスター・ウィラードが頭をのぞかせた。

「こんなありさまで申し訳ない。事務所の管理はもう何年も自分でやっているので、事務員は必要ないんだよ。だが、定期的に家政婦に来てもらうのも悪い考えではないかもしれないな」彼はオリヴィアになかにはいるようにと身振りで示した。長くて細い指から関節が突き出た、ほとんど骸骨のような手に気づかないわけにはいかなかった。

「急にお願いしたのに時間を作ってくださってありがとうございます」

オリヴィアはそう言って、ミスター・ウィラードのデスクの向かいにある椅子に座った。ぱっと見たところ、実際の仕事はこのオフィスでおこなわれているようだ。新しいモデルのノートパソコンが、閉じられた状態で片方のデスクの隅に押しやられており、きちんと積み重ねられた大判の書類の束が、少なくともデスクの半分を占めていた。三方の壁にはファイルキャビネットが並んでいる。脇机には大きなレーザープリンターが、すぐに使える状態で鎮座していた。

「自分の時間は自由に使えるので、なんとでもなりますよ」微笑みでほんの一瞬ミスター・ウィラードのこけた頬がふっくらした。「どんなご用件でしょう？　ミズ・グレイソン」

「どうかリヴィーと呼んでください」少し間《ま》をとって考えをまとめた。彼と話し合いたいことはまえもって考えていたが、慎重に進めなければならない。「ひとつ簡単なお願いがあるんですが、そのほかにもあなたと話し合いたいことがたくさんあります。その……利害の対立に直面せずにできる範囲で。あいまいな言い方なのはわかってるんですけど……」

ミスター・ウィラードは目を輝かせて背筋を伸ばした。

「それは興味を惹かれますね。わたしが直面するかもしれない利害の対立というと、チェンバレン家に関することですね？」

オリヴィアはどうやって本題にはいろうかということにひどく集中していたので、ずっと息を止めていた。頬がふくらんできたので、急いで息を吐き出した。「ええ、そのとおりです」

「それなら心配いりませんよ。チェンバレン家との長年の関係は、クラリスの死で終わりを告げました。ヒューとエドワードはワシントンDCの大きな法律事務所に仕事をたのむことにしたので、わたしは彼らについていかなる法的情報も秘匿《ひとく》する任にありません」

「よかった。じゃあわたしがあなたを雇います。正しいことばを使うなら、弁護依頼をします、と言うべきかしら」

「そうですね。ではあなたを依頼人と考えましょう。何をすればいいですか？　まさかデル保安官からクラリス殺害事件の容疑者に指定されたわけではないですよね？　もちろんわたしは刑事弁護士ではありませんが、優秀な人材を紹介することはできますよ」

「いえ、そういうことじゃないんです」

「それならよかった」ミスター・ウィラードは椅子をうしろに押した。「カプチーノを飲みませんか？　ちょうど淹れようとしていたところにあなたがいらしたので」

「カプチーノ？　適切な弁護士を雇ったみたいだわ」

ミスター・ウィラードの笑い声は、その体の細さからオリヴィアが想像していたよりも大きかった。

「マシンが魔法を使っているあいだに、あなたの言った簡単なお願いのほうからはじめてはいかがですか？」

「そうですね。実は、クラリスのコレクションにあるクッキーカッターのリストがほしいんです。それも早急に」ミスター・ウィラードが眉を上げたので、彼女は言い添えた。「あなたがわたしの弁護士でよかったわ。これで説明できるから」

ミスター・ウィラードは片手を上げた。

「先にカプチーノの仕上げをさせてください。快適な状態で話し合えますから。複雑な話になりそうだ」

ミスター・ウィラードに自分の計画を話せるとわかったオリヴィアは、話すのが待ちきれなかった。それに、早く店に戻らないと、マディーに図書館に行ってもらう時間がなくなってしまう。

ようやくカップを手にすると、オリヴィアは話しはじめた。

「実は、クラリスの死について調べています。ええ、危険なのはわかっていますけど、そんなことはどうでもいいんです。クラリスはわたしの大切な友だちでしたから。それに、だれかがわたしを陥れようとしています。だから、もしわたしを説得してやめさせようとしても、呼吸の無駄です」

「では呼吸はとっておきましょう。つづけてください」

「わたしがしていることをすべて知っているのはマディー・ブリッグズだけです。わたしの調査を手伝ってくれています。彼女を危険な目にはあわせたくないんですけど、もしあなたがマディーを知っていたら……とにかく、まず五人の容疑者からはじめて、そのうちふたりはリストからはずしました――ルーカス・アシュフォードとバーサ・ビンクマンです。あなたがそのふたりについてわたしの知らないことをなにかご存じなら別ですけど」

ミスター・ウィラードは首を振った。「どちらが殺人を犯していたとしても驚きますな、とくにバーサは」

「残る容疑者は三人です」

「当ててみましょう。チェンバレン兄弟とヒューの婚約者のタミー・ディーコンズですね」

「わあ、さすがですね」

「そんなにむずかしくありませんよ。なぜミズ・ディーコンズが容疑者なのか、きいてもよろしいかな？」

オリヴィアはさめてきたコーヒーをすすった。

「タミーはわたしの幼なじみです。彼女が人を殺したと考えるのはわたしにとってつらいことです。タミーは昔から感情的になりやすくて、こうと決めたら絶対に引きません。ヒュー・チェンバレンに恋をしてもうかれこれ……というか、いつからかもわたしは知らないんですけど、その気持ちは揺らぎません。そして、ヒューと自分を別れさせたクラリスを憎んでいました――タミーはクラリスが別れさせたと思っているんです。何があったのか、わたしにはほんとうのところはわかりませんけど」

ミスター・ウィラードは咳払いをした。

「わたしは依頼人としてだけでなく、古い友人としてもクラリスを知っています。おそらく友だちとしてだったんでしょう、ミズ・ディーコンズのことで相談を受けたことがあります。実際、クラリスは意志が強くて根性のあるあのお嬢さんのことが好きでした。でも、ヒューは別の女性に惹かれてしまった。そして、クラリスはその女性のほうがヒューにふさわしいと思ったようです」

「ジャスミン・デュボイスですね？」

「そうです。ミズ・デュボイスが突然町から出ていったとき、クラリスはマーティンに食ってかかりました。彼がミズ・デュボイスを追い出したと思ったんですね。マーティンはそれを激しく否定した。するとクラリスは、ミズ・ディーコンズがおどすかだますか何かして、ミズ・デュボイスを追い払ったのだと思いこんだのです。カプチーノのお代わりは？」

「は？　ああ、けっこうです。もう店に戻らなければならないので」オリヴィアは空のカップを返した。「クラリスはタミーが関わっているという証拠でも見つけたんですか？」

「いいえ、わたしの知るところでは。クラリスは二度とそのことを口にしませんでした」ミスター・ウィラードはファイルがぎっしりはいった引き出しを開け、そこにあるファイルを押しやりはじめた。「ありました」と言って、黄褐色の薄いファイルを取り出す。「これがクラリスのコレクションにあるクッキーカッターのリストです。査定額と保険料は最新のものに書き換えてあります」彼はファイルをデスクのオリヴィアのまえに置いた。「これが早急に必要な理由はお話しいただかなくてけっこうです。もちろん……」

オリヴィアはファイルを引き寄せた。「実は、あなたの力をお借りできればと思っているんです」かねてから考えていた、日曜日にクラリスを偲《しの》ぶ会を開きたいという計画のあらましを話した。「クラリスは亡くなるとき、いくつかのクッキーカッターを見ていました。そのカッターがクラリス殺害事件の手がかりになると思うんです」

ミスター・ウィラードの細い顔がつのる懸念にこわばり、オリヴィアは反論されるのだろうと身がまえた。

「困っているのは、どうすれば三人の容疑者全員に出席してもらえるかです。タミーは説得できると思うので、彼女とヒューは出席してくれるでしょうけど、エドワードは関心を持たないような気がするんです。なにかいい考えはありませんか？」

ミスター・ウィラードは眉まで細かった。その眉が上がると、しわのなかにほとんど隠れてしまった。彼はデスクに手を伸ばしてクッキーカッターのファイルを取り、開いた。ページを一枚ずつめくるあいだ、ずっと長い人差し指で唇をたたいている。読んでいるというより考えているようだった。

オリヴィアは四年生のときに校長室に呼び出されたことを思い出した。今の今まで忘れていたが、彼女の違反についての担任の報告書を読んでいる校長先生を見るという経験は、オリヴィアを品行方正にさせるには充分だった。ある程度は。少なくとも、どうすればばれないかは学んだ。

ミスター・ウィラードはファイルを閉じてデスクの上に戻した。「ヒューとエドワードを偲ぶ会に出席させることはむずかしくないでしょう。ただし、ひとつ条件があります」

オリヴィアは待った。

「条件というのは、そのイベントに保安官を同席させることです。最後まで聞いてください」オリヴィアが反論しようと口を開くと、ミスター・ウィラードは言った。「罪人から——悪くすると罪人たち、かもしれませんが——うまく反応を引き出せた場合、物騒なことになるかもしれません。少なくとも、あなたとマディーは危険な立場に置かれます」

「ええ、それはわかってますけど——」

「まだ終わっていませんよ」ミスター・ウィラードは立ちあがり、手をうしろで組んでゆっくりと歩きはじめた。「あなたは頭のいい人だ、オリヴィア。オリヴィアとお呼びしてもよろしいかな？」

「リヴィーでお願いします」

「ではリヴィー。あなたの計画はうまくいくかもしれない。と言うのは、よくクラリスが自分にとって意味のあるものであれば、それが生物でなくても悩み事を相談していたことを、わたしも知っているからです。しかし、それに危険がともなうことはあなたもわかっているはずです。デル保安官のことを見くびっているのかもしれませんが、どうかよく考えてみてください。彼はあなたの提案に一考の価値があると思ってくれるかもしれませんよ。危険がともなうことはわかっているし、用心するつもりだとちゃんと説明すればね」

それはあやしいが、やってみるのも悪くはないかもしれない。デルならオリヴィアにはない情報源を持っているから、裏付け情報を早く掘り当てられる。危険なのは彼女とて不安だった。無関係な人たちを巻きこむことになるのだからなおさらだ。

オリヴィアはファイルを手にして立ちあがった。

「ありがとうございました、ミスター・ウィラード。ご提案は受け入れます。ヒューとエドワードとタミーが偲ぶ会に出席することを、二十四時間以内に保証してくださるなら、あなたにお話ししたことをデルにも話します」デルがいようといまいと偲ぶ会を開くつもりだということは言わなかった。

「わかりました。もしよろしければわたしも出席します」彼は手を差し出し、オリヴィアと握手した。「役に立つかもしれませんよ。わたしの武器は知力だけですが」

「それに観察力もね。それもお持ちになってください」オリヴィアは言った。

# 21

木曜日の夜、オリヴィアはリビングルームのソファに脚を組んで座り、ノートパソコンにおおいかぶさっていた。その横ではスパンキーが寝息をたて、古くなったライ麦パンにのせたターキーが、手の届くところに置いてあった。そしてコーヒーも。大量のコーヒーだ。二時間も小さなスクリーンを見つめて、あの日クラリスのデスクにあったクッキーカッターを特定しようとしていたので、目が熱を持ち、しょぼしょぼしていた。目を閉じて涙で水分を補う。ベッドが恋しかった。寝るには一時間ばかり早いが、もう終わりにして立ちあがるべきかもしれない。

小さな音がして、新しいメールの受信を知らせたが、あまりにも疲れていたので気にもしなかった。パソコン画面をクリックして閉じようとしたとき、携帯電話からトランペットの音がしてぎくりとした。発信者を確認するとマディーだった。ベッドはお預けだ。

「もしもし、マディー？」

「どうも。Ｅメール見てくれた？」

「今送ったの？　もう、ちょうど今パソコンを閉じたところなのに」

「ぶつぶつ言わないの、リヴィー。びっくりするから覚悟してよ」

オリヴィアはメーラーを開き、マディーのアドレスを見つけた。〝わたしは天才〟という短いメールにはファイルが添付されていた。

「どう？」

「ちょっと待って」オリヴィアは携帯電話をコーヒーテーブルに置き、添付ファイルをダブルクリックした。スクリーンに新聞記事が現れた。大見出しは〝パタクセント川州立公園で遺体発見〟。オリヴィアは二〇〇四年三月二日の短い記事にざっと目を通した。

木曜日の早朝、パタクセント川州立公園で若い女性の遺体を発見したと、ハイカーから公園警察に通報があった。死因究明のため、遺体はボルティモアのモンゴメリー郡検死官事務所に送られた。モンゴメリー郡警察はまだ身元を特定できていない。遺体は二十代半ばと推定され、身長約百七十センチ、やせ型で、肩までの黒い髪をしていた。

マディーは記事の下に短い追跡記事を貼りつけていた。日付は一週間後で、表題は〝パタクセント川州立公園の遺体、死因は事故死〟。遺体の身元はいぜんとして不明だが、検死官事務所では、落下で大けがをしたあと、低体温症で亡くなったものと判断した。検死により、出産したばかりであることもわかった。

オリヴィアは記事に添えられた似顔絵をじっと見た。復元された顔らしい。おそらく見分けがつかないほど破損していたのだろう。だが、似顔絵の顔はきれいな若い女性のそれだった。

「どうしてこれがジャスミン・デュボイスだと思うの？」

「絶対というわけじゃないけど、ほぼまちがいないと思う」マディーはむっとした声で言った。「つじつまが合うでしょ。出産したばかりだったっていうし、タイミングも合ってる――彼女がチャタレーハイツから消えて十カ月後よ。六年以上も音沙汰がないとすると、とっくに死んでたとしてもおかしくないわ。それに、これはあなたのアイディアだったのよ」まちがいなく怒っている。

「わかったわよ。で、死亡記事はどうだった？　そっちも調べてくれた？」

大きなため息。「夕方からずっとパソコンにかじりついて、国じゅうのジャスミン・デュボイスをさがしたわよ。彼女は存在しなかったみたいね。別のジャスミン・デュボイスの死亡記事ならいくつか見つけたわ。正確に言うとふたり。でもひとりはジョージアに住んでた八十歳の黒人女性で、もうひとりは十四年まえにオハイオの小さな町で亡くなってた」

「その町の名前は？」

「いったいどうして――？」

「お願い、マディー、言うとおりにして。いい？　何が重要になるかわからないんだから」

「オーケー、ちょっと待って」

マディーの携帯電話が硬いものの上に置かれるカタっという音がしたが、電話は通じたままだった。

「お待たせ」マディーが言った。「町の名前はマクゴニグル、オハイオ州南西部よ。すごく人口の少ない町。このジャスミンは自動車事故で亡くなってる。あらあら気の毒に。十七歳で酒気帯び運転をしてたんですって。とにかく、生きている状態で掘り出さないかぎり、わたしたちのさがしてるジャスミンじゃないわ」

「十四年もまえのオハイオの小さな町の死亡記事を見つけるなんて、すごいわね」

「実を言うとそうでもないの。その女の子の話は何年ものあいだときどき新聞に載ってた――十代の子たちに注意を呼びかけるためでしょうね。とにかく、あたしたちのさがしているジャスミンは、どういうわけかインターネットの裂け目を通りぬけちゃったみたい。当時ではよくあることよ。ジャスミンというのは本名じゃないのかもしれない。もう行ってもいい？」

「今どこにいるの？」

「家よ。ルーカスに遅い夕食を食べにこないかって言われてるの。〈ピートのダイナー〉で何か買ってきてくれたみたい。あたしたち、かれこれ一世紀もいっしょにすごしてないのよ。いいでしょ？」

「わたしは別にあなたの上司じゃないわ。でも、あとひとつだけたのまれてくれる？　新聞記事のアーカイブの検索方法マニュアルを送って。わたしが見ておくから。インターネットのこととなるとわたしがいかに遅れてるか知ってるでしょ」

「おべっかはもうたくさん。見え見えなんだから。じゃあメールで送るから。あとはよろしく」

「ありがとう、マディー」オリヴィアは言った。一語目の半ばあたりで通話は切れていたが。

キッチンの電話が鳴り、オリヴィアはパソコンで時間を確認した。午後十一時。元夫からの電話ならもうかんべんしてほしいが、ほかにだれがこんな遅くに電話してくるだろう？　家の電話に発信者番号通知サービスをつけなければ。

オリヴィアがしぶしぶソファから立ちあがると、スパンキーも目を開けて立ちあがった。興奮を抑えてひと声吠えると、キッチンに向かうオリヴィアについてきた。電話を取るまえに呼び出し音が止まることを願って、オリヴィアは時間をかけた。

七回目の呼び出し音が鳴り出すと同時に受話器を取った。

「申し訳ないオリヴィア――リヴィー、わたしは――」

「ミスター・ウィラード？　大丈夫です、まだ寝ていませんでしたから」

「それでも夜分に電話をして申し訳ない。チェンバレン邸でのディナーからいま戻ってきたところで。クラリスの遺言と、土曜日に家族だけでおこなう葬儀について、かなり長いこと細かく話し合ったんですが、ヒューとエドワート、それにミズ・ディーコンズからも、あなたがチャタレーハイツの人びとのために計画している、日曜日の偲ぶ会に出席するという確約がとれましたよ」

「さすがですね。どうやったのかきいてもいいですか？」

「それほどむずかしくありませんでした」ミスター・ウィラードは声にプライドをにじませて言った。「彼らの母親が生涯を通じて地域と関わりを持っていたこと、それが町と〈チェンバレン・エンタープライズ〉双方の利益になることを思い出させただけです。クラリスとマーティンは地元の委員会のために働いたし、地元の団体に寄付をした――〈フードシェルフ〉はその一例です――そのおかげで、町議会は地域区分の変更要請を受け入れた。そういったことをね。マーティンとクラリスとは長いつきあいでしたから、材料はいくらでもありましたよ」

「あなたが味方でよかったわ。約束は守ります。明日デルに話します」

「それを聞いてほっとしました。今夜はいくらかよく眠れるでしょう」

翌朝、オリヴィアは開店五分後に〈ジンジャーブレッドハウス〉に顔を出した。マディーとエリーがすでに接客をしていたので、ふたりに携帯用マグを振ってそっと退散した。殺人犯を明らかにするべく、彼女とマディーがクッキーカッターを使ってクラリスを偲ぶ会を開く日曜日まで、あと二日しかない。

前夜ベッドにもぐりこむまえに、オリヴィアは日曜日の偲ぶ会に必要なクッキーカッターのリストをほぼ完成させていた。エネルギーをみなぎらせて車でチェンバレン邸に向かった。自分の運命は自分で決めてやる。もうことの成り行きにもてあそばれたりしない。とくにわたしをクラリス殺害事件の犯人に仕立てあげようとする卑劣な策略には。今わたしには進むべき道が、計画が、デコレーションするクッキーがある……玄関でバーサに出迎えられるころには、アドレナリンで浮き足立っていた。

二階につづく階段をのぼりながら、オリヴィアはきいた。

「あの夜クラリスが見ていたクッキーカッターを片づけたのはあなた？」

バーサは階段で足を止め、ぜーぜーと息をしたあとうなずいた。

「あたしの仕事だと思ったんでね。いつもは奥さまがしていたけど……」

「そうよね。わたしがききたかったのは、それをどこにしまったか覚えてるかしらってことなの」

「すみませんねえ、どんな形だったかも覚えてないんですよ。すっかり動転してたし泣いてたもんで、部屋をさがすのもひと苦労で。あのクッキーカッターはどこか空いていた場所にしまったはずですよ。どうしてです？　大事なことなんですか？」

警戒するようなバーサの声に、オリヴィアはなんでもないと答えた。バーサはオリヴィアの訪問を秘密にすると誓ってくれていた。それだけでも充分危険な賭けだ。詳しいことはなるべく知らないほうがいい。

「大丈夫、日曜日に必要なクッキーカッターは見つけられると思うから。心配しないで」

二階に着くと、バーサは左側の最初のドアを開けた。

「さあ、ここですよ。あたしは席をはずしますから、好きに見てください」

クラリス・チェンバレンのクッキーカッターコレクションが、予備のベッドルーム全体にあふれていた。オリヴィアはチェンバレン邸を訪れたときに数えきれないほどここに来ていたが、部屋にはいるたびに活力がみなぎった。クラリスが去った今も、おもちゃ屋の敷居をまたいだ子供のような気分になった。

バーサが出ていってドアが閉まると、オリヴィアはゆっくりと部屋のなかを歩いて、四つの壁のすべてに置かれた整理だんすとキャビネットを視界に収めた。そのどれも来歴まで知っていた。古くて小さなキャビネットは、労働者階級だったクラリスの家族のもので、ヴィクトリア朝様式のウォルナット材の整理だんすは、マーティン・チェンバレンの裕福な一族に数世代にわたって受け継がれてきたものだ。クラリスがどんどん増えるクッキーカッターコレクションのために買った、アンティークのものもある。

クッキーカッターへの情熱をクラリスと分かち合ったこの一年で、オリヴィアはおそらくコレクションの三分の一は目にしていた。偲ぶ会に必要なクッキーカッターをさがす時間は三十分しかないので、ぐずぐずしてはいられない。またもや母は店の手伝いを引き受けてくれたが、その際、午前十時からの読書愛好家の集まりを休むつもりはないとはっきり言われていたのだ。

クラリスはクッキーカッターと、それを整理することの両方を愛していた。彼女がときどきコレクションの一部、または全部を出してきて、またしまいなおすことを楽しんでいたのを、オリヴィアは知っていた。つまり、オリヴィアが多くの引き出しのなかを見たことがあっても、その中身は見たときとは変わっているかもしれないのだ。

ヴィンテージもののクッキーカッターの短いリストを確認した。クラリスのデスクの上にあったクッキーカッターをリストにし、そこから選んだものだ。店の在庫で作れない形は以下のものだった。

1 踊るスヌーピー
2 王冠をかぶったジンジャーブレッドボーイ
3 走るジンジャーブレッドマン
4 ジンジャーブレッドハウス
5 ジンジャーブレッドウーマンとガール

たしかクラリスは、母親のささやかなコレクションのはいった、実家から持ってきたチェストを持っていて、一九四〇年代と五〇年代のほかのカッターもそれに入れていた。ウォルナット材の整理だんすと古いシダー材のチェストだけはマーティンの一族のもので、それにもアンティークのクッキーカッターがはいっていた。

シダー材のチェストからはじめた。きしむ重いふたを持ちあげると、一瞬防虫剤のにおいがした。なかにはベルベットが敷かれた木製のトレーが重なっていた。そこにクッキーカッターが均等な間隔で並んでいる。ひとつひとつに読みやすい識別タグがついていた。整理好きのクラリスに祝福を。下のふたつの段も見た。そこでリストにあったウーマンとガールのものを含むジンジャーブレッド型を見つけた。

ひとつ発見。残るは四個だ。

ウォルナット材の整理だんすに移った。大きな引き出しが三つあり、彫刻が施された枠入りの鏡がついている。鏡の台座には大理石がはめこまれていて、両側に小さな引き出しがある。右の引き出しを開けた。そこにあったクッキーカッターはひとつだけ――煙突のついたジンジャーブレッドハウスだ。クラリスのデスクの写真にあった型なので、それを取り出す。店にある似たような型を使うこともできただろうが、使いこまれたオリジナルを使えるのはありがたい。

左側の小さな引き出しを開けた。そこは空だった。そう簡単にはいかないようだ。

大きな引き出しに移った。いちばん上の引き出しには、さまざまな箱が迷路のように、可能なかぎりきっちりと詰めこまれていた。透明なプラスティックのふたがついているもの、ふたにクッキーカッターの写真がついているものもいくつかあったが、残りは開けてみなければわからない。勢いよく流れていたアドレナリンの名残が消えていく。

引き出しの奥に到達するころには、オリヴィアは絶望していた。これまでのところ、リストにあるカッターはふたつしか見つかっていない。遅くともあと十五分以内にここを出ないと、店はマディーひとりになってしまう。少しのあいだならひとりでも大丈夫だろうが、あまり長くはまかせられない。

オリヴィアは短時間で捜索する方法を考えようとした。必要なクッキーカッターはまだあと三つある。王冠をかぶったジンジャーブレッドボーイと、走るジンジャーブレッドマンと一九七一年製のホールマークコレクションの踊るスヌーピーだ。どうしようもなくなったら、マディーとふたりでテンプレートを作ることはできるが、同じというわけにはいかない。ぎっしり中身の詰まったウォルナット材の整理だんすの二番目の引き出しを見て、どこでもいいから空いている場所にしまったとバーサが言っていたのを思い出した。

オリヴィアは部屋のまんなかに立って、残りの家具に目をやった。もしわたしがバーサだったら、楽な方法をとっていただろう。そこで、すっきりとしたスカンジナヴィアスタイルの小さな整理だんすに目をつけた。いかにも一九七〇年代風のそれは、ドアのすぐ横にある。二番目の引き出しに、カボチャの上に座っているスヌーピーというレアものを含む、ホールマーク社のピーナッツシリーズがかなりあった。こらえきれずにそれを取りあげ、親指でそっとなでてから、貴重な時間を無駄にするなと自分を叱《しか》った。

クラリスに売った〝踊るスヌーピー〟はすぐに見つかった。その両側には〝王冠をかぶったジンジャーブレッドボーイ〟と〝走るジンジャーブレッドマン〟があった。時計を見た。いま出れば、母が読書愛好家の集まりに出かけるころに店に着けるだろう。

オリヴィアは持ってきた布袋に戦利品を入れ、階段に走った。リビングルームを通りかかると、バーサが掃除機をかけていた。オリヴィアは気づいてもらおうと手を振り、口の動きで〝ありがとう〟と伝えた。バーサが掃除機のスイッチを切るまえに、オリヴィアは玄関から外に出ていた。

チェンバレン邸からチャタレーハイツまでは十キロほどしかないが、曲がりくねった起伏の激しい道なので、もっとずっと遠く感じる。急がなければという思いにせきたてられて、オリヴィアはチェンバレン邸の玄関から、ほこりまみれの古いヴァリアントまで全力で走った。アクセルを強く踏み、タイヤで砂利を飛び散らせながら長いドライブウェイを進む。本線に出るまえに、横揺れしながらスピードを落として右に曲がった。

いくつもの疑問が頭のなかを飛び交い、やるべきことのリストが大量に作られていく。六年まえにパタクセント川の近くの公園で見つかった黒い髪の女性の遺体は、ほんとうにジャスミン・デュボイスなのか？　もしそうなら、事故死だったのか、それとも殺害されたのか？　クラリスは孫のことだけでなく殺人のことも知っていたのか？

もちろん、ほかの可能性もある。もしかしたらクラリスは昔子供を里子に出したのかもしれないし、マーティン・チェンバレンに隠し子がいたのかもしれないし、その子供が大きくなって、クラリスからお金を取ろうとしたのかもしれない……カーブにさしかかると、車がセンターラインからそれて対向車線にはいってしまった。こちらに向かってくる車はなかったが、ひやりとし、急いでもとに戻した。考えるスピードが速くなるのにつられて、アクセルを強く踏んでいたようだ。気を落ちつかせて両手をハンドルに置き、自分に言い聞かせた。

「大事なのは証拠よ、リヴィー。証拠を忘れちゃだめ」自分に語りかけることが必要になるときがある。今がそのときだった。「わたしが持っている証拠は、孫の存在を知らせるフェイスという人からの謎の手紙。クラリスはおそらく探偵事務所を通して調査をはじめていた。死の直前に書かれたわたし宛の手紙で、クラリスは何かを期待しているようだった。それなのに、バーサの報告によれば、最後の夜のクラリスは取り乱した様子だった」

道がしばらくまっすぐになる部分にさしかかったが、スピードは上げずにアクセルをゆるめて制限速度以下まで落とした。少しのあいだならマディーひとりに店をまかせても大丈夫だろう。もっと考える時間が必要だ。検死ではっきりとした証拠が出ていなくても、クラリスが殺されたのはまちがいない。クラリスを殺した犯人が、どうやったのかはわからないが、サムに糖尿病からくる昏睡をもたらしたのもまちがいない。彼が食べたクッキーに、インシュリンの効果を失わせるものが入れられていたのかもしれない。チェンバレン兄弟ならどんな薬にそういう作用があるか知っているはずだ。

タミーは月曜日に学校でなく家にいたので、サムが倒れるまえのアリバイがない。クラリスはたしか、事業に目を配るために、いつも月曜日に出張していた。息子たちもそうしていると何度か彼女から聞いたことがある。ということは、ヒューとエドワードにも、サムの家にクッキーを置いてくることはできたわけだ。

クラリスがその後のジャスミンについて何か知ったのはまちがいない。それはひどく衝撃的なことだった。そして口封じのために殺された。オリヴィアは助手席に手を伸ばして、クラリスのクッキーカッターがはいった小さな袋に触れた。やわらかな布でできている袋は、ク荒っぽい世界からクッキーカッターを守ってくれる。

バックミラーをちらりと見ると、一台の車が迫っていた。とっさにスピードを上げようとして、思いなおした。このあとはしばらくカーブがつづくし、そのうちのひとつは多くの酒気帯びドライバーを路肩の溝に送りこんできた魔のカーブだ。後続車のドライバーは明らかに急いでいるようだから、追い越そうとするだろう。こちらがスピードを上げたら、向こうもスピードを上げることになるかもしれない。そこで、スピードを落として、追い越させることにした。

足をアクセルからはずして、時速四十キロまで落とした。さらに二十四キロまで。後続車のドライバーはこちらの車に気づいていないらしく、みるみる近づいてくる。車のメーカーやモデルを識別するのは苦手だが、うしろにいるのはおんぼろ自動車のようだった。おそらくはティーンエイジャー、携帯電話で話しているか——悪くするとメールを打っているのかもしれない。

オリヴィアは車を脇に寄せた。路肩はなく、排水溝があるだけだ。坂をのぼるにつれて、スピードが落ちてきた。ゆっくり行くつもりだったが、坂をのぼるにはアクセルを踏まなければならなかった。しかたがない。少年がぎりぎりまで気づかなかったら、追突されてしまう。

くだり坂になると、スピードが加速した。酒気帯びドライバーに災難をもたらす、最後の丘にさしかかろうとしていた。それを越えればまっすぐな道がつづくので、追い越しをするのに都合がいい。車間距離をとろうとスピードを上げた。丘を越えたあたりに危険なカーブがふたつあるので、少しスピードを落とさなければならないが、これまで何度も通りぬけたカーブだ。

後続車はまだ迫ってくる。のぼりにさしかかって、アクセルを軽く踏んだ。そのとき初めてバックミラーにドライバーが見えた。上下に動くカーリーヘアの頭がちらりと見えただけだったが。踊っているような肩の動き。やっぱり若者だ。iＰｏｄの世界に没頭して、音楽に体を揺らしている。しかも男の子ではなく、女の子だった。

性別をまちがえたことにこだわっている余裕はなかった。オリヴィアは悪名高い丘をのぼろうとしていた。カーブに備えてスピードを落とそうとブレーキを踏んだ。スピードは変わらなかった。ブレーキを踏みこんだ。何も起こらない。思いきり強く踏むと、ブレーキペダルはなんの抵抗もなく床についてしまった。そこでやっとわかった。ブレーキがきかないのだ。

オリヴィアは力いっぱいハンドルをにぎりしめた。アクセルペダルの上で足を浮かせ、エンジンブレーキでヴァリアントのスピードを落とそうとした。軽くアクセルを踏んだのは、カーブにさしかかったときだけで、そのほうがコントロールしやすいと思ったからだった。道路に意識を集中して、舗装面のひび割れや、低いガードレールのくぼみのひとつひとつにまで目を配った。まばたきすらしなかった。

対向車線に大きくはみ出したが、なんとか最初のカーブを切りぬけた。が、そのあとはくだり坂で、スピードはどんどん加速していた。アクセルペダルに足をのせるわけにはいかない。残されたのはハンドルだけだ。指がけいれんするほどきつくハンドルをにぎりしめて、二番目のカーブに突入した。

タイヤがきしる音を聞きながら、バックミラーにちらりと目をやった。後続車が最初のカーブを乗りきってスピードを落としたので、追突されることはまずないとわかってほっとした。ほんの一瞬あと、車の前部が、ガードレールのひどく破損した箇所につっこんでいくのがわかった。最後に思ったのは、なんて不当なのだろう、ということだった。お酒も飲んでいないのに。

# 22

近くで声がした。家のなかにだれかいるの？　わたしのベッドルームに？　でもおどすような声じゃない……心配しているようだ……それに若い。とても若い。

「起きてよ、ねえお願い、起きて」と言う声が聞こえる。「お願いだから死なないで。どうしていいかわからないから」

　ことばは聞き取れるが、全体の意味はわからない。ここはどこ？　オリヴィアは目を開けた。ウィンドウ越しに木のてっぺんと幹が見え、その向こうに空が見えた。

「どういうこと？」弱々しい声ではあるが、とりあえず発することはできた。

「生きてたのね！　ああよかった！　どこか痛いところは？　ああ、もちろんどこもかしこも痛いよね。待って、動かないで。車が燃えてるんじゃないかぎり、動かさないようにって救急救命士に言われたし、車は燃えてないから」

「救急……？」

「九一一に電話した。で、あなたのそばにいろって言われたからそうしたの。何も覚えてないの？」

女性の声だが、聞き覚えはない。「何も」疲れが一気に出て、頭をうしろにもたせかけた。ヘッドレストの感覚でぴんときた。「わたし、車に乗ってる」

「そうよ、運転してたでしょ。ところで、わたしはジュリー。思い出さなくていいから、楽にしてて」遠くでサイレンの音がする。「ああよかった、来てくれた。じっとしててね、いい？　ちょっと行ってくる。すぐに戻るから」

オリヴィアは考えようとしたが、サイレンの音が頭を満たすほどにうるさくなった。やがて止まった。彼女はうめいて目を閉じ、理解しようとするのをあきらめた。軽く肩に触れられてわれに返った。

「リヴィー、まだ動こうとするな。救急救命士がもうすぐ来る。彼らが面倒をみてくれるよ」聞き覚えのあるやさしい男性の声だった。いい声だわ。

「ほんとにもう大丈夫だから」オリヴィアは言い張った。病院のベッドに上体を起こして座る。「いくつかあざができただけよ。衝撃で息が止まるかと思ったけど」

「ガードレールに激突すればそうもなるさ」デルが言った。

「わたしの車は助かりそう？」

「悲惨な状態だけど、事故のわりにはひどくない。ああいう古いヴァリアントは作りがしっかりしてるから……ジェイソンが修理工場に牽引していったよ。調べて何かわかるかやってみるそうだ」

「何かって？」

「どこまで覚えている？」

オリヴィアは目を閉じて、思い起こそうとした。チェンバレン邸を出て、チャタレーハイツに向かっていたのは覚えている。後続車の何かが気になって、不安になったことも。そのあとは空白だった。「とくに何も」

「ブレーキが壊れていたんだ。理由が知りたい。一カ月まえに整備したとき、ブレーキは申し分のない状態だったとジェイソンは請け合っていたよ」

「自然に壊れたんじゃないの？」

デルは鼻を鳴らした。「きみの弟は腕のいい修理工だ。完璧主義者なのは言うまでもなくね。ブレーキがだめになるような機械関係の理由があれば、彼がつきとめてくれるよ」

「ほかにどんな理由があるっていうの？」

「きみはしばらく病院にいたほうがいい。反論はなしだ。ほんの数時間のことなんだから。エリーとアランを見つけて迎えにきてもらうまで、コーディがついている」

「思い出した。アランは月曜日の夜まで仕事で町を離れてるし、母さんはカンフー大会でクラークスヴィルにいるの。読書愛好家の集まりのあとですぐ出かけたはずだから、きっと携帯電話の電源を入れ忘れてるんだわ」

「じゃあマディーだ。何があったか話したら、彼女はここに飛んでこようとしたんだが、わたしがきみと話すまで待ってほしいとたのんだんだ。店を閉めてから来るだろう」

「大げさにしないでよ。わたしは大人だし、気分も落ちついてる。レントゲンやなんかの検査も全部受けたけど、どこも折れたり裂けたりしてなかったんだから。ちょっと打ち身があるだけよ」

デルはむずかしい顔で下を向いた。眉のあいだに心配じわができている。

オリヴィアはもっと体を起こそうとして、肩に走った痛みにひるんだ。

「デル、これが事故じゃないかもしれないと思ってるの？　ジェイソンが何を見つけるかそんなに気にしてるのは、だれかがわたしのブレーキに細工したと考えてるから？」

デルは制服の上着に腕を通した。

「こうしよう。ジェイソンが事故だと言ったら、コーディにきみを家まで送らせる。そうじゃなかったら、今夜はここに警護つきで泊まってもらう。というわけで、今はこのままでいてくれ」

携帯電話が鳴ったとき、オリヴィアは服を着て病室のベッドに座り、コーディ保安官助手と七度目のハーツ(トランプのゲーム)をしていた。医師が処方してくれた薬のおかげで、携帯電話に手を伸ばすことができた。痛みはあったが、この際気にしていられない。

「大丈夫ですか？」コーディがきいた。

「ええ」通話ボタンを押す。「ジェイソン？　早く教えて」

「はいはい」

コーディが少し部屋の外に出ている、とオリヴィアに合図した。オリヴィアがうなずくと、ジェイソンが電話口で言った。

「デルがそっちに向かってるから、注意だけしとくよ。姉さんの車はブレーキ液がなくなってた。だからブレーキペダルがなんの抵抗もなく床についたんだ。きれいな穴があいてたよ。ブレーキ液がゆっくり流れ出る程度のがね。こすったあととかはなかったから、砂利や岩のせいじゃない」

「てことは……」

「だれかがブレーキに細工したってことだよ、リヴィー。これは問題だ」

「わかった。ねえ、まえの座席にクッキーカッターの袋はあった？」

「ああ、奇跡的に無傷だったよ。店に寄ってマディーにわたしてきた」

「よかった」オリヴィアはジェイソンがお説教を再開するまえに電話を切った。脚をおろしてベッドから立ちあがった。ぐらつくが、使い物にはなる。ジャケットをつかんで病室のドアに向かった。

廊下にはだれもいなかった。オリヴィアは階段室に走って踊り場までおり、裏の搬入用出入り口から病院を出た。十代の夏にチャタレーハイツの小さな病院でボランティアをしておいてよかった。

ひとりの若い用務員が搬入用デッキに立って、煙草に火をつけていた。オリヴィアのほうをちらりと見たが、すぐに目をそらした。あざは服で隠れているし、三十一歳なので、興味の対象外なのだろう。

病院は〈ジンジャーブレッドハウス〉より四ブロック北にあった。オリヴィアはジャケットのファスナーを上げ、春の散歩に出ているようなふりをした。十代の少女がふたり、熱心に話しこみながら、彼女に目も向けずに通りすぎた。歩道にひとりになると、オリヴィアはジャケットのポケットから携帯電話を引っぱり出し、マディーの短縮番号を押した。留守番電話につながった。つぎに店の番号にかけた。

「〈ジンジャーブレッドハウス〉です。どんなご用件でしょうか？」マディーの声はいつもより元気がなかった。

「わたしよ」

「リヴィー！　どうなってるの？　すんごく心配して――」

「あと五分でそっちに行く。店にお客さんはいる？」

「女性がひとり料理本を見てるけど、何度も時間を確認してる。待ち合わせみたい」

オリヴィアはジャケットの袖から時計を出して、時間をたしかめた。

「そろそろ五時よ。彼女を店の外に出せるかどうかやってみて。もちろんやんわりとね。そしたら鍵をかけて。わたしは裏口からはいって、あなたが店からじゃま者を追い出すまで厨房にいるから」

「なんだかワケありみたいね」少しマディーらしい声になった。

「それともうひとつ。デルもそっちに向かってるの。わたしのほうが先に出たけど、念にはロックのところまで来たわ。帰ったらすぐ話す」
「あんまり早く来てほしくないわね。あなたと口裏を合わせておく必要があるし。あと一ブ
「彼が裏口に来たら？」
念を入れて急いで店を閉めて」

オリヴィアが到着すると、厨房で待っていたマディーが飛んできた。

「ほんとにここにいていいの？　体は大丈夫なの？　どこか折れてるんじゃないの？」

鎮痛剤のイブプロフェンのボトルから二錠取り出し、コーヒーで流しこむオリヴィアを見守りながら、マディーはきいた。

「大丈夫よ、ほんとに。ただの頭痛にはこれがいちばんだし」薬のボトルを持ってオリヴィアは言った。「この状態でどれだけ効くかわからないけど、ないよりはましよ」ポケットに手を入れて処方薬のヴァイコディンのボトルを出す。「これはお医者さんがくれた鎮痛剤。すごくよく効くけど、ちゃんとものが考えられなくなるから」

ショックが収まったあとは、うずく肋骨と痛む肩と頭痛に悩まされるようになっていた。病院で診察してくれた医師によると、このあと首が痛くなってくるらしい。

「整理させて」マディーが作業台にひょいと座って脚をぶらぶらさせた。「あなたは自動車事故でけがをして、病院から抜け出してきた。怒ったデルがもうすぐここにやってきて、尼寺へゆけ、じゃなきゃせめてしばらく隠れ家にいろと命令するつもりでいる。でもあたしと

あなたは彼を味方に引きこんで、クラリスを殺してサムとあなたに危害を加えた人物を洗い出す手伝いをさせる。これで合ってる？」

「だいたいはね」オリヴィアはシンク横の引き出しを開けて、処方薬のボトルをしまった。もしデルがこれを見たら、彼女に行動を起こさせないための武器に使うかもしれない。

「あなたの名人級の計画作成能力に疑問を呈するわけじゃないけど、どうすればそんなことができるの？」マディーがきいた。

裏口のドアで鋭い傲慢なノックの音がして、話し合いは終了となった。

「さあ、ショータイムよ。わたしのリードについてきて」オリヴィアは言った。ドアを開けて押さえると、デルが厨房に飛びこんできた。

デルはマディーをにらんだあと、オリヴィアを見据えた。

「きみの服を隠しておくようにと看護師に指示しておくべきだった」

「あたしもあなたに会えてうれしいわ」

マディーは作業台からおりて、シンクの水切りから洗ったマグを取った。

「ポットにコーヒーを淹れたところなの」

「コーヒーはけっこうだ」デルは胸のまえで腕を組んだ。

マディーはコーヒーを満たしたカップを彼に差し出した。

「上着を預かるわ。肩のあたりがきつそうね。トレーニングでもしてるの？」

デルは彼女を無視した。マディーは冷凍庫を開けて、ショウジョウコウカンチョウの形のデコレーションクッキーを取り出し、小皿にのせた。コーヒーとクッキーをデルの横のカウンターに置く。

「凍ったクッキーはコーヒーに浸して食べるとおいしいのよ。ねえ、上着を預からせてくれない？」

「おしゃべりはやめて出ていってくれ。リヴィーとふたりだけで話がしたい」

マディーは作業台の上に戻った。「あらそう。あなたの出番よ、リヴィー」

「見せたいものがふたつあるの。あなたが聞きたいんじゃないかと思う情報も。だから座って、コーヒーにクッキーを浸してちょうだい。わたしの準備ができるまで、もうちょっとあごの筋肉をゆるめておいて」オリヴィアは言った。デルが動こうとしないので、オリヴィアはカップと小皿を取ってテーブルに置いた。椅子を引いて言う。「座って。すぐに戻るわ」

二階のドアを開けると、興奮気味に鳴いたり甘え声を出したりしているスパンキーがいた。オリヴィアはこのかわいそうな子のことをすっかり忘れていた。小用を足す必要があったようだが、ちゃんとおしっこシートを使ってくれていた。

ジェイソンが届けたあと、マディーがしまっておいてくれたクラリスのクッキーカッターが入った袋は、オフィスの金庫から出してあった。死の直前の日付があるクラリスからの手紙と、店のアンティーク用キャビネットで見つけたフェイスからクラリスに宛てた手紙も。マディーとふたりでインターネットからプリントアウトした、黒髪の女性の遺体の記事を含む、その他の資料をすべてかき集めた。それらを全部手提げ袋に入れたあと、興奮を抑えきれないペットを抱きあげて、階下の〈ジンジャーブレッドハウス〉に戻った。

オリヴィアとスパンキーが厨房にはいると、沈黙が身にしみた。少なくともデルのまえのクッキーはかじられており、上着は引きわたされていた。スパンキーがもがいてオリヴィアの手から逃れ、鼻をくんくんさせながら熱心に厨房の探検をはじめた。オリヴィアはデルがその作業を目で追っているのに気づいた。きつい表情がやわらいだように見える。

マディーがカップにコーヒーを注ぎたし、冷凍クッキーのお代わりを小皿にのせているあいだに、オリヴィアはテーブルに証拠品を広げた。デルはまずクラリスからの手紙を読んだ。それからフェイスの手紙に移った。「このフェイスというのは?」

「まったくわからない。最初は人の名前じゃなくて、結びのことばか何かだと思った――〝変わらぬ信頼を《キープ・ザ・フェイス》〟みたいなね。クラリスはフェイスがゆすり屋だと思っていたのかもしれない。でもわたしにはそうは思えない。これは手紙の一部、最後の部分のように見える。クラリスは何が起こっているかをわたしに知らせたかったのよ。自分に何かあったときのために。彼女はどこまでも自信家だったけど、現実主義者でもあった。危険を感じてたんだと思う」

デルは手紙を脇に置いて、パタクセント川州立公園で見つかった、黒髪の女性の身元不明遺体についてのふたつの記事に目を向けた。読みおえると、しばらく虚空に目を向けていた。オリヴィアは歯を食いしばって、彼の考えをじゃますまいとした。マディーでさえ動かずにいた。

ようやくデルは紙を集めて重ね、その上に手を置いた。

「どうしてこれをぼくに見せなかった？」

「いま見せてるわ」オリヴィアは冷静に言った。

「言いたいことはわかるはずだ」

オリヴィアは肩をすくめた。「クラリスはこの二通をわたしにたくしたの。個人的なことを公にされたくなかったのよ。死んだあとでも公にはされたくなかったはず。あなたは彼女の死因は事故か自殺だと言いつづけてたわよね。だれかがクラリスをゆすろうとしていて、そのせいで彼女は動揺していたんだと言っても、あなたに反論されると思ったの。でも、この二通の手紙だけでは、彼女が殺されたことを証明できない。動機がわかってきたのは、マディーが見つけた新聞記事を見たときよ」

「この記事がなぜ大事なのかわからないんだが」デルが言った。

「ジャスミンが突然町を出てから、だれも彼女の消息を知らないのよ」

「ジャスミン？」

「ジャスミン・デュボイスよ」オリヴィアはいらだった声にならないように気をつけた。

「クラリスに孫がいるなら、ジャスミンが子供の母親である可能性が高いの」

デルは心底混乱しているようだった。「どこかで聞いたことがあるような名前だけど……」紙の束から手を上げて、女性の遺体についての記事のひとつを取りあげる。「ああ、そうか。これは六年まえに起こった事件だ。ぼくの結婚が破局したのは八年まえだった」彼は記事を束の上に戻して黙りこんだ。

デルは破局した結婚についてオリヴィアに話したことがなかった。もちろん、彼女のほうでも詮索する気はなかった。だが、デルがそれを人まえで話すことにまだ抵抗があるなら、彼の離婚がジャスミンとどういう関係があるのか、話してくれないかもしれない。オリヴィアは軽く首を振り、マディーに黙っていろと知らせた。

デルは言った。「ぼくはしばらくここを離れたかった。それで、ミネソタ北部の小さな町で保安官助手の仕事を見つけ、二年間そこにいた。そのあとここの保安官が引退して、今の仕事を得た、というわけさ。それで、ジャスミンというのはだれで、どうして彼女が重要なんだ？」

オリヴィアのエネルギーは涸《か》れはじめていた。考えをまとめる時間がもう少し必要だ。嘆願するようにマディーを見た。

「説明するわ」マディーが代わって言った。「ヒューとエドワードとクラリスは、ジャスミンのことをすばらしい女性だと思っていた。マーティン・チェンバレンと嫉妬深いタミー・ディーコンズはそう思っていなかった。ジャスミンは〈ピートのダイナー〉で働き、彼女を崇拝するお客たちからチップをかき集め、チェンバレン兄弟とつきあっていた。ところが突然彼女は町から消えて、わけもわからずに傷心した人たちが残され、以来だれも彼女のうわさを聞いていない。彼女を知っていた人たちは、そもそも彼女がどこの出身かもよく知らなかった」

「なるほど」デルは言った。「それでこの身元不明遺体がジャスミンじゃないかと思っているわけだ。でもどうして？」

「タイミングも、長い黒髪も、年齢もだいたい合う。それと、これはあなたも気にすると思うけど、出産していた」

「どれも状況証拠だ」

「そうだけど、これでも精一杯やったのよ。それに、わたしがネットで調べたことをよく見てもらえれば、ジャスミンが存在した証拠がまったく見つからなかったことがわかるわ。おかしいと思うでしょ」マディーは小皿から最後のクッキーを取った。黄緑色のウサギだ。その耳が消えた。

「六年まえ、一般人の名前はそれほどネット上に見られなかった。みんなまだそれほどソーシャルネットワークにはまっていなかったからね」デルは言った。

　オリヴィアはいくらかエネルギーが戻ってきたのを感じて、会話に加わった。

「マディーが言おうとしているのは、答えの出ていない疑問と偶然が多すぎるってことよ。クラリスは殺された。サムとわたしがねらわれたのはその間接的な証拠よ。では、いちばん彼女を殺しそうなのはだれか？　そしてその理由は？　ヒューかエドワードかタミーしかありえない。あるいはそのうちのふたりか、三人とも共謀しているか」

「リヴィー、もうこの件から――」

「あなたは信じてくれてるみたいだけど、わたしたちに手を引かせたがってる。この情報を手に入れて、自分で捜査をつづけるつもりなのね。わたしたちが話をきいてまわるのをやめたら、犯人は安心して人殺しをやめると思って。ちがう？」

デルは額をさすった。見たこともないほど疲れている様子だ。「だれにも危険な目にあってほしくないんだ。きみたちは警察官でも訓練を受けた捜査官でもない」

「でもそれは――」

「きみを侮辱しているわけではないんだ、リヴィー。事実を述べているだけだ。きみは頭がいい。きみたちふたりとも。それにここまでよく調べてくれた。だがぼくは訓練を受けているし情報源を持っている。もちろん経験もある」

「それに銃もね」マディーが言った。

「ああ、できれば使いたくないが、持っている。きみたちがあげた容疑者に異論はないが、車のブレーキに細工する方法を、タミー・ディーコンズが知っているとは思えない。それでも、きみが指摘したとおり、共謀している可能性はある。ヒューとエドワードとタミーは、おそらく全員動機があるし、そのうちのふたり、または三人ともが共謀していることも考えられる」デルは髪に指をすべらせた。「クラリスを偲ぶ会は中止にしてくれないか、リヴィー。きみたちふたりがつぎの攻撃にさらされるだけだ」

オリヴィアとマディーはすばやく視線を交わしたが、何も言わなかった。

「聞いてくれ、リヴィー。車に細工をした人物はあきらめない。きみはほんとうに危険な状態なんだ。きみもだよ、マディー。それにもしかしたら家族も」

「サディーおばさんには早めの誕生日プレゼントをあげたの。ワシントンDCのスパですごす休日をね。家をひとりじめしたいからだろうって責められたけど、結局今朝出かけたわ。水曜日まで戻らない」マディーが言った。

デルは椅子に座りこんだ。「きみたちはぼくの言ったことを聞いていたのか?」

「あなたは自分の懸念をはっきりと表明してくれたわ。わたしたちはあなたを無視してるわけじゃない。別の見方をしてるだけよ。わたしたちにはあなたが必要だけど、あなたにもわたしたちが必要なの。いいわ、好きなだけあきれてちょうだい、でもせめて最後まで聞いて」オリヴィアが言った。

デルはこれ見よがしに時計を見た。

オリヴィアはクラリスのクッキーカッターの袋に手を伸ばし、中身をテーブルの上にあけた。

「そもそもチェンバレン邸に行ったのはこのためなの。どういうわけか車に細工した人物はわたしがあそこにいることを知っていた。バーサはひと言も言わないと断言してくれたのに。おそらくバーサはおどおどしていたか、容疑者または容疑者たちが不審に思うようなことを尋ねたんだと思う。いずれにせよ、大事なのはこの子たちが無事だったことよ。クラリスの殺害、未解決殺人事件、二件の傷害事件、そしてもしかしたら行方不明の子供にも関係のある容疑者が三人いる。わたしたちに必要なのは、その三人のだれが何に関わっているかを、すばやく正確に知る方法なの」

デルが言った。「ぼくが保安官としてききこみを――」

「がむしゃらに捜査するのもいいわ」オリヴィアは言った。「でもそれだと時間がかかってしまう。おそらくかなりの時間が。それでもうまくいかないかもしれない。マディーはいつまでもおばさんを町から出しておくわけにはいかないし、わたしだっていつまでかかるかわからないのにボディーガードを雇いたくはない。だからマディーとわたしは、犯人もしくは犯人たちを、もっとずっと早く特定する方法を考えたの」

「鎮痛剤を何錠飲んだんだ？」

「イブプロフェンだけよ。あのね、クッキーカッターはクラリスにとって意味があったの。彼女は悩みを解決するのにクッキーカッターの力を借りていた。そのことに気づいたのは昨日の夜――実際には日付が変わってからよ。彼女のデスクの写真からクッキーカッターを特定しようとしていて――」

「たしかあの写真は消去するようにと言ったはずだが」

「それでバーサが話してくれたのを思い出したの。クラリスはいろいろなことを夫の肖像画に相談していたって。書斎の暖炉の上に飾ってある肖像画に。それでぴんときた。うちの店でクッキーカッターを選ぶとき、クラリスはときどき妙なことを口走っていたの。たとえば……」オリヴィアは走るジンジャーブレッドマンのクッキーカッターを取りあげた。「ほんの数週間まえにわたしからこれを買ったときは、〝走れ、できるだけ早く走れ〟と言っていた。これはジンジャーブレッドマンのおとぎ話からの引用だから、そのときは何も思わなかった」つぎに踊るスヌーピーを手に取った。「これを売ったのは最後に彼女に会ったときよ。とても楽しげなカッターなのに、クラリスはこれを見て泣きそうになっていた。そんなに悲しい気持ちになるなら、どうして買うんだろうと思ったのを覚えてる」

デルは口をはさむのをやめていた。オリヴィアが顔を上げると、彼はクッキーカッターをじっと見ていた。乳母車のカッターを手にして言う。

「じゃあこれらのものは、彼女が人生で関わった人たちを象徴しているときみは思っているんだね？」

オリヴィアはうなずいた。「人かもしれないし、出来事かもしれない。時間がなくて、まだ全部は解明できてないけど。マディーとわたしはクラリスを偲ぶ会を開いて、部外者にはでたらめに見えるように、いろんな形のクッキーを並べるつもりなの。クラリス殺害に関わった人からやましさのような反応が引き出せることを願って」

「言い換えれば、壮大で危険をはらんだひとつの実験ということだね？　きみたちのどちらにもそんなことをさせるわけにはいかない」デルは乳母車のクッキーカッターをテーブルに置いて立ちあがった。「そんな危険行為は禁じる」彼は上着をつかみ、大股で裏口のドアに向かった。

「ここはわたしたちの店よ。どんな危険なことをしようとわたしたちの勝手だわ。あなたに許可を求めているわけじゃない。保護も求めていない。偲ぶ会は計画どおりおこなうわ、あなたが参加してもしなくても。どうするかはあなたにまかせる」オリヴィアは言った。

デルは肩を落とした。「リヴィー・グレイソン、きみは地球上でいちばん頑固な女性だ」振り向いてオリヴィアの顔を見た。「ぼくが絶対に来るとわかっているんだろう。もしきみに何かあったら――マディーにも――けっして自分を許せないだろうから」

「付け足してくれてありがとう」マディーが言った。

デルはオリヴィアにわたされた書類を振った。「やることができた。きみたちが殺されないようにする方法については明日話そう」頭にたたきつけるようにして帽子をかぶり、裏口のドアを開けた。「それまで、コーディにできるだけ店周辺を警備させるよ。店の外やなかで、不審な物音を聞いても自分で調べてみようとするな。ぼくの携帯に電話してくれ。もしなんらかの理由でつながらないときは、九一一に電話するんだ。わかったね？」

「わかった」オリヴィアは言った。

「イエス、サー」マディーも言った。

「それと、ぼくが出たらこのドアに錠をおろすこと」

マディーがドアに施錠すると、オリヴィアは言った。

「オーケー、それじゃあ作業にかかりましょう。今夜じゅうにクッキーを型抜きして焼いておけば、明日の閉店後には充分冷めてるからデコレーションができるわ。必要になるほかのカッターをさがさなきゃ」

「ちょっと待って」マディーが威厳たっぷりに言った。「あなたは何もさがしたり、型抜きしたり、焼いたりしないの。今夜はね」

「ふざけるのはやめてよ」

「ふざけてなんかないわ。命令してるの。二階に行きなさい。このうるさい生き物を連れてね」マディーは自分の毛布の上でまるくなっていびきをかいているスパンキーを指さした。「それからあったかいお風呂にはいって、何か食べて、おもしろい本を読んでリラックスする。それが全部すんだら、ベッドに倒れこんで、できるだけ長い時間眠ること。言いたくないけど、リヴィー、こんなひどい状態のあなたは見たことがないわ」

「お気遣い、痛み入ります」疲労を感じているのは認めないわけにはいかなかった。もちろん痛みと凝りも。「でも、あなたの言うとおりだわ、相棒」

「でしょ？」

「このあとの二日間を乗りきるにはありったけの力が必要なのに、とっておいた力を使い果たしちゃった。でも約束して――何かでわたしが必要になったら、余分なクッキーカッターが見つからないとかでもいいから、わたしに電話してね」

「この店のどこに何があるかは全部わかってるって」マディーが言った。「アラームなんてセットしないで、一日寝てなよ。はい、抱いて眠るためのぬいぐるみ」眠そうなスパンキーを毛布ごと持ちあげ、オリヴィアの腕のなかに移した。「さあ、行って」

# 23

どういうわけか、オリヴィアのアラームの音は、おだやかなブザー音から甲高い犬のくんくん声に変わってしまったらしい。しかも彼女の体はパンチングバッグにされている。眠りの流砂のなかを苦労しながら歩くうちに、ようやくくんくん鳴いているのもパンチを繰り出しているのもスパンキーだとわかった。長いこと室内に閉じこめられていた彼が、不満を訴えているのだ。昨日の事故で痛手を負っているので、二キロちょっとのスパンキーが二百キロ以上にも感じられた。オリヴィアは彼をおろして横向きになった。

「どうして子犬を引き取るのがいい考えだと思ったのかしらね？」

スパンキーはオリヴィアの痛む肩に体当たりすることでそれに応えた。

「ちょっと待っててくれる？」

オリヴィアは彼の上に手を伸ばして携帯電話を取ろうとした。一日寝ているようにとのマディーの命令にそむいて、午前八時にアラームをセットしておいたのだ。アラームが鳴ったのは聞こえなかったが、どうやら鳴っていたらしい。ベッドルームのカーテンの隙間から、明るい日差しがもれているところをみると。

オリヴィアは目をすがめて携帯電話の右上の隅を見た。

「四時？」彼女は起きあがった。「しまった！」

スパンキーが跳ねるようにうしろにさがって、不安げにキャンと鳴いた。オリヴィアは目をこすってもう一度時間をたしかめた。たしかに四時だ。そのあとに小さく〝pm〟がついている。アラームが鳴っても気づかずに、さらに寝てしまったのだ。

すぐにクラリスのことと、自分がかなり真相に近づきつつあることを思い出した。それで頭がはっきりし、痛みも気にならなくなった。あと三十六時間で、友だちを殺した人間を見つけるつもりだった。

シャワーを浴びて、冷たいソーセージピザをひと切れ食べ、とくに効き目の強いイブプロフェンを二錠飲むと、オリヴィアはスパンキーを連れて階下におり、敷地の横の庭に行って、急いで散歩をすませた。用事を終えた犬を抱えて、〈ジンジャーブレッドハウス〉にはいった。マディーはアンティーク用キャビネットのそばで、ヴィンテージもののクッキーカッターについて声高に話すふたりの女性を接客していた。マディーはオリヴィアに気づくと、お客たちの頭越しにウィンクをしてきた。

会計カウンターでは、オリヴィアの母が〈ジンジャーブレッドハウス〉の小さな袋を別のお客、見覚えのあるハスキーな声の女性にわたしていた。帰ろうと振り向いたその女性を見て、〈ザ・ウィークリー・チャター〉の記者、ビニー・スローンだとわかった。きつく結ばれたビニーの口は不機嫌そうだ。が、オリヴィアを見つけたとたん、捕食者の笑みが顔じゅうに広がった。スパンキーが腕のなかでもがいたが、オリヴィアは彼に守ってもらう必要があるかもしれないと思って、しっかりつかまえていた。

「ここにいたのね、リヴィー。会いたいと思ってたのよ」

ビニーのうしろでエリーがオリヴィアに気づいてもらおうと手を振り、首を振って無言の警告をした。

「あら、こんにちは、ワンちゃん」

ビニーはそう言って、スパンキーの頭に手を伸ばした。

スパンキーは低くうなった。筋肉が緊張しているのがわかる。オリヴィアはスパンキーが差し伸べられたビニーの指をかまないように、一歩あとずさった。

ビニーは手をおろした。「あんまり人なつこくないのね。まあいいわ。あなたが明日開くクラリスを偲ぶ会の記事を新聞に載せようと思っていることを、知らせるために寄ったの。内輪だけの会だとあなたのお母さまから聞いたけど、だからこそわたしがレポートするのが大事なんじゃないかと思って。クラリス・チェンバレンを知っていた人たちはみんな、彼女の死を悼む場が必要だもの」

天井を向いてぐるりと目をまわさずにいるには、そうとうな意志の力が必要だった。

「申し訳ありませんが、マスコミには公開しません。クラリスの家族と近しい人たちが内輪で彼女を偲ぶためのものなので。ご理解いただけますよね」なんとかぎこちない笑みを浮かべた。スパンキーがうなり声をあげた。

ビニーは用心深くスパンキーをちらりと見た。

「〝近しい人たち〟に入れてもらえなかったチャタレーハイツの残りの人たちが、どんな反応をするか考えたことはある？　とても傷つくかもしれないとは思わないの？　怒る人もいるかもしれないわよ？」

みんなが傷つきも怒りもしなかったら、あなたがそうさせるんでしょ。

「経験豊富なジャーナリストなら、わたしたちがそっとしておいてもらいたいことを、町の人たちに理解させることができるはずです。偲ぶ会はひっそりとしたささやかな集まりで、ニュースになるようなものではありません。もし驚くようなことが起これば、あとでよろこんであなたにお知らせします」軽はずみな約束だが、小さな町で新聞を敵にまわすのは得策ではない。

エリーがオリヴィアのそばに来て、さりげなく助け舟を出した。

「リヴィー、そろそろ閉店にしない？　もう五時すぎよ」

だがビニー・スローンにほのめかしは効かなかった。

「話は変わるけど、あなた、昨日単独で自動車事故を起こしたんですってね。わたしたち地元の人間が〝酔っぱらい止め〟と呼んでるガードレールにつっこんだとか。コメントをもらえるかしら？」

新聞を敵にまわしたくなってきた。飼い主がいらだちをつのらせているのを察知したスパンキーは、歯をむき出した。オリヴィアはそんなことをする彼をこれまで見たことがなかった。エリーが彼の首の毛に指をもぐらせて、目をのぞきこむ。だがエリーの手の魔法は効かなかったのか、スパンキーのうなり声が威嚇に変わった。

ビニーは何も言わず、唇をきつく引き結んでドアに向かった。彼女が出ていってドアが閉まると、スパンキーはすぐに落ちついた。エリーが彼の耳をかいて言った。

「あんたはなんていい子ちゃんなんでしょうね。オリヴィア、ほんとに大丈夫なの？　ひどい事故にあったばかりなんでしょ？　あなたの弟の話だと――」スパンキーのしっぽがスタッカートのリズムでオリヴィアの腕を打った。

「母さん、わたしなら大丈夫よ。ほんとだって。ところで、今のはなんだったの？」

エリーは微笑んだ。「ちょっと犬にささやく実験をしてみただけよ。さてと。急げば詩作愛好家の集まりに間に合うわ。あなたたち、今夜はクッキーのデコレーションを楽しんでね。でもあんまり夜更かししちゃだめよ」

〈ジンジャーブレッドハウス〉の厨房には、オレンジの皮のすりおろしと、クッキー生地と、ペパロニピザに、フレンチローストコーヒーが加わった香りがただよっていた。型抜きクッキーのラックが作業台の半分を占領し、残りのスペースのほとんども、オリヴィアが集めたロイヤルアイシングの材料でどんどん失われつつあった。

マディーはサディーおばさんのたよりになる二十年もののキッチンエイド社製アルチザン

シリーズのスタンドミキサーを持参していた。「量産にはもってこいよ」彼女は愛おしそうにミキサーをそっとたたいた。「ところで、確認させて。今回はあんまり愉快なデコレーションをしちゃいけないのよね？」マディーは膝が破れたジーンズを穿いて、〝ふざけるために生まれた（発音は「ギャンブルのために生まれた」と同じボーン・トゥー・ギャンブル）〟とプリントされたタイトなTシャツを着ていた。

「形がはっきりわかるようにしたいの。だれかが反応するのを見たいなら、なんなのかすぐにわかってもらえるデザインにしないと」オリヴィアは言った。

「じゃあ、乳母車の色を深紅色《マゼンタ》にしてもいいのね？　乳母車に見えさえすれば」

「まあ、理論上はね。でも、特定のクッキーについてはちょっと考えがあるの」オリヴィアは、車輪と日よけ付きの乳母車のカッターが並んだいちばん手前のラックを指さした。「色はなんでもいいけど、いくつかはピンク、いくつかはブルーにして。孫がいたとしても、性別まではわからないから、男女どちらでもいいように」

「了解」マディーはオリヴィアからわたされていた、改訂版のクッキーカッターリストを手に取った。

クラリスのデスクにあったクッキーカッター

1　車輪と日よけ付き乳母車
2　小さな天使
3　踊るスヌーピー＊

4 ジャスミンの花（オリヴィアが追加）
5 花咲くジャスミンの木（マディーが追加、テンプレートで作製）
6 花びらが六枚の花
7 王冠をかぶったジンジャーブレッドボーイ＊
8 走るジンジャーブレッドマン＊
9 ジンジャーブレッドハウス＊
10 ジンジャーブレッドウーマンとガール＊
11 棺
12 魔女の帽子
13 まるい木
14 鳩
15 クルミ割り

不明
16 盾？　紋章？
17 リンゴ？　ピーマン？
18 花？　風にそよぐ草？　ボサボサ頭？

（＊印はクラリスのコレクションから拝借したもの）

「この小さい天使だけど、男の子と女の子の両方を作ってほしいの。どちらもいくつかは髪を黒くして」オリヴィアは言った。

「なるほど。ジャスミンみたいにってことね」マディーはリストにメモを取った。

「そういうこと。ジンジャーブレッド母娘もね。でも、ほかの色の髪のも作って」

「ネイビーブルーでもいい？　ヴァイオレットでも？」

「うーん、いいわよ」

「暗褐色《ピュース》は？」

「またコーヒー豆をかんでるの？　カフェインのとりすぎじゃない？」

マディーはにやにやした。「ごめん、なんだかわくわくしちゃって。つづけて」

オリヴィアも犯人を追いつめるスリルを感じたいのはやまやまだったが、絞り出せるのは悲痛な決意ばかりだった。それに、イブプロフェンは体の痛みにちっとも効いていない。首をもみながら作業台の右端を指さした。「王冠をかぶったジンジャーブレッドボーイは――クラリスはきっとわたしに会うまえにこれを手に入れたのね。一九八〇年代にロビンフッド製粉が購買者にプレゼントしたものよ。彼女もそうやって手に入れたのかもしれない。ヒューとエドワードが子供のころ、彼女はこれを使ってたんじゃないかと思うの」脚がスポンジのようにへなへなになり、作業台の縁に手をついた。

「ねえ、ベッドに戻ったほうがいいよ」マディーが言った。椅子を引いてきて、オリヴィアを座らせる。「指示を出してくれたら、デコレーションはあたしがするから。明日のイベントで犯人を明らかにしたいなら、力を蓄えておかなきゃ」

痛みよりも悲しみでまいっているのはわかっていた。

「いいえ、デコレーションが間に合わなかったら、イベントを企画した意味がないでしょ。作業をしながら話し合う必要があるの。休むのは終わってからでもできるわ」

「わかった。でも、だれかが徹夜しなくちゃならないとしたら、それはあたしだからね。いい？」

「その必要はないわよ」オリヴィアはカップのコーヒーを飲み干した。「さてと。王冠をかぶったジンジャーブレッドボーイね。これはチェンバレン兄弟のどちらか、あるいはもしかしたら孫息子を表している。王冠が目立つようにして。それが重要になるような気がする」

マディーは自分とオリヴィアのカップにコーヒーを注ぎ足した。

「この形には説明が必要よね」雲のように見えるクッキーを指さして言う。「ジャスミンの花を表すものとしてあなたからわたされたのは、花びらが八枚のクッキーカッターだったけど、白のアイシングを使ったとしても、だれにもわからないいんじゃないかと思ったの。それで、まるみがあって下が茎みたいになってるテンプレートを作ったわけ。アイシングで木に花が咲いてるようにしようと思って」

「いいんじゃない。もしそれでうまくいかなければ、ヒントを出しましょう」オリヴィアは母親のことを考えた。母を危険に引きずりこみたくはなかったが、あやしまれずにヒントを出せる人物がいるとしたら、エリー・グレイソン＝マイヤーズをおいてほかにない。

「花びらが六枚の花は何を表しているかわかる？」マディーがきいた。

「それがわからないのよね。ジャスミンを表してるのかもしれないけど、あんまりぴったりとは思えない。ジャスミンの花には花びらがたくさんあるでしょ。だから花びらが六枚じゃなくて、八枚のカッターをあなたにわたしたのよ」

「ひとまずそれはおいといて、先に進みましょ」マディーは計量カップとスプーンを用意しはじめた。「あたしは作業をはじめてるから、あなたは話をつづけて。まずはアイシングを作るわね」

オリヴィアはデスクからノートパソコンを持ってきて、テーブルに置き、椅子に座りこんだ。

「ここからアイディアが浮かぶかも」ノートパソコンを開き、コーディ保安官助手が撮ったクラリスのデスクの写真を開く。「これ、わかる？」オリヴィアは写真の左下の隅にあるクッキーカッターを示した。「踊るスヌーピーみたいに見えるわよね」

「一九七一年のホールマーク、赤いプラスティック製」マディーが言った。メレンゲパウダーの袋を開け、小さじ四杯ぶんを量って出す。

「クラリスが町のほかの人たちと同じように、サム・パーネルを詮索屋《スヌーピー》と思っていたのはまちがいないわ」オリヴィアはスクリーンの赤い画像に触れた。「彼女はこのカッターを、最後にここに来たときに買った。これを手にして、〝ずいぶん楽しそうね〟みたいなことを言ってたのを覚えてる。ひとり言で、ほとんど聞き取れなかったけど」

「サムのことを言ってたのかしら？　それともスヌーピー？」

「両方かも。私立探偵がクラリスに宛てた手紙に〝子供〟と書いてあるのを見た話をしてくれたとき、サムはすごく得意げだった」

「わたしにはまだよくわからないけど。とにかく、スヌーピーは写真の隅のほうにあるわけだから、クラリスはもうそれほど気にしてなかったのかもよ。だって、この空間を見てよ」

ノートパソコンの画面に指で円を描く。「ジグソーパズルをするときの要領よ。まず、合いそうなピースを集める。それからデザインに合わせてピースをはめていく」

オリヴィアは驚いて眉を上げた。

「何よ？　ここぞというときは、あたしだってまともに考えられるんだから」

今はそれどころではないので、オリヴィアは聞き流した。

マディーは粉砂糖の新しい箱を開けた。

「あたしが言いたいのは、クラリスが問題を解決するのにクッキーカッターを使ってたなら、いちばん重要なカッターをまんなかに置くんじゃないかってこと」

オリヴィアは写真の中央部を拡大した。

「たしかにいいところをついてるかもしれないわ。まんなかに三つのカッターがかたまってるでしょ——王冠をかぶったジンジャーブレッドボーイと、走るジンジャーブレッドマンと、ジンジャーブレッドハウスよ。ヒューとエドワードのことかしら？　それとチェンバレン邸？」

「ヒューとエドワードのどっちがジンジャーブレッドボーイで、どっちがジンジャーブレッドマンなの？」マディーが粉砂糖二カップをボウルに入れながらきいた。

オリヴィアは椅子に背中を預けて目を閉じた。頭が痛みだしていた。そろそろまたイブプロフェンを飲まなければ。それでもそのまま、働かない脳に鞭《むち》打って、クラリスが息子たちをどう評価していたか思い出そうとした。彼女は多くを口にしなかった。あまり好ましくない性質については明かさなかった。おそらくオリヴィアがどちらかと結婚することを望んでいたからだろう。が、まだそれほど親しくなかったころ、クラリスは二回ほど息子たちに対する評価を口にしたことがあった。

「クラリスは一度、ヒューにいらいらして、あの子は黙っていてもすべてが手に入ると思っている、と言ったことがあるの。人当たりのよさで切りぬけるんじゃなくて、もっとがむしゃらに働かなきゃいけないのに、って」

「じゃあヒューは王冠をかぶったジンジャーブレッドボーイね。ルーカスが夕べ、ヒューにローンの見直しをしようと言われたときのことを話してくれたの。下々の者の面倒をみるのは自分の義務って感じだったんですって。ルーカスは頭が悪くて自分の財政問題に対処できないとでも思ってるみたいに。ルーカスのお母さんとお父さんについてはひと言もなくて、大変だったねとも言わなかったそうよ」

「ノブレッソブリージュ、位高ければ徳高きを要す、ってことね」オリヴィアが言った。

「もうフランス語はかんべんしてよ、リヴィー。英語だって完璧じゃないんだから」

「ごめん、あなたの説明にぴったりだったから。王冠をかぶったジンジャーブレッドボーイはヒューでまちがいないわ。ところで、ルーカスはローンの軽減を認めてくれと自分からたのんだの？」

「いいえ」マディーは使った計量スプーンをシンクに放りこんだ。「そんなこと考えてもいなかったそうよ。ヒューがいきなり彼のところにやってきたの」

「ふうん。エドワードは知ってたのかしら？」

「エドワードも承知してるって話だった。あたしが知ってるのはそれだけ。さあ、このアイシングを完璧に仕上げるあいだちょっと静かにしてて」

ミキサーがまわるおなじみの音に、オリヴィアの心はなごんだ。まんなかのジンジャーブレッドのカッター三つを囲むように散らばっている、クッキーカッターたちに意識が流れていく。踊るスヌーピーは左下の隅ではしゃぎ、その隣には魔女の帽子がある。楽しげなスヌーピーがサム・パーネルだとすると、魔女の帽子が示しているのは、クラリスをがっかりさせた人物だろうか？　魔女の帽子はタミー・ディーコンズにちがいないとマディーは言っていた。もしかしたらそうなのかもしれない。

写真の右端では四つのカッターが半円を描いている。図案化された愛らしい鳩、クルミ割り、まるい形の木、そしてジンジャーブレッドのカッターがもうふたつ——大人の女性と小さな女の子のセット。母と娘。クラリスはジャスミンが産んだのは娘だと知っていたのだろうか？　それとも推察？

鳩とクルミ割りとまるい木については見当がつかない。ある種のクッキーカッターが特別な感情を呼び起こすというのはわかる。鳩は単に、家族が平和であってほしいというクラリスの願いを表しているのかもしれない。でも木は何を表しているのだろう。それにクルミ割り……オリヴィアはクルミ割り人形の話を思い起こした。クルミ割り人形って、ほんとは王子さまなんじゃなかった？

マディーはロイヤルアイシングを混ぜおえ、ジェル状の食用色素のボトルを用意していた。

「ねえ、マディー、クルミ割り人形の話って覚えてる？」

「クルミ割り人形？　ちゃんと理解してるかどうか自信ないけど、やたらと呪いが出てくる話よね。わたしが覚えてるのは、クルミ割り人形は醜男で、それは呪いをかけられたせいなんだけど、実はハンサムな王子だってことだけ。それからなんか英雄っぽいこと――悪いネズミの王さまをやっつけるとかだったかな――をするんだけど、美しいお姫さまは彼が醜いからって拒絶するの。美しいお姫さまってたいてい、これでもかってくらい自己中心的じゃない？　で、最後にはお姫さまも考えを変えて、クルミ割り人形はまたハンサムな王子に戻って、人形界はめでたしめでたし」

「よく覚えてるわね。でもやっぱりクラリスにとってクルミ割りが何を意味するのかわからない。きっとヒューかエドワードに関係してるはずよね。もしかしたらマーティンかもしれないけど」

マディーは答えなかった。小さなボウルの上におおいかぶさるようにして立ち、小分けしたアイシングに落とす食用色素のしずくを数えているのだ。

心を読むコンピュータープログラムがあればいいのに、とオリヴィアは思った。いや、そんなものがあったら気味が悪いか。意味がわからないクッキーカッターはまだあと四つある。写真の上のほうと、左上の隅に散らばっているものだ。棺、乳母車、小さな天使、花びらが六枚の花。そして、陰になって部分的にしかわからないクッキーカッターがさらに三つ。ひとつはリンゴかピーマンの下側のように見える。つぎは花か風にそよぐ草――あるいはボサボサ頭。左上で切れているのは、盾か紋章の一部のようだ。見方によっては何にでも見えるが。

オリヴィアは椅子に寄りかかって、ゆっくりと長い息を吐いた。いい感じ。もう一度深呼吸をしようとしたが、息を吐いている途中で裏口のドアをたたく大きな音がしたので、ぎょっとして悲鳴になってしまった。

「デジャヴュだわ」と言って、オリヴィアは食用色素のスポイトを持ったまま不意に背筋を伸ばしたマディーを見た。

「そのフランス語はわたしにもわかる」マディーが言った。

「おい、きみたち《ユー・キッズ》、いるのか？」デルの声だった。

「何か変わったことでもあった？」マディーがドアを開けて言った。

デルは目の下にくまができ、一日ぶんの無精ひげが生えていた。上着を脱いで椅子の背に掛け、オリヴィアのノートパソコンの画像に目を向けたあと、作業台に広がるクッキーの海を見まわした。「じゃあ、ほんとうに明日偲ぶ会をやるつもりなんだな？　ぼくがやめろと言っても？」

「ええ、やるわ。あなたにやめろとおどされてもね」マディーが言った。

「ではしかたないな。きみたちだけにやらせるわけにはいかない。危険すぎる」デルはオリヴィアをにらんだ。「最初から最後までぼくがここにいて、お客たちに監視の目を光らせていることにするよ」

「みんなを怖がらせないようにね。お客さんとして来るならいいけど、制服はやめて。銃もだめ。それと、クラリスについてのスピーチをしてもらうわよ」

「リヴィー、それはかんべんしてくれ。スピーチなんて――」

「冗談だって。でも銃はなしよ」

デルは大きなため息をついて、椅子に沈みこんだ。「コーディに隠れていてもらうよ。厨房がいいだろう。それなら何かあったとき、ぼくから知らせることができる。だが彼には武器を携帯させるぞ」

マディーが同意してうなずき、オリヴィアが言った。

「いいわ、それならがまんしてあげる。ジャスミンについて何かわかった？」

デルは髪に指をすべらせた。それで髪がこんな状態になっているのか。

「こんなことまちがっているよ。ぼくの仕事はきみたちを守ることであって、きみたちのばかげた計画を手伝うことじゃ――」

「ねえ、もう先に進まない？　疲れてるの。どこもかしこも痛むし、友だちを殺したのがだれかわかるまでゆっくり眠れないし。で、何がわかったの？」

マディーとデルは、オリヴィアがイブプロフェンを飲みくだすのを、驚きながら無言で見守った。デルが咳払いをして言った。

「きみの情報はとても役に立った。モンゴメリー郡警察に連絡して、未解決事件捜査課の知り合いと話したよ。どうやったかはきかないでほしいんだが、ロバータが土曜日一日かけてジャスミンの消息をたどったところ、オハイオ南西部の小さな町に行き着いた。両親は亡くなっていた。ここからが問題なんだ――ジャスミンも亡くなったことになっていた。十四年まえに交通事故で」

「オハイオ州マクゴニグルね？　その情報ならネットで見つけたわ。わあ、あたしってやるじゃない」マディーが言った。

「ジャスミンの車は山道から落ちて炎上した。車内から若い女性の焼死体が見つかった。警察はジャスミンと断定して捜査を終えた」

先ほどのイブプロフェンが効きはじめたらしく、オリヴィアは気分がよくなった。

「州立公園のほうのジャスミンが本物だとどうしてわかったの？」

「歯科記録だ。ジャスミンが子供のころかかっていた歯科医をロバータがつきとめた。彼が十七歳までの歯科記録をファックスで送ってくれた。パタクセント川州立公園の遺体のものと合致した。ジャスミンの車で死んでいたのがだれかも、どうしてそこにいたのかもわからないが、これで少なくともジャスミンがどこで死んだかはわかった」

「死因はわかる？」オリヴィアがきいた。

「それはむずかしいな。岩の近くで発見されているが、落ちたのか、飛びおりたのか、突き落とされたのかはわからない。別の場所で殺されたのかもしれない」デルは上着をはおった。「もう行かないと」

オリヴィアはあらためてノートパソコンのなかのクラリスのクッキーカッターを見た。

「検死によってジャスミンは出産していたことがわかっているわ。たぶん子供は女の子だと思う」ジンジャーブレッドウーマンとガールを指さす。「母と息子のクッキーカッターはない。母と娘だけ。あなたの知り合いは、ジャスミンがどこの病院で出産したか調べられる？」

「それには時間がかかる。いつジャスミンが出産したかわからないからね。別の名前を使ったかもしれないし、自宅で出産したのかもしれない。名前がわかればいいんだが」

「フェイスはどう？　あなたにわたしたクラリスへの手紙に書いてあった名前」

「それでも望みは薄いな。そのフェイスというのがジャスミンの友だちなら、病院で彼女の身分証を使ったかもしれないが、ラストネームがわからないと」デルはドアノブに手を置いて言った。「コーディとぼくは明日の午前十一時に来る。ちゃんと寝るんだぞ」

「十一時ならまだクッキーのデコレーションをしてるかも」マディーが言った。

オリヴィアは返事をしなかった。パソコンの画面を見つめながら、考えをまとめようとしていたのだ。デルが出ていって裏口のドアが閉まる音がしたが、ほとんど気づかなかった。

「マディー、ちょっとこれを見て」オリヴィアは写真の左隅を指さしたあと、右隅を指さした。

「何？」マディーが椅子を引いてきた。

「クラリスはフランス語を話せたでしょ。ほんのちょっとだけど。ジンジャーブレッドウーマンとガールのすぐ上に、まるい木の形のカッターが見えるわよね？　クラリスは森を表すカッターを見つけようとしていたんじゃないかしら？」

「全然ついていけない」マディーはうんざりしたように、ほつれたカールをバンダナに押しこみはじめた。

「デュボイスよ。フランス語読みだとデュボワで、デュボワはおおざっぱに訳すと〝林の〟とか〝森の〟という意味なの」

マディーが椅子から腰を浮かせた。「クラリスは〝木〟のカッターなら〝森〟に近いと思ったってこと？　てことは、ジンジャーブレッドウーマンはジャスミン・デュボイスで、ガールは彼女の娘ってことになるわね。娘のファーストネームはわからないけど」

「待って……」オリヴィアは画面の左隅を指さした。「これはなんに見える？」

マディーは部分的な画像が何を表しているのかわかる角度をさがそうと、さまざまな方向に頭をひねった。

「どこかで見たことがあるような気がする。でも少なくとも花ではないわ。ちょっと拡大できる？」画面に触れて、見える範囲の形をたどる。「なんでかわからないけど、高校のときの最初のボーイフレンドだったマットを思い出させるわ」

「独善的慈善家のマットのこと？　あなたを歩道の縁に置いたまま、三十歳以上の女性ならだれでも通りをわたるのに手を貸してた？」

「そう、そいつ」

「ちょっと待って」オリヴィアははじかれたように立ちあがり、自動車事故を起こしたばかりにしては速すぎるほどの速度で、デスクに走っていった。あとで苦しむことになるだろうが、気にしてはいられなかった。クラリスの全クッキーカッターコレクションのリストをつかみ、ページをめくった。「やっぱりあった」ある名前に誇らしげに指を突きつけて言った。「〝ボーイスカウトの記章〟？　ボーイスカウトのクッキーカッターがあるの？」

「ちょっとそのままにしててくれる？」マディーはオリヴィアの指さす先を見た。

「ヒューがボーイスカウトにいたころ、クラリスが自分で作ったのよ。ヒューの隊のためにクッキーを焼けるようにね。まあ、バーサが焼いたのかもしれないけど。クラリスはお皿に盛ったクッキーの写真を見せてくれた。全部ボーイスカウトの記章の形で、それらしくデコレーションがされてたわ」

「オーケー、でもこの意外な新事実はどこにつながるの？」

オリヴィアは急いでボーイスカウトの記章が網羅されているウェブサイトを見つけた。

「この形はなんて呼ばれてると思う？」

「うわ。またフランス語なんでしょ？」

「フルール・ド・リスよ」

「リヴィー、意味を考えろなんて言わないでよ、さもないと――」

「フルールは〝花〟よ。そして〝リス〟は百合《リリー》」

画面を見ていたマディーの頬が大きな笑みで盛りあがった。

「どこでこれを見たか思い出したわ」

「だから言ったでしょ――」

「ちがうの、フルールなんとかじゃなくて、これよ」マディーはフルール・ド・リスの右にある花びらが六枚の花を指さした。ノートパソコンをテーブルから取りあげて膝に置く。飛ぶように指を動かして、クッキーカッターのネット販売のウェブサイトを呼び出した。「これを見て」画面をオリヴィアに向ける。

そこには先のとがった花びらが六枚ついた花の形の銅製のカッターがあった。名前は〝百合の花《リリー・フラワー》〟。クラリスのリストには〝花びらが六枚の花〟としか書かれていなかった。クラリスは孫を守るために名前をあいまいにしたのだろうか？

「携帯電話を貸して」オリヴィアは言った。マディーがコートのポケットからそれを出してわたすと、オリヴィアはある番号を押した。「デル？　手がかりを見つけたかも。リリーよ」

「花の？」デルはぐったりしているようだった。

「人の名前でもあるわ。ジャスミンみたいな、花と同じ名前。子供の名前はリリーだと思う」

「どうしてそう思うんだ？」

「込み入った話なの。あとで説明するわ。でも絶対たしかだと思う」

「わかった、そういうことなら……」デルはあくびをした。「ロバータに知らせるよ。役に立つかもしれない。じゃあ」電話が切れて静かになった。

オリヴィアはマディーに携帯電話を返した。

「リリーが死亡記事に載っていないことを願うわ」

# 24

翌朝、オリヴィアとマディーが〈ジンジャーブレッドハウス〉でクラリス・チェンバレンを偲ぶ会の準備を終えたころ、雷雲が広がりはじめた。デル保安官とコーディ保安官助手はすでに到着していた。コーディは店の厨房にスタンバイし、店につづくドアはわずかに開けてある。武装しているのは彼だけだ。

「完璧ね」雨が吹きこみはじめ、マディーが窓を閉めて言った。「暗い嵐の午後なんて」

興奮状態のオリヴィアはくすくす笑った。

エリーとジェイソン・グレイソンが雨のしずくを払いながら到着した。レインコートを脱いだエリーの服装は、個性的だがこの場にふさわしいものだった――銀ラメの糸が織りこまれた黒いシルクのチュニックとゆったりしたパンツ。銀のシルクスカーフがゆるやかに首まわりと肩にたれている。髪はうしろでひとつにまとめて三つ編みにし、黒の細いリボンが結ばれていた。

ジェイソンはいちばんいいブラックジーンズ姿だ。

「わたしの役割を教えて」エリーがオリヴィアの腕をそっと引いて言った。

「この実験を成功させるには、ゲストにクッキーがなんの形をしているか理解してもらわなくちゃならないの。母さんにはあちこちでさりげなくヒントを出してもらうわ」

「さりげなささならお手のものよ」

オリヴィアは母を連れて料理本コーナーに行った。テーブルを空けるため、パイ作りのための道具のディスプレーはマディーがメインの売り場に移動させてある。今そのテーブルには、大きな金属のトレーが置かれ、クラリスのデスクの写真からわかったカッターで作ったクッキーがひとつずつ並んでいた。そのうちのふたつの形については結局わからずじまいだった。

「アイシングの色は気にしないで。まず、それぞれの形が何を表していると思うか言ってみて」オリヴィアは言った。

エリーはシルバーのマニキュアを施した指でクッキーを示した。

「左上のいちばん端は天使ね。それから乳母車、棺、何かの鳥？」

「鳩よ」

「やっぱりね」エリーはつぎの形でためらった。「ええと、これはクルミ割りでしょ。それとこれはたぶん木ね、幹があざやかな赤だけど。あら、ジンジャーブレッドウーマンと小さな女の子もいる。子供のころ、うちにもこういうセットがあったわ。あれはどこにいっちゃったのかしら」

「時間がないのよ、母さん」

「わかったわよ。こっちは魔女の帽子に、紫色のかわいい踊るスヌーピー、何かの花……」

「そこが重要なのよ。これは百合の花を意味してるの」

「ああ、なるほど、そう言われてみればそうね。その隣の花は？」

「ジャスミンの花よ」

「ああ。じゃあ、リリーというのは……」

「ジャスミン・デュボイスの娘の名前だと思う。それはだれにも言わずに、みんなの反応を見ててね」

「わかったわ」エリーは不安そうな目をしてきいた。「このふたつのきれいな花はまだ咲いているのかしら？」

「幼いリリーのほうはそうあってほしいと思ってる」

「そう」エリーは静かに言った。「じゃあ犠牲者はクラリスだけじゃなかったかもしれないのね。なんて悲しいんでしょう」百五十センチの体を姿勢よく伸ばす。「怒りを感じるわ。それってカルマによくないのよ。できるかぎりさりげなく力になるわね」

オリヴィアは小柄な母の肩に腕をまわした。

「ほかの人には話しちゃだめよ。もちろん、デルとコーディは全部知ってるけど、それ以外でわたしたちがあやしいと思ってることを話したのは母さんだけなんだからね」

ヒュー・チェンバレンはシェリーの小さなグラスを手に、クラリスを偲ぶために集まった小人数のグループのまえに立った。黒のスーツにネクタイ姿の彼は、厳粛であると同時にに魅力的に見えた。ヒューはグラスを掲げ、悲しげな笑みを浮かべて言った。

「家族を代表して、オリヴィアとマディー、この特別な会を開いてくれたきみたちに感謝するよ。母がこれほど愛され、慕われていたと知って、ぼくたちがどんなに感動しているか、きみたちにはわからないだろう」

本心で言ってるみたい、とオリヴィアは思った。だが、彼のことばには心を動かされなかった。口ではなんとでも言えるわ。

出席者たちは半円を描いて立っていた。店がせますぎるうえに、椅子だらけだからだ。オリヴィアは全員が見えるいちばん端に陣取った。ジェイソンはその隣でそわそわしている。その横がエリー、マディー、ルーカス、ミスター・ウィラード、バーサ、エドワード、タミー、そして最後に黒のスーツにネクタイ姿のデルの順だ。

「母を失ったことが淋しくてならないよ」ヒューは言った。「これからもずっとそうだろう。エドワード、おまえからも何かあるか？」

エドワードはためらい、断るかと思われた。が、不意にうなずくと、まえに出てヒューの代わりにみんなのまえに立った。

「兄の言うとおり、母の死はいつまでも惜しまれるだろう。でも確信できることがひとつある。母はいつまでも座りこんだまま自分を憐れんでいるような人ではなかった。母ならさっさと仕事に戻れと言うだろう。ぼくは母を偲ぶためにも、これまでの二倍仕事に励むつもりだ」彼は頭をたれてヒューのそばに戻った。

オリヴィアは兄弟のちがいに感嘆した。エドワードには兄のように巧みな話術こそなかったが、そのことばには真実味があった。彼のほうがクラリスのことをよく知っていたのでは?

オリヴィアはまえに進みでた。

「クラリスを偲んで、彼女にとっていちばん重要だったクッキーカッターを使ったデコレーションクッキーを用意しました。料理本コーナーをはじめ、店じゅうにクッキーのトレーが置いてあります。クッキーを楽しみながら、クラリスに思いを馳せてください。アンティーク用キャビネットのそばに、シェリーと淹れたてのコーヒーも、たっぷり用意してあります」

オリヴィアから目で合図されて、マディーとルーカスが入口の近くに立った。だれかがさっさと帰ろうとしたら、マディーがしつこく話しかけて、相手の気をくじき、クッキーのほうに追い返すことになっていた。牧羊犬役のミスター・ウィラードは、ヒューとエドワードのそばから離れなかった。

こっそり目標を定めてみんなのなかに混ざろうとしたとき、オリヴィアは携帯電話がないことに気づいた。緊急事態に備えて、全員が電話を携帯するようにデルから言われているのに。黒のパンツとグレーのシルクのブラウスに着替えたとき、充電器につないだまま置いてきてしまったようだ。

近くにジェイソンが立っていて、物ほしげに皿のクッキーを眺めていた。オリヴィアは彼の肩をたたいてささやいた。

「二階にひとっ走りしてわたしの携帯を取ってきてくれたら、あまったクッキーを山分けして、ピザもおまけにつけるわ」

ジェイソンはにやりとした。「何ももらえなくてもそれぐらいするのに。でも、せっかくだからおことばに甘えるかな」

「ありがと。携帯はベッドルームのドレッサーの上にあるから」

パンツのポケットに手を入れて鍵をさがしていると、ヒューとエドワードとタミーが三人だけで料理本コーナーに向かうのが見えた。バーサはミスター・ウィラードにつかまっていた。オリヴィアはジェイソンに鍵をわたして、急いで三人の容疑者を追った。チャンスの窓はあと十五分か二十分で閉まってしまう。三人の容疑者がそろうなんて奇跡だが、三人はいつまでもそこにいてくれるわけではない。短い会話をして、お義理でクッキーをちらりと見やったら、去っていってしまうだろう。

オリヴィアがアルコーブにはいっていくと、タミーが少女のように指をひらひらさせてみせた。

「リヴィー、こんなことまでしてくれて、あなたってほんとにやさしいのね。わたしたちにひどいことをされたあとなのに……」彼女はすばやくヒューのほうを見たが、彼はエドワードと話しこんでいた。兄弟はふたりともクッキーのトレーを無視している。タミーは声を低くして言った。「あなたが受ける遺贈のことを知って、あんな態度をとってしまったことを謝りたいの。記者のビニーに話なんかするんじゃなかったわ。ねえ、リヴィー、もう言い争いはやめましょう。このところあなたにつらく当たってばかりで悪かったと思ってる。だってあのときはすごく……とにかく、今はいろんなことがまえよりいいほうに向かっているの。あなたに話すことがたくさんあるのよ」

「謝罪は受け入れるわ」うしろ暗い気分で、オリヴィアは付け加えた。「仲直りしたければ、トレーのクッキーを見てまわるのにつきあって。ヒューとエドワードにもついてきてもらってね」

「いいわ。ねえ、おふたりさん」タミーはヒューとエドワーに腕をからめて言った。「リヴィーが一生懸命作ってくれたクッキーなのよ。ちゃんと見てあげましょうよ」ヒューは優雅にそれに従い、オリヴィアに笑顔を向けた。エドワードはじゃまをされていらいらしているようだったが、タミーに腕を取られたままになっていた。

三人はアルコーブのクッキーを眺めた。「きれいだね」とつぶやいて、ヒューは深緑色の髪の天使を選んだ。エドワードは何も言わず、タミーは「おいしそう」と言った。オリヴィアはがっかりしたが、ありきたりの反応になるのもしかたないと思った。アルコーブのトレーのクッキーは、クラリスのデスクを再現したもので、明確なメッセージを伝えているわけではない。店のメイン部分には、もっと意味深なクッキーが並べられたトレーがあと五つあるのだ。

オリヴィアは三人を料理本コーナーからシェリーのある場所に連れていった。ヒューとエドワードがグラスにシェリーを注ぎ足しているとき、こちらに向かってくるジェイソンが目にはいった。携帯電話を持ってきてくれたのだ。オリヴィアはジェイソンに首を振って、今はじゃましないでくれと伝えた。彼は立ち止まって不思議そうな顔をした。そのかたわらにエリーが現れて、話しかけている。腰をかがめて母のことばを聞いたジェイソンは、肩をすくめてあまったクッキーの山のなかからひとつを取った。

それらのことが進行するのにかかった時間はほんの数秒だったが、オリヴィアが自分のやるべきことに意識を戻すと、ヒューがこちらを見つめていた。官能的な唇はいつものように感じのいい笑みを形作っていたが、目は警戒していた。身がまえていた。これはどういうことなのかと。

その瞬間、オリヴィアは自分のすばらしい計画がうまくいかないことをさとった。複雑すぎるし、時間がかかりすぎる計画だった。人の心の機微について考えが足らなかった。

こうなったら今やるしかない。

「みなさん、ちょっと聞いてもらえますか？」みんなの頭が彼女に向けられた。壁に寄りかかっていたデルは背筋を伸ばし、携帯電話がはいったズボンのポケットに手を入れた。「せっかくこうして集まってもらったので、みなさんにお願いしたいことがあります。わたしのところに集まってください。マディー、ジェイソンといっしょに入口のほうにある三つのトレーを持ってきてくれる？」あいまいな言い方をしたが、マディーならどれを持ってきてほしいかわかるはずだった。

トレーをのせた三つの小さなディスプレーテーブルを、ゲストたちが半円を描くように囲むと、オリヴィアは言った。「クラリスとわたしはどちらもクッキーカッター好きということで意気投合しました。わたしには自分にとって特別な意味を持つクッキーカッターがありますが、クラリスにもあったようです。さっきも言いましたが、マディーとわたしは、クラリスにとって特別な意味を持つクッキーカッターでこれらのクッキーを作りました。彼女のことを思うここにいる全員に、これらのクッキーの形が彼女にとってどんな意味を持つのか、どんないい思い出がこめられているのかを考えてもらいたいんです。まずはこれです」

オリヴィアは王冠をかぶったジンジャーブレッドボーイと走るジンジャーブレッドマンを選び、そのふたつをみんなに見えるように掲げた。

「まあ、あれはヒューですよ」バーサが言った。「ヒューが小さいころ、奥さまはあたしによくあのクッキーを作らせたものです。彼女の〝小さな王子さま〟のためにね。あんたさんは覚えていないだろうね、ヒュー、あんたさんが四歳になると作らせるのをやめたから。小さなエドワードに母親は自分よりもヒューを愛していると思われるといけないからって」バーサは自分のことばの言外の意味に気づいて顔を赤くした。

「へえ、そうなんだ」ヒューが言った。

エドワードはその発言に傷ついたように頭をたれていたので、オリヴィアには顔が見えなかった。

「ではこっちは？」オリヴィアはあざやかな赤い髪をした、走るジンジャーブレッドマンを掲げた。

一瞬沈黙が流れたあと、タミーが言った。

「公平にしたかったのなら、エドワード用のジンジャーブレッドマンのカッターもあったんじゃない？　だって、それ、エドワードに似てるもの。いつも忙しそうだし」からかうようにエドワードの腕を小突く。

オリヴィアはジンジャーブレッドウーマンとガールを取りあげた。

「この愛らしいふたりは？」

また沈黙が流れたあと、バーサが洟をすすった。エリーがティッシュペーパーをわたすと、バーサはそれで目元を押さえた。「ああ、お気の毒な奥さま。奥さまは坊ちゃんたちを愛していたけど、女の子をとてもほしがってた。でも授からなかったんで、孫娘をほしがるようになったんですよ」

オリヴィアは容疑者グループを盗み見た。タミーは腕時計を見ていた。つねに笑顔のヒューからは笑みが消えていた。ゆっくりと頭をめぐらせて三つのクッキー群を見ている。エドワードは宙を見つめていた。オリヴィアはさらに攻めこむことにし、ふたつの花の形のクッキーを手にした。どちらのアイシングもシンプルで、写実的な線を描いている。花びらが六枚の花は暗めのピンクでおしべは赤く、花びらは中心に向かってカーブしていた。花びらが八枚の花には、淡い黄色の中心から流れるような白い線がいくつも引かれ、密な花びらの構造を表現していた。

オリヴィアはゲストたちの困惑した顔を見た。デルは携帯電話を取り出して、かかってきた電話に出るふりをしながら、徐々に一同から離れようとしていた。

かすかな動きがオリヴィアの注意を引いた。スカーフを肩に掛けなおした母だった。エリーは眉を上げ、落ちつき払った顔でメッセージを伝えてきた。その先はわたしにまかせて、と。

「リヴィー、そのかわいいピンクの花には見覚えがあるわ。ちょっと考えさせて」エリーが言った。

デルが携帯電話のボタンを押して耳に当てた。首を伸ばしてオリヴィアのうしろを見ている。首を振りながら、携帯を指さした。

オリヴィアは気が遠くなり、息を止めていたことに気づいた。コーディが電話に出ないらしい。母に警戒の合図を送ろうとしたが、エリーは必死で思い出そうとしているように右に目をやった。

「ええ、やっぱりそうだわ。ピンクの花は百合《リリー》よ。おそらくスターゲイザー（百合の品種のひとつ）ね。とってもいい香りなのよ」

オリヴィアは視界の端で、ヒューとエドワードがどちらも身をこわばらせたのを見たと思った。

「きっとそうですよ」バーサが言った。「奥さまは自分の育てている百合がお好きでしたからね。何かを思い出させるクッキーだと思ったけど、そういうことだったんですね。それに考えてみると、その白い花は南部にいた子供のころを思い出させますよ。とてもきれいな花で、夏になるとその花の香りがしたもんです。香水みたいな香りでしたね。わかった！　その白い花はジャスミンですよ、まちがいありません！」

タミーはヒューを見あげて驚きの声をあげた。「ヒュー？」ヒューのハンサムな顔に赤い斑点が浮かぶのを見て、目をまるくする。「ヒュー、どうしたの？」

「ずいぶん久しぶりに聞く名前だな」ヒューがつぶやくようにひとり言を言うと、赤い斑点はぼやけて消えていった。

オリヴィアはエドワードの目にさっと何かがひらめいたを見逃さなかった。憎悪と恐怖が入り混じった落ちつきのない表情だ。彼は兄の顔をちらりと見て、あとずさった。唇を動かして、無意識にある名前を口にしていた。かすれたささやき声で発せられた名前は「ジャスミン」だった。

「エドワード？」ヒューは深く考えこむようにあごをさすっていたが、弟に目を据えると、いつもはおだやかな声がいきなり荒々しくなった。「今なんと言った？　何を思い出している？」

「おれもあんたにそれをききたいね」エドワードが言った。黒い目は用心深くなっている。

ほかのゲストたちは兄弟から離れた。デルはどうすればいいかわからない様子で兄弟をじっと見ている。オリヴィアには彼の気持ちがわかった。

ヒューがジャスミンの形のクッキーを取りあげた。それを手のひらにのせて言う。

「知っていたか？　ジャスミンは姿を消したあと、ぼくに手紙をよこしたんだ。一度だけだがね。どこにいるかは教えてくれなかった。残念だが町を出るしかなかった、ぼくの家族はけっして彼女を認めないだろうからと」

「父さんは彼女をよく思っていなかったからな」エドワードがきっぱりと言った。

「父さんにはそっとしておくだけの分別があった」ヒューが言った。「だがおまえは……おまえはがまんできなかったんだろう？　おまえではなくぼくを選んだ彼女を許せなかった。だから町から追い出した。ちがうか？」

「どうしておれがそんなことをしなきゃいけないんだ？　ヒュー、言っていることがめちゃくちゃだぞ。だいたい、どうして今それを気にする？　兄貴にはやたら元気な新しい嫁さん候補がいるじゃないか。おれには今まで同様何もないんだぞ」

エドワードがじりじりと兄から離れながら、厨房のドアに目をやったので、オリヴィアの迷いは消えた。彼女はエドワードがいつも感情を顔に表しがちなことを知っていた。クラリスが生きているあいだは彼もヒューも事を荒立てないようにしてきたが、このクッキーを仲立ちとしたささやかな会のせいで、すべてが一気に噴き出したのだ。オリヴィアは一か八かの賭けに出ることにし、棺の形のクッキーを取りあげた。

「あなたはおどす以上のことをして、ジャスミンを町から追い出したんでしょう？　エドワード」落ちついた静かな声を心がけながら言った。母も誇りに思ってくれるだろう。オリヴイアはエドワードと厨房のドアのあいだに立ちはだかった。「ジャスミンが妊娠していることを知ってたのね？　結婚してくれたら子供の父親になってやると言ったの？　そして拒絶されたの？」

ヒューの頭がさっとオリヴィアに向けられ、すぐにエドワードに戻った。

「子供だって？　だれの子供だ？　おまえ、彼女に何をした？」

「何もしてないよ、ヒュー。この女にからかわれてるのがわからないのか？」

エドワードは厨房のほうを見て、オリヴィアに妨害されると、入口のドアをまた見たが、そこにはデルが待っていた。エドワードの目は、罠にかかった動物のように、店内のあちこちに飛んだ。

「彼女を殺したのか？」かろうじて聞きとれる声で、ヒューが問いかけた。両手がエドワードの首に伸びる。

エドワードは身を引いて店の隅まであとずさった。

「おれのせいじゃない。もともとジャスミンはおれのものだった。おれは彼女を愛していた。兄貴はもうなんでも持っていて、彼女なんか必要なかった。おれは彼女と子供の面倒をみるつもりでいたんだ。それなのに彼女は聞かなかった」

「それで彼女を殺した」オリヴィアは彼を誘導しようとしてわざと言った。

「ちがう。この女の言うことはうそっぱちだ、ヒュー。あれは事故だったんだ。おれは話を聞いてもらおうと、今でもどんなに彼女を思っているか、わかってもらおうとしていた。すると彼女がバランスをくずして階段から落ちたんだ。おれはそんなつもりは……」

「ジャスミンは低体温症で死んだのよ」オリヴィアは言った。「三月の寒い日に、パタクセント川州立公園に捨てられたとき、彼女はまだ生きてたの。あれは事故じゃないわ。そのことをお母さんに知られたのね？」

ヒューはひと声叫んで弟に跳びかかった。エドワードが脇によけたので、ヒューは壁を殴りつけることになった。

エドワードが厨房に向かって走りだすと、オリヴィアは「コーディ！」と叫んだ。厨房のドアの向こうでガチャンと音がして、大きな吠え声がそれにつづいた。エドワードはすべりながら止まり、くるりと向きを変えた。ヒューが行く手に立ちはだかろうとしたが、エドワードに強く押されてバランスをくずし、足をもつれさせて横向きに倒れた。ヒューは顔をしかめながら左腕をついて体を起こした。ジェイソンがそのかたわらにひざまずいた。

エドワードはなおも突き進んだが、アンティーク用キャビネットのそばまで行ったところでルーカスが止めにはいろうとした。エドワードは三十六杯ぶんコーヒーを淹れられるコーヒーメーカーをつかんで、ルーカスに投げつけた。金属製のコーヒーメーカーはルーカスの肩に当たって跳ね返り、なかが開いて熱いコーヒーを彼の脇に噴きかけた。

デルは戦う気まんまんで入口を守っていた。たくましい筋肉がシャツの袖を突きあげている。だが彼は武器を持っていなかった。でも大丈夫よ、とオリヴィアは自分に言い聞かせた。デルのほうが強いし、はるかに経験を積んでいるのだから。

それにしてもコーディはどこ？　オリヴィアは会計カウンターをまわりこんで、厨房のドアを押し開けた。見えたのはひっくり返った椅子とこぼれた砂糖だけだった。裏口のドアが開けっ放しになっている。ガタガタという音を聞いて振り返ると、アンティーク用キャビネットがまえに傾《かし》いでいるのが見えた。それが床に倒れる音がしたとき、なかに閉じこめられた罪のないクッキーカッターたちのことは考えまいとした。

キャビネットが倒れ、ガシャンと大きな音がしてデルが気を取られた隙に、エドワードがデルの左側にある隅のテーブルに突進した。

あの隅のテーブルには何があったっけ？　オリヴィアは偲ぶ会の準備をしたときのことを思い起こした。マディーはアルコーブからパイ作りの道具を運び出して、メインの売り場に移し、クッキーのトレーを置く場所を作ったんじゃなかった？　そのディスプレーのなかにあった道具のひとつ――オリヴィアお気に入りのグレーの大理石の麺棒――を思い出し、冷たい恐怖が走りぬけた。

おどかされたリスのようなすばやさで、エドワードが麺棒をつかんでデルの腹部に打ちこんだ。デルは体を折ってくずおれた。エドワードはデルのまるめた体を飛び越えて、玄関ロビーに逃げた。

ミスター・ウィラードが残りのゲストたちをドアからできるだけ遠いところに避難させていたので、オリヴィアはだれも突き飛ばすことなくデルに駆け寄ることができた。そばに行くと、彼は上体を起こしており、彼女の腕をつかんで膝立ちになった。

オリヴィアは彼のそばにしゃがみ、その肩に腕をまわした。

「デル、動かないで。ほんとに、ほんとにごめんなさい。あの麺棒が凶器に使われるかもしれないって、わかりそうなものなのに、わたし――」

デルが震える指を唇に当て、オリヴィアは彼が息を整えようとしていることに気づいた。そのとき、玄関ホールの先の、少し開いたドアの向こうから、おなじみの音が聞こえてきた。うなり声。小さな犬の甲高いうなり声だ。

「スパンキー⁉　たいへんだわ」

ジェイソンが携帯を取りにいったとき、逃げたにちがいない。デルのうしろに手を伸ばして、ドアを押し開けた。エドワードは玄関ドアを通過していたが、その足にスパンキーがかみついていた。オリヴィアは立ちあがってあとを追った。チェンバレン家の車、フォードの大きなヴァンが店の正面に停めてあった。エドワードはドアにたどり着くまえに、リモコンでロックを解除した。ドアが閉まる瞬間、スパンキーが車に跳びのった。

「うそ」遅すぎた。エドワードはスパンキーを乗せたまま車を発車させ、殺人罪から逃がれようとしていた。サイレンの音が近づいているけど、間に合うかしら？　オリヴィアは走りつづけた。

エドワードはなぜかなかなか車を出さなかった。近くまで行くと、スパンキーの特徴のある吠え声が聞こえた。エドワードの膝に跳びのったのだ。エドワードが押しのけようとすると、スパンキーはシャツの袖に歯を食いこませて引っぱった。まるでじゃれ合っているようだ。エドワードは腕を上げて、小さな犬を振り落とそうとした。

オリヴィアが先に車にたどり着き、ドアハンドルをつかんだ。ロックされていた。スパンキーが車の外にいるオリヴィアを見つけた。エドワードの袖を放し、座席に着地すると、興奮気味に吠えはじめた。エドワードはキーをイグニッションに向けた。

「だめ！」

オリヴィアは運転席の窓をたたいた。左のほうでドスンと大きな音がして、たたくのをやめた。エドワードはキーをイグニッションに入れたものの、動きを止めていた。彼が見つめているフロントウィンドウの外では、四十キロ近くある黒いラブラドールレトリーバーが、ボンネットの上に危なっかしく立ち、なかにいる小さな友だちに向かって吠えていた。

エドワードはわれに返り、キーをまわした。オリヴィアがだれかに脇に引き寄せられた直後、一発の銃声が響いた。リボルバーをかまえたコーディがヴァンのまえに立っていた。左前のタイヤから空気が抜けていく。エンジンがかかり、エドワードはギアをドライブに入れた。タイヤがパンクしているのも気にせず。犬を乗せているのも気にせず。

デルがそばに来て言った。「先に謝っておくよ、リヴィー」オリヴィアは自分の犬のことを言われているのだと思った。が、すぐに彼が手にしているものに気づいた——あのきれいなグレーの大理石の麺棒だ。デルはそれを運転席の窓にたたきこんだ。

大理石は地上でいちばん硬い石というわけではなく、デルも本来ほど力が出せずに強く打ちこめなかったが、うまくいった。エドワードは身をかわしてよけ、スパンキーは後部座席に飛び移った。ラブラドールのバディは車の塗料をいくらか道連れにしてボンネットからすべりおりた。窓ガラスに迷路のようなひびが広がった。デルは麺棒を野球のバットのようにかまえ、必要ならもう一度打ちこもうとした。そのとき、コーディがフロントガラスにリボルバーを向けた。

エドワードは体を起こしてエンジンを切った。片手できつくハンドルをにぎって、じっと座っている。しばらくして、その手が膝の上に落ちた。ヴァンのロックが解除される音がして、エドワード・チェンバレンはおそらく生まれて初めてあきらめた。

# 25

オリヴィアとマディーは明かりを落とした〈ジンジャーブレッドハウス〉の床にあぐらをかいて座り、壊れたアンティーク用キャビネットの残骸を見て嘆いていた。キャビネットは前日の午後に倒れたときの状態で、ヴィンテージもののクッキーカッターをなかに収めたまま、前向きに倒れている。

「赤ちゃんを守ってるお母さんみたい」マディーが言った。

「守ってくれてるといいけど」オリヴィアはかたわらに身を寄せているスパンキーの耳をなでた。「サイドのひびの大きさからすると、これはもう修理できないわね。ひっくり返して、クッキーカッターの破損状態を調べましょう」オリヴィアは時間をかけて立ちあがった。けがの痛みは引いてきていたが、筋肉が硬直して張っているのがわかる。

マディーがさっと立ちあがって、つかまるようにと手を差し出した。ふたりでキャビネットを横向きにした。中身がガラガラと音をたてて大量に床に落ちた。マディーが明かりをつけに行き、オリヴィアは小さな肢がガラスの破片を踏まないように、スパンキーを厨房に入れた。ほうきを持って戻ると、マディーはすでに割れたガラスのなかからヴィンテージもののクッキーカッターを選り分けていた。

じゃまするものは厨房からの犬の鳴き声だけという状態で、三十分作業をしたあと、マディーがきいた。

「みんなが集まるのは何時から？」

「二時以降ならいつでもいいって言っておいた」オリヴィアは壁の『ヘンゼルとグレーテル』の時計を見た。「あと十五分から三十分でここを片づけなくちゃ。デルからは遅れるって電話があったわ。ヒューとタミーからも。母さんとジェイソンはたぶん時間どおりに来るし、ミスター・ウィラードはバーサを連れてすぐに来るでしょう。デルが今朝電話で、エドワードの自白であらたにわかったことをいくつか教えてくれたの。エドワードはだんだんやけっぱちになってきてるみたい。クラリスはフェイスからの手紙で――わたしたちが見せてもらわなかった部分ね――ジャスミンがヒューの子供を産んだ直後に死んだことを知ったんですって」

「エドワードが殺したことは知らなかったの？」

「知らない人に宛てて、あなたには孫がいます、その孫を助けにきてくださいとたのむ手紙に、そんなこと書く？」

「それもそうね。そんなことをしたら、クラリスはフェイスの目的に疑問を持ったでしょうから。それで、フェイスって何者だったの？」

「フェイス・ケリーはジャスミンの親友よ。ジャスミンはチャタレーハイツを出たあと、彼女のところに行っていっしょに暮らしていた。エドワードが現れたとき、フェイスは赤ちゃんのリリーを抱いて逃げたんでしょうね。ジャスミンにそうしろと言われてたんじゃないかしら。ジャスミンは頭がよかった。おそらく、二度と姿を見せるなとマーティンが言ったというのも、エドワードのうそなんじゃないかと、薄々感づいていたんだと思う」

「ひとつわからないんだけど、フェイスが自分はガンでもうすぐ死ぬと伝えるために手紙を書いたのに、どうしてクラリスは私立探偵を雇ってリリーをさがさなくちゃならなかったの？　どうしてフェイスからリリーを引き取らなかったの？」

「フェイスは手紙を投函するまえに、倒れて病院に運ばれたのよ。リリーは施設に引き取られた。フェイスはそのまま病院で亡くなったの。フェイスの死後、家主の女性が手紙を見つけて、宛て名も書かれているし切手も貼ってあったから、ポストに投函した。それでクラリスのもとに届いたときには、フェイスが手紙を書いてから一カ月近くがたっていたというわけ」

「でも、クラリスはフェイスに会ったわけでもないのに、どうしてエドワードがジャスミンを殺したとわかったの？」

オリヴィアは赤いアルミニウムのハンドルつきの、帽子を傾けたジンジャーブレッドマンを拾いあげた。冷たい金属に指をすべらせる。

「わたしたちと同じやり方よ。インターネットで調べたの。それでいつジャスミンが死んだのかを知った。クラリスはひどく動揺して、セミナーでボルティモアに行っているエドワードに電話をかけ、警察に知らせるつもりだと話した。そのときは息子たちのうちのどちらがジャスミンを殺したか、はっきりわかっていたわけではないと思うけど、どちらかがやったのはわかっていた。彼女はエドワードを疑ったんだと思う。彼はそのまえに自分の話を聞いてくれと母に言った。それでクラリスはバーサにワインのフルボトルを用意させた。エドワードが来るのを待ってたのよ」

マディーは手足を伸ばしてお尻でバランスを取った。

「ピラティスよ。あなたのお母さんに教えてもらったの」

オリヴィアはホールマーク社のプラスティックのルーシーに小さなひびを見つけ、破損したカッターの山にしぶしぶ加えた。それでもルーシーには価値がある。ひびがあろうと、きっとほしがる人がいるだろう。ルーシーのファンなら。

「悲しい話よね。精力的で熱心なエドワードはビジネスマンとして成功したのに、ヒューの影にとらわれていた。そんなとき、ジャスミンと出会って恋に落ちた。そしてまたヒューが勝った」

「愛はビジネスじゃないわ」

「そうね。愛がからむと冷静でも理性的でもいられなくなる。ヒューは父親の意見を無視してジャスミンと結婚していたでしょう。そうなったらもちろんクラリスはよろこんだでしょうね。でもエドワードはそうさせたくなかった。兄は彼女と子供のことよりも父親の考えを尊重したのだとジャスミンに信じこませた。自分は輝く鎧《よろい》の騎士だと思われたかった。ヒューではなく自分と結婚しようとジャスミンに思ってもらいたかっただけなのに、マーティンが反対しているというそに震えあがった彼女は身を隠してしまった。それでもしつこく彼女をさがし、居場所をつきとめた。彼女を取り戻す最後のチャンスだと思ったんでしょうね。でも拒絶されたものだから、暴力に訴えた」

マディーは無傷のヴィンテージカッターと、破損したものをふたつの箱に分けて入れはじめ、オリヴィアはそのあいだにガラスの破片を掃き集めた。

〈ジンジャーブレッドハウス〉のドアが開いて、エリーが顔を出した。

「早かったかしら？　食べ物と飲み物を買ってきたわ。ピザとワインよ。ジェイソンはもちろんビールも。オーブンでピザを温めるわね。いいかしら？」

ルーカスが到着し、ミスター・ウィラードとバーサがワインとスイートポテトパイを持ってそれにつづいた。

「母のレシピなんですよ。スイートポテトは体にもいいですからね」バーサは言った。

「ぼくはあんまり料理が得意じゃなくて」ルーカスはそう言って、ポテトチップとオニオンディップの容器をマディーにわたした。

「買い物ができる男の人って大好き」

二枚のピザとボトル一本のワインがなくなると、オリヴィアはデルから聞いた話をみんなに伝えた。エリーが三枚目のピザを持って厨房から現れたとき、入口のドアが開いてデルが顔をのぞかせた。

「みんなに会ってもらいたい人がいるんだ」

デルがそう言って、開けたドアを押さえていると、ヒューとタミーがはいってきた。ヒューは片手にギブスをはめていた。そして、なんでもないほうの腕に、サファイアブルーの目をして、黒い巻き毛をふわりと肩までたらした、かわいらしい女の子を抱いていた。女の子は眠そうで、ちょっと当惑しているようだった。ヒューとタミーもあまり寝ていないように見えた。

「長居はできないんだが、みんなにリリー・チェンバレンに会ってもらいたくてね。ぼくの娘だ。それと、いい機会だから、新妻のタミー・ディーコンズ・チェンバレンも紹介させてくれ」ヒューが言った。

お祝いを言おうとみんながいっせいに押し寄せると、リリーはヒューの肩に顔をうずめた。

オリヴィアはまっすぐタミーのもとに行った。

「ほんとによかったわね。でもいつ……どうやって……？」

「ああ、リヴィー、あなたには知らせたかったんだけど、クラリスはわたしたちがいっしょになることに猛反対だったでしょ。だから、結婚しちゃってから伝えれば、クラリスも受け入れるしかないだろうと思ったの。でもクラリスが最悪のタイミングで亡くなって……変な言い方でごめんなさいね。それで、母親が亡くなったのと同じ日に結婚していたことを発表したらどう思われるか、ヒューが気にして」

「同じ日？」

で〝婚約〟発表パーティのとき、オリヴィアとマディーがタミーの家のバスルームで聞いた口論は、結婚を公表するかどうかをめぐってのものだったのだ。

「いま思うと、あなたに話しておけばよかったわ。そうすればすべてがもっと早くはっきりしたでしょうし、こんなことには……」

タミーはアンティーク用キャビネットの残骸のほうにあごをしゃくった。それは殺人ミステリーゲームの死体のように、ばらばらに床に散らばっていた。

「つまり、あなたとヒューにはアリバイがあったってこと？」オリヴィアが言った。

「ええ、鉄壁のアリバイがね。ヒューのボルティモアの友だちの何人かが、わたしたちの結婚の証人になって、パーティを開いてくれたの。その夜は彼らといっしょにいたわ。もちろん、本物のハネムーンにはあとで行くけどね」タミーの目がヒューのほうに向かった。「わたしたち、リリーを引き取ろうと考えているの。二度も母親をなくしたんだもの。この子には安定した家庭が必要だわ」

タミーも大人になったものね。マディーならきっとそう言うだろう。

数分後、ヒューとタミーとリリーが帰ると、ミスター・ウィラードとバーサ、そしてエリーとジェイソンがそれにつづいた。マディーとルーカスは厨房に引っこんで後片づけをしている。残ったのはオリヴィアとデルだけだ。ふたりはアルコーブの肘掛け椅子にゆったりと座っていた。

デルはふたつのワイングラスにお代わりを注いで、最後の質問に答えた。

「ロバータが、フェイスの手紙に書かれていた、つながらない電話番号の追跡調査をしたんだ。そして、一カ月まえまでフェイス・ケリーが借りていた、小さなアパートメントをつきとめた。フェイスはジャスミンが行方不明になったことを届け出ていなかった。リリーを失いたくなかったんだろう。リリーを自分の娘として育てながら、取りあげられることを恐れて暮らしていたにちがいない」

「エドワードは実際どうやってクラリスを殺したの？」

デルは少し間をおいてから答えた。「エドワードは急いでボルティモアから帰ると、こっそり屋敷にはいって、バーサに姿を見られないようにしていた。書斎に向かうまえに、母親の薬を見つけた。警察に通報するのはやめてくれと説得するつもりだったが、無駄だとわかったので、薬を砕いてワインに入れ、母親のグラスに注いだ。クラリスは部屋のなかを歩きまわっていたし、あまりにも動揺していたので気づかなかったんだ」

「かわいそうなクラリス。でもこうして彼女の家族が孫娘を取り戻したんだから、クラリスもほっとできるわね。教えてくれてありがとう」友だちが殺されて以来初めて、胸の重しと胃のしこりが消えていくのを感じて、オリヴィアはため息をついた。「そうする義務はなかったのに。あ、でも待って、サムのことは？　あとわたしの車は？」

「エドワードが〈チャタレーハイツ薬局〉の視察をしているとき――あそこは〈チェンバレン・エンタープライズ〉が所有しているからね――サムが郵便物を届けにきたんだ。自分は私立探偵がクラリスに宛てた手紙に何が書いてあったか知っている、その探偵はジャスミンをさがすためにクラリスが雇ったんだ、とサムは誇らしげに話していた。エドワードは、サムをしばらく黙らせておきたかっただけで、殺す気はなかったと言っている。彼は母親の代わりに寄付金を届けにいった〈フードシェルフ〉で、きみが少しまえに持ってきたデコレーションクッキーを目にしていた。計画の全容が頭に浮かぶと、さっそく行動に移した。だれにも見られずに〈フードシェルフ〉からクッキーをいくつかくすね、薬局から持ち出した強力なインシュリン増強剤をクッキーに仕込んだ。サムを意識不明にしたかっただけらしい。〈ジンジャーブレッドハウス〉の袋は家にあったものだろう」デルはオリヴィアに身を寄せた。「でも、きみの車のブレーキに細工をしたときは、かなり大きなダメージを与えるつもりだったようだね。きみがチェンバレン邸でクッキーカッターをさがしているあいだに、エドワードはきみの車に気づいた。彼はきみを、〝家族の問題〟をかき回す部外者と見ていたんだ。きみと自分の母がとても親しかったことにもまだ憤りを感じていたしね」

デルは両脚を伸ばしてあくびをした。「これで全部の質問に答えたかな?」

「実は、もうひとつあるの」

「どうぞ」デルは椅子の背に頭を預け、目を閉じた。

オリヴィアは残りのワインをひと息に飲んだ。友だちを失い、死にそうな目にあい、思いもよらぬ事態に翻弄されたせいで、自分の人生にはもっと何かが、もしかしたらだれかが……必要だと、不意にオリヴィアは気づかされたのだ。

「あのね」と言いかけて、咳払いをした。「わたしたちが名誉の負傷から回復したら、ちゃんとしたデートをするっていうのはどう?」

デルは少し顔を赤くしながら体を起こして言った。

「リヴィー・グレイソン、やっとぼくがよろこんでイエスと答えられる質問をしてくれたね」

# 訳者あとがき

クッキーカッターが事件の謎を解く？　おいしくて楽しい、ユニークなシリーズの開幕です。

本書の主人公、リヴィーことオリヴィア・グレイソンは、三十一歳、バツイチ。アメリカ東部、ワシントンDCとボルティモアのあいだあたりにあるチャタレーハイツという小さな町で、親友のマデリーン（マディー）・ブリッグズとともに、クッキーカッターショップ〈ジンジャーブレッドハウス〉を営んでいます。一年まえに外科医の夫と離婚してボルティモアから故郷のチャタレーハイツに戻ったオリヴィアは、町の女性実業家クラリス・チェンバレンの後押しで、大好きなクッキーカッターの店をオープンしました。アンティークを含む、バラエティに富んだクッキーの抜き型を中心に、麺棒、ミキサー、エプロン、料理本など、クッキー作りに欠かせないグッズを売るお店です。お菓子作りの天才マディーがデモンストレーションのために作る、カラフルなアイシングでデコレーションした型抜きクッキーも呼び物のひとつで、テーマを決めて開催する折々のイベントも好評。ヴィクトリア朝様式の一軒家の一階部分を店舗にし、二階で愛犬と暮らしています。

ある日、オリヴィアのもとに、悲しいニュースが飛びこんできます。よき理解者にして助言者であるクラリスが、自宅で死体となって発見されたのです。

警察は事故という見方をしているようですが、お酒をあまり飲まないクラリスが、睡眠薬を混ぜたボトル一本のワインを飲み、書斎の床に倒れていたと知って、オリヴィアは不審に思います。最後に会ったとき、クラリスの様子が変だったにも関わらず、深く追求しなかった負い目や、クラリスの死後、彼女が生前に出したと思われる不可解な手紙が届いたこともあり、真相をつきとめようと調査に乗りだすオリヴィア。いったいクラリスの身に何が起こったのでしょうか？

オリヴィアは親友マディーいわく、〝よく気がついて思いやりのある人〟。面倒見がよくて、悩んでいる人を放っておけないタイプなのに、クラリスの悩みに気づいてあげられなかったことで自分を責めます。クラリスもなかなか強烈なキャラクターで、生きて登場することはないものの、オリヴィアや町の人びとの記憶のなかに、あざやかに息づいています。オリヴィアやクラリスはもちろん、マディーや保安官のデルにもそれぞれ過去があり、そこから小さな町ならではの人間関係を読みとっていくのも楽しみのひとつです。

そして、忘れちゃいけないのがスパンキーの活躍。スパンキーはオリヴィアが保護施設から引き取ったヨークシャーテリアの男の子で、小さな体ながらつねにオリヴィアを守る気まんまん。そのくせいつもくーんと甘えてきたり、膝の上でまるくなって眠ったり、なんともかわいすぎる相棒です。スパンキーのお友だち、大型犬のバディも登場し、犬好きにはこたえられないシリーズになりそうです。

この作品のおもしろいところは、クッキーカッターが事件の真相につながるヒントをくれること。クラリスやオリヴィアにとって、クッキーカッターは癒しのアイテムで、特別な思い入れがあります。そんなクッキーカッターにこめられたメッセージを読み解くオリヴィアは、まさにクッキーカッター探偵。アンティークのクッキーカッターにはかなり高価なものもあり、ディーラーやコレクターもいるんですね。アメリカにはクッキーカッターの博物館もあるとか。かくいうわたしも、わが〝厨房〟をあさったところ、あるわあるわ、クッキーカッターがざくざく出てきました。そんなにしょっちゅう型抜きクッキーを作るわけでもないのに、おもしろい形のクッキーカッターをさがして合羽橋の調理用具店めぐりをしたこともありましたっけ。クッキーカッターには、どういうわけか集めたくなってしまう不思議な魅力があることに、この本を訳してみてあらためて気づきました。

でも、アイシングで本格的にデコレーションするのは素人にはちょっとむずかしそう。

そこで、イメージをふくらませるために、ネットでさまざまなアイシングクッキーの画像を眺めるうちに見つけたのが、アイシングクッキーの専門店〈Sweets HOLIC〉さん（http://www.sweetsholic.com/）。とってもかわいい、プレゼントにぴったりのオリジナルアイシングクッキーを注文生産で作ってくださるお店です。ぜひ実物を見てみたいと思い、南青山のショップにおじゃましたところ、色とりどりのアイシングでデコレーションされた、食べるのがもったいないような美しい手作りクッキーに迎えられ、なんとも幸せな気分になりました。かわいらしい店内とキッチン、アイシングクッキーの繊細さ、そのハッピーオーラに、見ているだけで女子力が上がりそうです。アイシングクッキーの製作について、貴重なお話を聞かせてくださった店長の井上ちづるさんに、この場を借りてお礼申し上げます。

本書がデビュー作となるヴァージニア・ローウェルは、アメリカ中西部の小さな町に生まれ育ち、ミステリ好きだった母親の影響で、ジョージェット・ヘイヤーやエドマンド・クリスピンなど、おもにイギリスのミステリをよく読んでいたとか。経歴は公開されておらず、その素顔は謎に包まれていますが、クッキーとクッキーカッターを愛する人であることはたしかなようです。

シリーズ二作目の *A Cookie Before Dying*（邦訳は二〇一三年春刊行予定）では、〈ジンジャーブレッドハウス〉の隣に砂糖の害を声高に主張する自然食品の店ができて、オリヴィアとマディーを悩ませます。さらにその店である事件が起こり、オリヴィアの大切な人が大ピンチに。事件の鍵になるのはどんなクッキーカッター？　本国では早くも今年八月に三作目の *When the Cookie Crumbles* が刊行になるそうで、今後もクッキーカッター探偵の奮闘から目が離せません。

二〇一二年五月

コージーブックス

クッキーと名推理《めいすいり》①

# フラワークッキーと春《はる》の秘密《ひみつ》

著者　ヴァージニア・ローウェル
訳者　上條《かみじょう》ひろみ

2012年　6月20日　初版第1刷発行

発行人　成瀬雅人
発行所　株式会社　原書房
〒160-0022 東京都新宿区新宿1-25-13
電話・代表　03-3354-0685
振替・00150-6-151594
http://www.harashobo.co.jp
ブックデザイン　川村哲司（atmosphere ltd.）
印刷所　中央精版印刷株式会社

落丁・乱丁本はお取り替えいたします。
定価は、カバーに表示してあります。
 ISBN978-4-562-06004-7 Printed in Japan